U0080546

早く見つかる！正しい！身につく！

日本語
商用日語
職場情境分類
2000字 & 200套用句型

山田社

吉松由美、田中陽子、西村惠子、林勝田　合著

前言 preface

職場上一聽到電話響就不知該如何是好？

開會時被指定發言該怎麼辦？

拜訪客戶時該注意哪些禮貌？

日文教科書沒有告訴您的職場說法和文化，

本書幫您精簡濃縮成最萬用的 2000 單字，並延伸出 2000 句

常用會話，再加碼 200 套用句型，書本隨時打開，

就是您的萬用寶典！

讓您在職場上平步青雲，「薪」滿意足！

本書特色：

▲ 精選 22 項分類情境，職場應對全方位包辦，讓學習之路更加豐富多彩！

本書將數量龐大的單字依照使用情境細分成 22 個類別，從找工作創業、問候客戶同事、打電話催促或抱怨、到職場電話、日文書信，包羅萬象、應有盡有。用分類的方式幫助讀者串聯生活情境記憶，就像把單字分類放入不同的抽屜一般，遇到情境時便自動喚醒整串記憶，不用死背硬記，自然就能應用於生活中。

▲ 中日名師聯手編寫，網羅各行各業都實用的 2000 單字，不同的場景下自如地溝通和表達！

作者實地造訪日商公司調查，精挑細選出做生意的日本人每天必用的萬用單字 2000。其中包含單字、短句、句型、慣用語及俚語。註釋完整、用法說明詳盡。不論是公司、工廠、餐廳、超商，各行各業都能套入使用。有了單字基礎，在職場就不會聽得霧煞煞，而是應對自如，贏在起跑點。

▲ 隨時化身查找辭典，化解您的大小難題，在競爭激烈的市場脫穎而出！

於使用分類的方式編排，本書不只是一般單字書，更能隨時化身辭典，除了方便讀者自修、學習、快速上手，在職場上臨時需要也能化為工具書，快速查找，為您化解難關，在競爭激烈的市場脫穎而出！

▲ 職場常用例句，串聯情境，現學現用，活用力 100%，薪資滿意度直線上升！

每個單字下面搭配的例句，皆為因應各類生意上實際所需的好用商務句，因此本書是商用 2000 字單字辭典，也是商用 2000 句會話辭典！例句使用了職場上常用的短句和句型，學會句型，帶入單字，就能自己創造新句子！而透過例句還能瞭解日本商場文化，讓您同時吸收在日本工作才會知道的禮儀及用語。

▲ 200 套用句型，點到線串聯，說出完整句

單元後，另外針對情境補充相關套用句型，不管會議、簡報、介紹商品或是與客戶溝通，都提供了適合各種情境下的套用句型，讓您能夠更加自信地應對職場挑戰。

▲ 小專欄迅速補給，高手都易混淆的職場單字大揭密

章節中，另外再加碼分析就連高手也會搞錯的職場單字，例如：「お使い」是什麼意思？「輕い」除了指重量輕之外還有什麼其他用法？小專欄為您清晰點出詞意和用法，並適時加入例句、示範實際用法。清晰又好懂的精華補給站，讓您更有系統的掌握、應用，同步提升會話理解力！

▲ 日籍教師東京腔線上專業帶讀，在家也能練出溜日語，在職場上稱霸一方！

章節中，另外針對情境補充相關套用句型，不管會議、簡報、介紹商品或是與客戶溝通，都提供了適合各種情境下的套用句型，讓您能夠更加自信地應對職場挑戰。另外再加碼編入更多職場常用單字，有系統地集結統整出清晰好懂的精華補給站，讓您更有系統的掌握、應用，同步提升會話理解力！

專業日籍教師錄製標準的東京腔，只要掃描線上音檔並反覆播放聆聽，內容自然深植記憶，在家也能熟悉日語語感，同時精進聽力及口說能力。更能善用開車、坐車等零碎時間，生活再忙碌，也能透過日積月累學習新技能，為自己開啟新世界，並在職場上稱霸一方。

我們建議您搭配《日本語商用 10000 句會話辭典》一起使用。一本單字隨手查，一本會話放桌上，從今天起，商務日語就是您的強項！並為您開啟無限的商機！

目錄
contents

Unit 1

2000 words

創業及找工作

1. 創業

□ **起業**
きぎょう

創業，創辦

彼は熱意と創意にあふれ、自ら起業し、その新しいアイ
デアで市場を席巻した。

他充滿熱情與創意地創立了自己的公司，並以創新思維征服市場。

□ **独立**
どくりつ

自立門戶，獨立，自立

独立精神を持って、自分のビジネスを始めたいと思っ
ている。

憑藉著獨立自主的精神，我希望建立自己的事業。

□ **設立**
せつりつ

設立，創立

新しいビジネスを設立するには、市場調査が必要です。

要創立一個新企業，有必要進行市場調查。

□ **開業**
かいぎょう

開業，開始營業

今日から私たちは正式に開業いたしました。

從今天起，我們正式開始營業。

□ **人材**
じんざい

人才

良質な人材を採用することは、ビジネスの成功に欠か
せません。

招聘優秀人才對企業成功至關緊要。

□ **資金**
しきん

資金，資本

資金が足りないので、投資家を探しています。

由於資金短缺，我們正在物色投資者。

□ **プラン**《plan》

計劃，方案

私たちのビジネスプランは、市場の需要に合わせて調
整されています。

我們的商業計劃會根據市場需求作相應調整。

□ **オフィス**
《office》

辦公室

オフィスを借りる予定ですが、場所がまだ決まってい
ません。

我們打算租賃辦公室，但尚未確定具體地點。

□ **最近**
さいきん

最近，近來

最近、競合他社が増えてきたので、新しいマーケティ
ング戦略を考えています。

近期因競爭對手增多，我們正在制定新的銷售策略。

□ 立ち上げる
た　あ

設立；啟動
こんげつまつ　　あたら
今月末に新しいビジネスを立ち上げる予定です。
た　あ　　よてい
我們計劃於本月底開展新業務。

□ 出資
しゅっし

出資，投資
しきんちょうたつ　　ふくすう　きぎょう　しゅっし　う　よてい
資金調達のため、複数の企業から出資を受ける予定
です。
為籌集資金，我們計劃從多家企業獲取投資。

□ 着手
ちゃくしゅ

開始；著手
あたら
新しいプロジェクトの着手に向けて、準備を進めています。
ちゃくしゅ　む　じゅんび　すす
我們正為新企劃啟動做好準備。

□ 顧問
こ　もん

顧問，諮詢師
ほうりつ　せんもんか　こもん　むか
法律の専門家を顧問に迎え、ビジネスのリーガルサポー
う
トを受けています。
我們邀請法律專家作顧問，提供商務法律支持。

□ 組み合わせる
く　あ

組合，組成
クリエイティブなアイデアを生み出すため、異なる専門
う　だ　こと　せんもん
性を持った人たちを組み合わせています。
せい　も　ひと　く　あ
為激發創意，我們集結了不同專業背景的團隊成員。

□ ロゴ《logo》

標誌，商標
へいしゃ
弊社のロゴは、シンプルで覚えやすいデザインになって
おぼ
います。
我們的商標設計簡單易記。

□ 頭が痛い
あたま　いた

頭痛，困擾
しんこう　おく
プロジェクトの進行が遅れているので、頭が痛いです。
あたま　いた
因計劃進展過慢，我感到十分頭痛。

□ 最寄
も　より

最近（地方），就近
もより　えき　とほ　ふん　ばしょ
最寄の駅から徒歩５分の場所にオフィスを構えています。
かま
我們的辦公室距離最近車站僅需步行５分鐘。

2. 找工作

□ **働く**
<small>はたら</small>

工作

高校を卒業してからすぐに働きたいと思っています。
<small>こうこう　そつぎょう　　　　　　　　はたら　　　　　おも</small>
高中畢業後，我就想要開始工作。

□ **就職**
<small>しゅうしょく</small>

工作，就業，就職

就職を果たすために、私は長時間の勉強と面接練習を
<small>しゅうしょく　は　　　　　　わたし　ちょうじかん　べんきょう　めんせつれんしゅう</small>
続けました。
<small>つづ</small>
為了順利找到工作，我持續進行了很長的學習和面試練習。

□ **採用**
<small>さいよう</small>

錄取，採用，招聘

希望の職種に採用されるために、面接の練習をしてい
<small>き　ぼう　しょくしゅ　さいよう　　　　　　　めんせつ　れんしゅう</small>
ます。
目前，我正積極練習面試技巧，以便成功獲得理想的工作職位。

□ **仕事**
<small>し　ごと</small>

工作，任務

仕事にはやりがいがあると思います。
<small>し　ごと　　　　　　　　　　　　おも</small>
對我來說，工作具有很大的意義。

□ **伸ばす**
<small>の</small>

成長，增長

スキルを磨いて、職場で自分自身を伸ばしたいです。
<small>みが　　　　しょくば　じぶんじしん　の</small>
我期望透過工作來提升自己的技能，並在職場上不斷成長。

□ **マスコミ**《mass communication 之略》

媒體，傳媒，大眾傳播

新商品の宣伝のために、マスコミにプレスリリースを
<small>しんしょうひん　せんでん</small>
出しました。
<small>だ</small>
為了推廣新產品，我們已向媒體發布了新聞稿。

□ **生かす／活かす**
<small>い　　　　　　　い</small>

發揮作用，利用，運用

私の強みを生かして、会社に貢献したいです。
<small>わたし　つよ　　い　　　　　かいしゃ　こうけん</small>
我希望能充分發揮自己的長處，為公司作出貢獻。

□ **出す**
<small>だ</small>

送出，提交

履歴書と職務経歴書を出して、採用の面接に向けて準
<small>りれきしょ　しょくむけいれきしょ　だ　　　　さいよう　めんせつ　む　　　じゅん</small>
備しています。
<small>び</small>
我已經送出了履歷表和工作經驗表，隨時可以參加面試。

□ **持つ**
<small>も</small>

有，擁有

私は、英語や中国語など、様々な言語を話せる能力を
<small>わたし　えいご　ちゅうごくご　　　さまざま　げんご　はな　　　のうりょく</small>
持っています。
<small>も</small>
我精通多種語言，包括英語、中文等。

□ 資格 （しかく）

資格，證書，證照

将来的には、語学力を活かせる仕事に就きたいと思っています。そのためにも、英語の資格を取得しようと考えています。

我希望找到一份能充分發揮語言能力的工作，因此計劃考取英語資格證書。

□ 面接 （めんせつ）

面試，面談

面接の前に、自己 PR を何度も練習して、自信を持って臨みます。

為了提升自信，我將在面試前多練習自我介紹。

□ 初任給 （しょにんきゅう）

初任工資，起薪

就職先で初めてもらえる初任給は、家計の足しになると思っています。

我認為初次工作的薪資將對家庭經濟有所幫助。

□ 時間 （じかん）

時間，時刻

一日の時間をどのように使うかは、仕事をする上でとても重要なポイントだと思います。

我認為如何善用一天的時間，對工作來說是非常關鍵的。

□ 内定 （ないてい）

内定；内部決定

内定をもらったので、就職先での業務について調べて、準備を進めています。

由於我已經獲得錄取通知，所以我正在研究未來工作單位的業務並做好準備。

□ 転職 （てんしょく）

轉職，換工作

転職する際には、自分の希望に合った業界や職種を選ぶことが大切だと思います。

在轉職時，我認為選擇與自己的興趣和能力相符的行業和職位非常重要。

□ 探す （さがす）

找（工作），尋找，找尋

彼女はすでに 1 年間仕事を探していますが、なかなか良い条件のものが見つかりません。

她已經找工作找 1 年了，但始終未能找到條件合適的工作。

□ 掲示 （けいじ）

揭示，張貼，發布，告示

このエリアにある求人情報を掲示している場所をご存知ですか。

請問您知道這個區域有沒有公告欄可以張貼徵才啟事？

3. 職場上各種工作

□ 事務 <small>じ む</small>
文書總務，辦公室工作，行政事務
私は毎日、事務作業をしています。
我每天都在進行文書工作。

□ 営業 <small>えいぎょう</small>
營業，銷售
彼は新しい商品の営業を担当しています。
他負責新產品的銷售業務。

□ 販売 <small>はんばい</small>
販售，銷售
私たちはショップで商品を販売しています。
我們在商店內銷售各種商品。

□ 経理 <small>けい り</small>
會計，財務
私は経理部門で働いています。
我在會計部門任職。

□ 秘書 <small>ひ しょ</small>
秘書
彼女は社長の秘書をしています。
她擔任公司社長的秘書。

□ 資料 <small>し りょう</small>
資料，文件
この資料をコピーして、配布してください。
請將這份資料複印並分發給大家。

□ ファックス 《fax》
傳真
この書類をファックスで送ってください。
請用傳真機傳送這份文件。

□ パソコン 《personal computer 之略》
電腦，個人電腦
私たちはパソコンを使って仕事をしています。
我們在工作中使用電腦。

□ データ 《data》
資料，文件
このデータは保存しておいてください。
請將這份資料進行存檔。

□ 一日中
いちにちじゅう

整天

私たちは一日中忙しく働いています。
わたし　　　　　　いちにちじゅういそが　　　　はたら

我們整天都在忙碌地工作。

□ コピー《copy》

影印，複印

この書類をコピーして、メールで送ってください。
　　　しょるい　　　　　　　　　　　　　　　おく

請將這份文件複印後，以電子郵件方式發送出去。

□ 電話
でん　わ

電話

彼女は一日中電話に出ています。
かのじょ　いちにちじゅうでん わ　で

她整天都忙於接電話。

□ 整理
せい　り

整理，整頓

この書類を整理して、アーカイブに保存してください。
　　　しょるい　せい り　　　　　　　　　　　ほぞん

請將這份文件整理好，並將其存放到檔案庫中。

□ 接客
せっきゃく

接待客人

私は店舗で接客業務を担当しています。
わたし　てんぽ　せっきゃくぎょうむ　たんとう

我在店內負責招待顧客。

□ 出る
で

離開；參加

今日は早く仕事を終えて、会議に出たいと思います。
きょう　はや　しごと　お　　　　かいぎ　で　　　　おも

我今天想提早完成工作，然後出席會議。

□ 打ち合わせ
う　　あ

商討業務，商談，會議

明日のプロジェクトについて、社員たちと打ち合わせを
あした　　　　　　　　　　　　　しゃいん
行います。
おこな

明天我們將與員工開會，討論明日的專案事宜。

□ 拭く
ふ

擦拭，擦掉

机や椅子を拭いて、部屋を清潔に保ちましょう。
つくえ　いす　ふ　　　へや　せいけつ　たも

請擦拭桌椅，保持房間整潔。

□ コーヒー
《coffee》

咖啡

お客様にコーヒーを提供する前に、カップを温めましょう。
きゃくさま　　　　　ていきょう　まえ　　　　　　　　あたた

在為客人倒咖啡之前，請先將杯子溫熱。

□ 湯のみ（ゆ）

茶杯

お茶碗（ちゃわん）と湯（ゆ）のみをセットで提供（ていきょう）しましょう。
請提供碗與茶杯的組合。

□ お使い（つか）

差事，任務

今日（きょう）のお使い（つか）は何（なん）ですか。
今天有哪些公司日常業務需要處理嗎？

□ 出席（しゅっせき）

參加，出席

会議（かいぎ）に出席（しゅっせき）するために、早く（はや）出社（しゅっしゃ）する必要（ひつよう）があります。
為了參加會議，我需要提早到達公司。

□ 外資（がいし）

外資，外國資本

当社（とうしゃ）は外資系（がいしけい）の企業（きぎょう）との取引（とりひき）もあります。
我們的公司也與國外企業進行交易往來。

連高手都弄混的職場單字

お使い（おつかい）

① 有「差事」或「任務」的意思。
② 特別指日常生活中的小差事，比如購物、傳遞訊息等。
③ 例如：「今日（きょう）のお使い（つか）は何（なん）ですか。」（今天有什麼差事要做嗎？）

扱う（あつかう）

① 意為「處理、經營、銷售、應對」等等。
② 這個詞常用於描述商店、公司或個人如何管理、銷售或提供某種商品或服務。
③ 例如：「そのような商品（しょうひん）は扱（あつか）っKAくっておりません。」（我們公司不經營〈不銷售〉這類商品。）

職場高手必備200句型

「職務經驗」句型

1. ～という企業(きぎょう)で～の業務(ぎょうむ)に従事(じゅうじ)していました

1. 我曾在…企業從事…的業務
2. ソニーという企業(きぎょう)でマーケティングの業務(ぎょうむ)に従事(じゅうじ)していました。
3. 我曾在索尼公司從事行銷業務。

句型說明
用來介紹自己的工作經歷，包括曾經就職的公司和在該公司從事的工作。

2. 職歴(しょくれき)は、～年間(ねんかん)～で働(はたら)いていました

1. 我有…年間的工作經驗，曾在…工作
2. 職歴(しょくれき)は、5年間(ねんかん)プログラマーで働(はたら)いていました。
3. 我的工作經歷是在程式設計師職位工作了5年。

句型說明
用來介紹自己的工作經歷，包括在某個職位或領域工作的時間。

3. 主(おも)に～の業務(ぎょうむ)を担当(たんとう)していました

1. 我主要負責…的業務
2. 主(おも)にマーケティング業務(ぎょうむ)を担当(たんとう)していました。
3. 主要負責該公司的市場推廣相關工作。

句型說明
介紹自己在之前的工作中主要負責某個特定領域或工作範疇的職責。

4. ～の業務(ぎょうむ)で、～を経験(けいけん)しました

1. 在…的工作中，我有了…的經驗
2. ウェブサイトの制作(せいさく)や運営(うんえい)の業務(ぎょうむ)で、プロジェクトマネジメントの経験(けいけん)をしました。
3. 曾經在某公司負責網站的製作和運營，以及領導和管理相關的專案。

句型說明
說明在之前的工作中進行了某些特定的任務或工作，並且有相關的經驗。

5. 具体的(ぐたいてき)には、～を行(おこな)い

1. 具體來說，我進行了…
2. 具体的(ぐたいてき)には、生産(せいさん)ラインの監視(かんし)や品質管理(ひんしつかんり)を行(おこな)いました。
3. 具體工作任務是負責監控生產線和進行品質管理等。

句型說明
說明在之前的工作中進行了某些具體的任務或工作。

6. ～成果(せいか)を出(だ)しました

1. 我取得了…的成果
2. 営業目標(えいぎょうもくひょう)を達成(たっせい)し、顧客満足度(こきゃくまんぞくど)を向上(こうじょう)させるなど、様々(さまざま)な成果(せいか)を出(だ)しました。
3. 達成了銷售目標並提高了客戶滿意度等多項成就。

句型說明
在之前的工作中取得了一些成果或者取得了一些成功。

7. その結果、〜を達成しました／〜を成功しました

1. 因此，我達成了…
2. プロジェクトの期限内に全てのタスクを完了し、その結果、当社は新しい製品の市場投入に成功しました。
3. 在項目管理中按時完成所有任務，最終成功將新產品投入市場。

句型說明

在之前的工作中透過某些行動或努力，達成了某些目標或結果。

「介紹自己的未來目標、動機」句型

1. 私は〜になりたいと思っています

1. 我希望成為…
2. 私はマーケティングマネージャーになりたいと思っています。
3. 我希望能成為一名行銷經理。

句型說明

用來表達自己對未來的職業規劃和期望。

2. 私のモチベーションは〜です

1. 我的動機是…
2. 私のモチベーションは新しいスキルを学び成長することです。
3. 我的動機是學習新技能並不斷成長。

句型說明

用來說明自己對這份工作或職業發展的期望、興趣或驅動因素。

3. 〜のような役職に就きたい

1. 我想擔任像…這樣的職務
2. プロジェクトマネージャーのような役職に就きたいです。
3. 我希望能擔任項目經理這樣的職位。

句型說明

用來表達自己對未來的職業期望，說明希望在哪個領域或職位發展。

4. 〜の分野に興味があり〜

1. 我對…的領域有興趣，並且…
2. データ解析の分野に興味があり、将来的に専門家になりたいです。
3. 我對資料分析領域感興趣，並希望將來成為專家。

句型說明

用來表達自己對某個領域的興趣以及希望在該領域取得的成就或目標。

5. 今後のキャリアプラン〜

1. 我的職業規劃是…
2. 今後のキャリアプランはマーケティング分野でリーダーになることです。
3. 我的未來職業規劃是成為行銷領域的領導者。

句型說明

用來闡述自己對未來職業生涯的發展目標和計劃。

Unit 2

2000 words

職場常用語

1. 職場上的自我介紹

□ 新人
しんじん

新進員工，初入職場者

はじめまして、私は新人の田中です。
わたし　しんじん　た　なか

初次見面，我是新進員工田中。

□ はじめまして

初次見面

はじめまして、私は会社の営業部に所属しています。
わたし　かいしゃ　えいぎょうぶ　しょぞく

初次見面，我是來自公司銷售部門的員工。

□ 同じ
おな

同樣，相同

私たちは同じ課に所属しています。
わたし　おな　か　しょぞく

我們是同一部門的同事。

□ よろしく

請多關照，請多指教

初めまして、私は山田と申します。今回この職場に配
はじ　　　わたし　やま だ　もう　　　　こんかい　　　しょく ば　はい
属になりました。よろしくお願いします。
ぞく　　　　　　　　　　　　　　　　　　ねが

初次見面，我叫山田，這次被調到這個工作地點。請多多照顧。

□ 申す
もう

(「言う」謙讓語，表示自己的) 行為或話語
い

私が所属するのは、開発部と申します。
わたし　しょぞく　　　　　かいはつ ぶ　もう

我所在的部門是研發部。

□ 願い
ねが

希望，願望

今後ともご指導いただけますよう、お願い申し上げます。
こん ご　　　し どう　　　　　　　　　　ねが　もう　あ

希望今後能得到大家的指導和幫助。

□ こちら

稱自己那方

こちらは私たちの新商品です。
わたし　しんしょうひん

這是我們公司的新產品。

□ 挨拶
あいさつ

打招呼，問候

毎朝、同僚に挨拶をするよう心がけています。
まいあさ　どうりょう　あいさつ　　　　　こころ

每天早上，我都會向同事熱情地打招呼。

□ 会社
かいしゃ

公司，企業

私はこの会社で5年間勤めています。
わたし　　　かいしゃ　ねんかんつと

我已經在這家公司工作了5年。

□ 課長
かちょう
課長，部門主管
私の直属の上司は課長です。
我的直接上司是課長。

□ 部長
ぶちょう
經理，部門經理
部長に昇進することができました。
我被任命為部門經理。

□ 任命
にんめい
任命，委派
私はこの会社の新しいプロジェクトマネージャーに任命されました。
我被指派為這家公司的新專案經理。

□ 昇進
しょうしん
升職，晉升，升遷
先日、昇進の話がありました。
前幾天，大家提到了關於升遷的話題。

□ 転勤
てんきん
調職
今月末から転勤することになりました。
從這個月底開始，我將要調職。

□ 後任
こうにん
後任，接替者
私の後任が決まりました。
我的接班人已經確定了。

□ 便宜
べんぎ
方便，權宜
社内では、便宜上私の旧姓を使っていただいています。
在公司內，為了方便，大家使用我的舊姓稱呼我。

連高手都弄混的職場單字

朝早く（あさはやく）

① 意為「清晨、早晨」或「在早上」。
② 可以用來描述時間或時間段，通常指的是早晨的時間。
③ 例如：「朝早くから仕事に行く。」（從早晨開始就去上班。）

2. 人事調動

□ 中途（ちゅうと）

中途入社者，中途加入

中途入社のスタッフが抜擢され、海外赴任する見込みがあります。

中途入社的員工有可能被調任到海外工作。

□ 派遣（はけん）

派遣，外派

そのプロジェクトのために、派遣社員を探しています。

我們正在尋找派遣員工來參加那個專案。

□ 抜擢（ばってき）

起用，提拔，選拔

彼女の能力を見込んで、抜擢することにしました。

我們看重她的能力，決定提拔她。

□ 見込み（みこみ）

希望

彼は見込みがあると判断し、このポジションに任命することにしました。

我們認為他具有潛力，因此決定任命他擔任這個職位。

□ 赴任（ふにん）

赴任，前往任任職，就任

来週から赴任するので、今週中に手続きを進めたいと思います。

我下週就要赴任，所以希望在本週內完成手續。

□ 正当（せいとう）

正當，合法

この決定は、法律上も正当なものです。

這個決定也符合法律規定。

□ 新卒（しんそつ）

新畢業生

新卒の方々の起用については、来月までに決定します。

我們將在下個月底前決定是否聘用這些新畢業生。

□ 起用（きよう）

起用，聘用，任用

彼は正当な手続きに従って起用されました。

他是經過正當程序被聘用的。

3. 早晚、進出公司的寒暄

□ **商事**
しょうじ

商業交流，商務活動

商事においては、相手の立場を理解し、共に成長するための協力関係を築くことが大切です。

在商業活動中，理解對方的立場並建立合作關係以實現共同成長是非常重要的。

□ **ただいま**

我回來了

オフィスに戻ったら、「ただいま」と皆に言いましょう。

回到辦公室要和大家說「我回來了」。

□ **ご苦労様でした**
く ろうさま

辛苦你了

ご苦労様でした。皆さんのおかげで、プロジェクトは成功しました。

大家辛苦了，多虧了大家的努力，這個項目成功了。

□ **お疲れ様**
つか さま

辛苦了

今日も一日お疲れ様でした。明日も頑張りましょう。

今天也辛苦了，明天繼續加油。

□ **呼ぶ**
よ

呼喚，呼叫

お呼びでしょうか。ご用はございますでしょうか。

請問您是在叫我嗎？有什麼事情需要我處理嗎？

□ **目上**
め うえ

上司或長輩，地位高的人

目上の方とお話しするときには、相手の気持ちに寄り添い、敬意を持って話すように心がけましょう。

與上級交談時，要考慮對方的感受，並以尊重的態度進行對話。

4. 上班遲到了

□ **申し訳**
もう わけ

申辯，辯解

申し訳ありません。今朝、家を出る前に大切な書類を忘れてしまい、取りに戻る時間がかかってしまいました。

抱歉，今天早上在出門前忘了帶重要的文件，回去取花了一些時間。

□ **実は…**
じつ

是這樣的…，其實…

実は今朝、途中でトラブルがあり、出勤が遅れてしまいました。

事實上，今天早上遇到了一些問題，導致上班時間延誤了。

□ **今朝**（けさ）
今天早上
実は、今朝、家で子どもが熱を出してしまったため、出勤が遅れてしまいました。
事實上，今天早上家裡的孩子發燒了，因此才延遲了上班時間。

□ **途中**（とちゅう）
途中，中途
途中で車がパンクしてしまい、出勤が遅れてしまったことをお詫び申し上げます。
很抱歉，因為車子在途中爆胎了，導致上班時間延遲了。

□ **出勤**（しゅっきん）
上班，到職，抵達上班場所
出勤の時間帯に、駅でのトラブルに巻き込まれ、遅刻してしまいました。
在上班時間段遇到車站問題，使得我遲到了。

□ **通勤**（つうきん）
上下班，通勤
会社までの通勤時間が長く、日々の出勤にはかなりの時間と体力を必要とします。
由於通勤距離較遠，每天上班需要花費相當多的時間和精力。

□ **時間帯**（じかんたい）
時間段，時間帶
時間帯によって、交通量が増加し、出勤に時間がかかってしまいます。
部分時間段交通擁擠，上班需要花費更多的時間。

5. 早退及下班

□ **先**（さき）
先離開，提前離開
お先に失礼します。体調不良のため、早退させていただきます。
先說聲抱歉，由於身體不適，我想先行早退。

□ **例**（れい）
那個，某（雙方都知道的）
恐れ入りますが、例の書類は明日中に必ずご提出いただけますようお願い申し上げます。
非常抱歉，請務必在明天之前提交那份文件。

□ **ご覧**（らん）
請看，看一下（「見る」尊敬語）
明日の朝、ご覧いただく書類がございます。
明天早上，有相關的文件想請您過目。

□ 企画案
きかくあん

企畫案，計畫案

今回の企画案は、皆様にご満足いただけるものになると
こんかい　　きかくあん　　　みなさま　　　まんぞく
思われます。ご意見をいただけますでしょうか。
おも
我認為這次的企劃案會讓大家感到滿意。請問您有什麼意見嗎？

□ 失礼
しつれい

告辭（表要先離去的叮嚀語）

急用ができまして、早退させていただきます。失礼いた
きゅうよう　　　　　　そうたい　　　　　　　　　　　　　　　　　しつれい
します。
由於突然有急事，我需要提早離開。再次向您道歉。

□ 約束
やくそく

約會

お約束の時間に、大変申し訳ありませんが、遅れてしま
やくそく　じかん　　たいへんもう　わけ　　　　　　　　　おく
いました。
很抱歉在約定的時間遲到了。

□ 思わしい
おも

稱心如意，滿意的

恐れ入りますが、体調が思わしくないため、早退させて
おそ　い　　　　　　たいちょう　おも　　　　　　　　　　そうたい
いただくことは可能でしょうか。
かのう
不好意思，因為身體不適，請問我能提前下班嗎？

□ 突然
とつぜん

臨時，突然，意外

突然のご連絡で、失礼いたしますが、本日用事がありま
とつぜん　れんらく　しつれい　　　　　　　　　ほんじつようじ
して、早退させていただきます。
そうたい
很抱歉突然打擾您，今天有急事需要處理，因此我想提早下班。

□ 用事
ようじ

要事，事情

急ぎの用事ができたため、申し訳ありませんが、帰らせ
いそ　　ようじ　　　　　　　もう　わけ　　　　　　　　　　かえ
ていただけないでしょうか。
因為有緊急的事情，不好意思，我能否請假回家？

□ 差し支える
さ　つか

妨礙，有礙，不方便

用事ができまして、急遽早退させていただきます。何か差
ようじ　　　　　　　きゅうきょそうたい　　　　　　　　　　　なに　さ
し支えることはございませんでしょうか。
つか
因為有急事需要處理，所以我想請假提早離開。請問這樣方便嗎？

□ いただく

接受，領受（「もらう」的謙讓語）

お先に失礼させていただきます。
さき　しつれい
容我先行告退。

□ 強制
きょうせい

強制，強迫

社員に休日出勤を強制して、納期に間に合わせることがで
しゃいん　きゅうじつしゅっきん　きょうせい　　　のうき　ま　あ
きました。
我們強制要求員工在休息日加班，最終成功在期限內完成了工作。

6. 上班請假

□ **休む**（やす）
請假，休息
3日間（みっかかん）、風邪（かぜ）のためにお休（やす）みさせていただきました。
因感冒已請假3天，我向公司請假了。

□ **特別**（とくべつ）
特別
最近（さいきん）、仕事（しごと）が忙（いそが）しくて疲（つか）れがたまっていますので、 は特（とく）別（べつ）に有給休暇（ゆうきゅうきゅうか）をいただきたいと思（おも）います。
最近工作很忙，累積了很多疲勞，因此想明天特別請一天有薪假。

□ **有給休暇**（ゆうきゅうきゅう か）
帶薪假期，有薪假期
今月（こんげつ）の有給休暇（ゆうきゅうきゅうか）はもう使（つか）い切（き）ってしまいました。
我本月已經用完了所有的有薪假。

□ **休暇**（きゅう か）
休假，假期
1週間（しゅうかん）ほど休暇（きゅうか）をいただきたいのですが、可能（かのう）でしょうか。
我想請一週的假期，這樣可以嗎？

□ **本日**（ほんじつ）
今日，今天，本日
本日（ほんじつ）、急（きゅう）な用事（ようじ）ができたため、午後（ごご）から早退（そうたい）させていただきたいのですが、よろしいでしょうか。
因為今天有緊急的事情，想請求從下午開始提早離開，請問可以嗎？

□ **わたくし事**（ごと）
個人的事情，私事
わたくし事（ごと）ですが、母（はは）の病状（びょうじょう）が思（おも）わしくないので、2日（ふつか）ほど休（やす）みをいただきたいのですが、よろしいでしょうか。
不好意思，我有點私事，家母的病況不太樂觀，我想請兩天左右的假，請問可以嗎？

□ **間**（あいだ）
期間
二（ふた）つのプロジェクトの間（あいだ）に休暇（きゅうか）を取（と）りたいのですが、可能（かのう）でしょうか。
想在兩個專案之間請假，可以嗎？

連高手都弄混的職場單字

夜分遅く（やぶんおそく）

① 意為「晚上很晚」或「深夜」。
② 通常指的是深夜或很晚的時間。這個短語通常用於描述在晚上很晚的時候仍然進行的活動或事件。
③ 例如：「夜分遅（やぶんおそ）くまで働（はたら）く。」（工作到很晚。）

7. 辭職及退休

職場常用語

□ やめる
停止，辭（職）
もう年をとっているので、忙しい仕事をやめてゆっくりしたいです。
我已經不再年輕了，因此不想從事繁忙的工作，想讓生活步調變得緩慢一點。

□ 勤め上げる
工作了（若干年）
今まで勤め上げた会社をやめることに決めました。
我決定離開我一直工作的公司。

□ ために
為了
今後のために、新しい職場でのスキルアップに挑戦したいと思い、退職することにしました。
為了未來的發展，我決定在新的工作場所提高自己的技能，因此選擇離職。

□ 移る
換到，轉職
キャリアアップのため、別の会社に移ることにしました。
為了發展事業，我決定轉到另一家公司工作。

□ 続ける
持續，繼續
40年間も続けてきた仕事を、このたび退職することになりました。
我決定退休了，這是我已經工作了40年的工作。

□ あと
（以某時間點的）之後，以後
定年まであと1年ですが、今後の雇用には不透明な状況があります。
雖然我距離退休還有1年的時間，但我退休後的就業狀況仍不確定。

□ 店
店家，商店
この店で永久に勤め続けるつもりはありません。
我不打算長期在這家店工作。

□ 首になる
被解雇，被開除，失業
遅刻や無断欠勤が繰り返され、その結果、アルバイトは首になってしまいました。
我由於多次遲到與無故曠職，因而工讀被革職了。

□ 辞令
辭職通知書，解雇通知書；調職命令
退職願を提出したところ、すぐに退職辞令が下りました。
才剛遞交辭職信，離職通知書立刻就發下來了。

□ **解雇**（かいこ）
解雇，開除
経営難により、多くの社員が解雇されることになりました。
由於公司面臨經營困難，許多員工被解雇了。

□ **解任**（かいにん）
免職
役職を解任されたことにより、彼は自らの未熟さを痛感し、改善するために努力しています。
因被解除職務，他深刻地感受到了自己的不足，並努力改善。

□ **募る**（つの）
招募，越來越厲害
彼の仕事のし方に不満が募り、ついに役職を解任されてしまった。
他的工作表現讓人不滿意，最終被解除職務。

□ **給与**（きゅうよ）
提供，供應；薪水
給与が思ったより低く、やりがいを感じられなくなって辞職することにしました。
由於待遇不如預期，且感受不到工作的價值和樂趣，所以決定辭職。

□ **年功序列**（ねんこうじょれつ）
按工齡、能力、貢獻而進級，提薪
年功序列が採用基準になっている会社では、スキルや能力が評価されないので、辞める決意をしました。
在以年資為招聘標準的公司中，個人的技能與能力無法獲得評價，因此我決定離職。

□ **未払い**（みばら）
未付款，未支付
未払いの残業代が積み重なり、今後も改善される見込みがないため、辞職することにしました。
累積了未支付的加班費，而且看不到未來改善的希望，因此決定辭職。

□ **いい加減**（かげん）
不負責任，草率，馬虎
いい加減な上司の対応に耐えられなくなり、退職することにしました。
無法忍受不負責任的上司對待的方式，因此我決定離職。

□ **終身**（しゅうしん）
終身制，終身聘用
終身雇用制度のある企業に勤めていましたが、経営環境の変化により、退職を余儀なくされました。
我曾在一家實行終身雇用制度的公司工作，但由於經營環境的變化，被迫離職。

□ **唐突**（とうとつ）
唐突的，突然，冒失
唐突な解雇により、不安と絶望感に襲われています。
因突然被解雇，感到不安和絶望。

職場高手必備200句型

「自己評價」句型

1. 私は～が強く

1. 我…非常出色
2. 私は自分自身を責任感が強く、常に改善する姿勢で取り組んでいます。
3. 我是一個責任感很強的人，並且總是以改進的態度去處理事情。

句型説明

指的是自己某方面的能力或優點很突出或非常出色。

2. 私は～を大切にし

1. 我重視…
2. 私はチームワークを大切にし、協力して目標達成に向けて努力します。
3. 我非常重視團隊合作，會努力協助團隊達成共同目標。

句型説明

指的是自己非常重視某些價值觀或行為準則。

3. 私は～に自信があり

1. 我對…有自信
2. 私はコミュニケーション能力に自信があり、円滑なコミュニケーションを心掛けています。
3. 我對於溝通能力很有自信，並且努力保持良好的溝通。

句型説明

指的是自己對某方面的能力很有信心。

4. 私は～に優れ

1. 我…非常優秀
2. 私は問題解決力に優れ、難しい課題にも果敢に挑戦することができます。
3. 我在解決問題方面非常優秀，能勇敢地挑戰困難的任務。

句型説明

表示自己在某方面具有出色的能力或素質。

5. 私は～に気を配り

1. 我非常注重…
2. 私は細かいところに気を配り、正確かつ丁寧な仕事を心がけています。
3. 我非常注重細節，會總是盡心盡力地做好工作。

句型説明

表示自己對某些細節或特定方面非常注重，並且會注意到這些細節或方面的問題。

6. 私は～思考力を持ち

1. 我有…的思考能力
2. 私は柔軟な思考力を持ち、変化に適応することができます。
3. 我具有靈活的思考能力，能適應不斷變化的環境。

句型説明

表示自己在某方面具有靈活且創新的思考能力。

7. 私は～向上心があり

句型說明

1. 我有進取心，追求…的提升
2. 私は自分自身を常に高めようとする向上心があり、積極的に学び続けています。
3. 我具有不斷學習和成長的動力和熱情。

自己具有積極進取的態度，總是希望在某些方面不斷提升自己。

8. 私は～の弱点／が苦手

句型說明

1. 我的弱點是…
2. 私は時間管理が苦手なところがありますが、改善するために日々努力しています。
3. 我存在時間管理不足的問題，但正在努力改進。

自己在某些方面存在不足或需要改進的地方。

「介紹自己的優勢」句型

1. 私の強みは～です

句型說明

1. 我的強項是…
2. 私の強みはコミュニケーション能力です。
3. 我的優勢是溝通能力好。

用來介紹自己的特長、能力或經驗等方面。

2. 私は～に関する知識があります

句型說明

1. 我有關於…的經驗
2. 私はプログラミングに関する知識があります。
3. 我具有程式設計方面的知識。

用展示自己在某領域或技能上的知識和經驗。

3. 私が持っている～なスキルは～

句型說明

1. 我擅長的…技能是…
2. 私が持っているリーダーシップなスキルはチームをまとめる能力です。
3. 我具有的領導技能是團隊凝聚力。

用來描述自己在某方面或領域具有的特定技能。

Unit 3

2000 words

職場人際關係

□ 忙しい（いそが）
繁忙
お忙しいところ、失礼します。
抱歉百忙之中打擾您。

□ 尋ねる（たず）
請教，詢問，問
忙しいところすみませんが、この書類のことでお尋ねしたいことがあります。
不好意思百忙中打擾您，有關這份文件我有些問題想要請教您。

□ 会社名（かいしゃめい）
公司名稱
先方の会社名をうっかり忘れてしまいました。
不小心忘記對方的公司名了。

□ 仕事中（しごとちゅう）
工作中
仕事中に恐縮ですが、この案件に関してご確認いただけますか。
很抱歉在工作中打擾您，可以請您確認一下這份案件嗎？

□ 件（けん）
件，事情
この件について、ご存じですか。
關於這件事情，您是否已知悉？

□ 勤務（きんむ）
工作，勤務
今日の勤務時間は何時から何時までですか。
今天的工作時間是從幾點到幾點呢？

□ 会議（かいぎ）
會議，會談
会議の議事録をお送りください。
請將會議的議事錄寄送過來。

□ 出荷件数（しゅっかけんすう）
出貨量，出貨數量
出荷件数はどの程度進んでいますか。
出貨數量的進展如何了？

□ 仕方（しかた）
方法，手段
この問題に対する解決の仕方が分からないんですが、どうすればいいでしょうか。
我不知道如何解決這個問題，您有什麼建議嗎？

□ 伺う
うかが

拜訪，請教，詢問

お忙しいところすみませんが、一つ伺いたいことがあるのですが。

抱歉在您忙碌的時候打擾您，我想請教您一件事情。

□ 部分
ぶ ぶん

部分

このプロジェクトで私が担当する部分はどこですか。

在這個專案中，我需要負責哪些部分呢？

□ お手すき
て

有空

お手すきのときに、この資料を見ていただけますか。

您有空的時候，能否幫忙看一下這份資料？

□ 起動
き どう

啟動

新しいシステムの起動方法がわからないのですが、教えていただけますか。

我不知道如何操作這個新系統，能否請您指導一下？

□ 経路
けい ろ

路線，路徑

このタスクの最短経路はどこですか。

這個任務的最短路徑在哪裡？

□ ノウハウ
《know-how》

技術知識，專業技能，知識技能

このプロジェクトで必要なノウハウは何ですか。

這個項目所需要掌握的專業知識是什麼？

□ 見当
けんとう

預測，估計，推測

この問題について見当がつかないので、どうすればいいか教えてください。

關於這個問題我完全沒有頭緒，能否請您告訴我該怎麼做？

□ 広告
こうこく

廣告，宣傳

この製品の広告について、あなたのご意見を伺いたいのですが。

關於這個產品的廣告，我想聽聽您的想法。

2. 同事問我問題

□ 少々 しょうしょう	一些，些微 お仕事中、申し訳ありませんが、少々お伺いしたいことがあるのですが…。 在您工作時，非常抱歉打擾您，有些事情想請教您。
□ について	有關，關於 この問題についてのご意見を聞かせていただけますでしょうか。 關於這個問題，能否請您分享一下您的看法呢？
□ メモ《memo》	筆記，記錄 少々お待ちください、この問題についてメモを取っておきます。 請稍等一下，我會將這個問題的相關資訊記下來。
□ プロジェクト《project》	計畫，項目 斉藤さん、プロジェクトＡに関して教えていただけませんか。 齊藤小姐，方便請教有關計畫Ａ一案嗎？
□ 調べる しら	調查，查詢 このプロジェクトについて調べた結果、いくつかの問題点があります。 在這個專案中，我進行的調查發現了一些問題點。
□ ～でしたら	如果是…的話 もし私があなたでしたら、このプロジェクトについてもっと調べると思います。 如果我是您，我會認為應該對這個專案進行更深入的調查。
□ 気がする き	感覺，覺得 あの、これは新しい素材でできているような気がするんですけど…。 嗯……，我覺得這像是用新的原料做的……

連高手都弄混的職場單字

ませ

① 意為「請」。

② 「ませ」是一種敬語（尊敬語、丁寧語）的結尾，用在表示尊敬和禮貌。表示尊敬和禮貌地請求對方稍等。

③ 例如：「かしこまりました、お待ちくださいませ。」（了解了，請稍等。）其中「くださいませ」是「ください」的尊敬語形式。

3. 接待訪客

□ いらっしゃいませ

歓迎大駕光臨，歓迎光臨

いらっしゃいませ。ご予約はされていますか。
歓迎光臨。請問您事先預約了嗎？

□ いらっしゃる

（尊敬語）來，到達；去；在

お客様がいらっしゃいました。
客人已經抵達了。

□ 恐れ入る

不好意思，請恕我冒昧

恐れ入りますが、こちらにお名前をお書きください。
抱歉，請在這裡填寫您的名字。

□ どちら様

（尊敬語）您是哪位，尊姓大名是？

どちら様でしょうか。
請問您是哪位？

□ 約束

約定，承諾

お約束の時間まで、少々お待ちいただけますか。
在約定時間之前，能稍作等待嗎？

□ 名刺

名片

こちらが私の名刺です。何かご用件がございましたら、
お気軽にご連絡ください。
這是我的名片。如有任何需要，請隨時與我聯繫。

□ かしこまる

知道了

かしこまりました。すぐお伺いいたします。
好的，我會立刻過去。

□ 世話

關照，照顧

お世話になっております。どのようなご用件でしょうか。
非常感謝您一直以來的照顧，有什麼需要我幫忙的嗎？

□ 用件

（待辦的）事，事情，用事

恐れ入りますが、どのようなご用件でしょうか。
請問您需要什麼幫助或服務呢？

□ 様 <ruby>様<rt>さま</rt></ruby>	 ２時にお<ruby>約束<rt>やくそく</rt></ruby>の CBC <ruby>企画<rt>きかく</rt></ruby>の<ruby>岡山様<rt>おかやまさま</rt></ruby>がお<ruby>越<rt>こ</rt></ruby>しになりました。 在 2 點與 CBC 企劃的岡山先生有預約，他已經到達了。

□ <ruby>待<rt>ま</rt></ruby>つ

等待

<ruby>岡山様<rt>おかやまさま</rt></ruby>、お<ruby>待<rt>ま</rt></ruby>ちしておりました。

岡山先生，我們期盼您的光臨已久。

□ <ruby>案内<rt>あんない</rt></ruby>

帶路，引導

ご<ruby>案内<rt>あんない</rt></ruby>いたしますので、<ruby>少々<rt>しょうしょう</rt></ruby>お<ruby>待<rt>ま</rt></ruby>ちください。

我來帶您過去，請稍等片刻。

□ <ruby>取<rt>と</rt></ruby>り<ruby>次<rt>つ</rt></ruby>ぐ

傳達，傳遞

ただいまお<ruby>取<rt>と</rt></ruby>り<ruby>次<rt>つ</rt></ruby>ぎいたしますので、こちらにおかけになってお<ruby>待<rt>ま</rt></ruby>ちくださいませ。

我現在就為您傳達，請您坐在這裡稍待一下。

□ ～ませ

（尊敬地跟對方打招呼或回應對方）請…

かしこまりました、お<ruby>待<rt>ま</rt></ruby>ちくださいませ。

好的，請稍候一下。

□ <ruby>参<rt>まい</rt></ruby>る

（謙讓語）去，來，參加

<ruby>山田<rt>やまだ</rt></ruby>はすぐに<ruby>参<rt>まい</rt></ruby>りますので、こちらでお<ruby>待<rt>ま</rt></ruby>ちいただけますか。

山田先生馬上就到，請問您能在這裡稍作等候嗎？

□ <ruby>召<rt>め</rt></ruby>し<ruby>上<rt>あ</rt></ruby>がる

（尊敬語）吃，喝，享用

<ruby>失礼<rt>しつれい</rt></ruby>いたします。どうぞ、こちらのお<ruby>茶<rt>ちゃ</rt></ruby>をお<ruby>召<rt>め</rt></ruby>し<ruby>上<rt>あ</rt></ruby>がりください。

抱歉打擾您，請享用這杯茶。

□ <ruby>承<rt>うけたまわ</rt></ruby>る

（謙讓語）接受，聽聞

よろしければ、<ruby>私<rt>わたし</rt></ruby>がご<ruby>用件<rt>ようけん</rt></ruby>を<ruby>承<rt>うけたまわ</rt></ruby>りますが。

如果您同意的話，由我來為您處理事務。

□ あいにく

不湊巧，不合時機

あいにく、<ruby>本日社長<rt>ほんじつしゃちょう</rt></ruby>は<ruby>出張中<rt>しゅっちょうちゅう</rt></ruby>のためお<ruby>会<rt>あ</rt></ruby>いいただけません。

很抱歉，今天公司總裁出差，無法與您見面。

□ 越_こす

（「来る」的敬語）光臨，前來

この度_{たび}は、当社_{とうしゃ}にお越_こしいただき、誠_{まこと}にありがとうございます。

非常感謝您蒞臨我們公司，對您的來訪表示衷心的感激。

□ わざわざ

特地，特意

お忙_{いそが}しい中_{なか}、わざわざ当社_{とうしゃ}までお越_こしいただき、誠_{まこと}にありがとうございます。

在您百忙中特意撥冗拜訪我們公司，真的非常感謝您。

□ 応接室_{おうせつしつ}

會客室，接待室

応接室_{おうせつしつ}はこちらになります。お茶_{ちゃ}とお菓子_{かし}をご用意_{ようい}しておりますので、どうぞご利用_{りよう}ください。

這裡是接待室。我們已為您準備好茶點，歡迎品嚐。

4. 與上司、前輩說話

Track 014

□ ちょっと

稍微，一下，一會兒

ちょっとお時間_{じかん}いただけますか。

請問您能抽一下空嗎？

□ 何_{なに}か

什麼，某種

何_{なに}かお手伝_{てつだ}いできることがありますか。

有什麼需要我們協助的地方嗎？

□ ただいま

現在；方才

ただいま戻_{もど}りました。

我已經回來了。

□ 用_{よう}

事情，用事

ご用_{よう}は何_{なん}でしょうか。

您需要我們幫忙什麼事情嗎？

□ 申_{もう}し訳_{わけ}ない

對不好意思，不起

申_{もう}し訳_{わけ}ございませんが、まだできていません。

很抱歉，這件事情我們尚未完成。

□ 丁寧（ていねい）

有禮貌；細心

いつも丁寧（ていねい）にご指導（しどう）いただきありがとうございます。

非常感謝您一直以來的悉心指導。

□ よろしい

好，可以；適當

本日（ほんじつ）のミーティングは何時（なんじ）からでしょうか。よろしければ教（おし）えていただけますか。

今天的會議是從幾點開始呢？如果可以的話，請告訴我。

□ ございます

（『ある』的尊敬用法）有的

田中（たなか）さん、明日（あした）のプレゼンテーションについてご確認（かくにん）が必要（ひつよう）な点（てん）はございますか。

田中先生，關於明天的簡報，請問是否有需要確認的部分？

□ 聞（き）く

問，聽

お聞（き）きしたいことがございますが、お時間（じかん）をいただけるでしょうか。

我有事想請教您，您有時間嗎？

□ できあがる

完成，做好

報告（ほうこく）いたします。私（わたし）が担当（たんとう）していたプロジェクトは先日（せんじつ）できあがりました。

我來匯報一下，我負責的項目已在前幾天完成了。

□ 書（か）き方（かた）

寫法

ご指示（しじ）いただいたとおり、報告書（ほうこくしょ）の書（か）き方（かた）を変更（へんこう）いたしました。

依照您的指示，我們已改變報告書的撰寫方式。

□ 力添（ちからぞ）え

幫助，援助

恐（おそ）れ入（い）りますが、このプロジェクトに関（かん）して、力添（ちからぞ）えをお願（ねが）いできませんでしょうか。

很抱歉，關於這個項目，我們能否得到您的協助？

□ 見送（みおく）る

送行，送別；觀望；放過

今日（きょう）は、私（わたし）たちの大切（たいせつ）な同僚（どうりょう）を見送（みおく）る日（ひ）です。新（あたら）しい挑戦（ちょうせん）を迎（むか）える前（まえ）に、私（わたし）たちは彼（かれ）に最大限（さいだいげん）のサポートを提供（ていきょう）します。

今天是我們珍愛的同事道別的日子。在他迎接新挑戰之前，我們將全力提供支持。

□ 企画書（きかくしょ）

企劃書，計畫書

ご確認（かくにん）いただきたいのは、私（わたし）たちが提出（ていしゅつ）した企画書（きかくしょ）です。この計画（けいかく）が実現（じつげん）するためには、御社（おんしゃ）のご支援（しえん）が必要（ひつよう）です。

我們希望您能確認我們提交的企劃書。為了實現這個計劃，我們需要貴公司的支持。

□ 期限
きげん

期限，截止日期

お忙しい中、大変恐縮ですが、明日までに提出期限が迫っ
ている報告書がございますので、ご確認いただけますか。
在您忙碌的時候非常抱歉，但由於明天就是提交期限，請問您能
確認一下這份報告書嗎？

5. 上司的肯定

Track 015

□ 君
きみ

（對同輩或晚輩的尊稱）你，先生，小姐

君の努力はすごいですね。
你的努力真的很了不起呢。

□ 面倒見
めんどう み

照顧周到，負責

君の面倒見の良さは、周りからも評価されています。
你對周圍人的關懷非常周到，因此受到大家的讚賞。

□ 指導力
し どうりょく

指導能力，領導力

君の指導力は、チームの成長につながっています。
你的領導力正促使團隊不斷成長。

□ リーダー
シップ
《leader ship》

領導力，領袖風範

君のリーダーシップは、皆が尊敬するものです。
你卓越的領導力倍受團隊敬重和推崇。

□ 見習い
み なら

學習；見習

君の見習い期間の成長は素晴らしかったです。
你在見習期間取得的成長讓人驚艷。

□ 真剣
しんけん

認真，嚴肅

君の真剣な姿勢は、仕事にとても影響を与えています。
你的認真態度對工作為團隊樹立榜樣。

□ 着実
ちゃくじつ

腳地踏實，穩健，穩固

君の着実な努力が成果を生んでいますね。
你的踏實努力正逐漸迎來豐碩成果。

□ 苦労（くろう）
辛苦，努力
君（きみ）が苦労（くろう）したからこそ、今（いま）の成果（せいか）があると思（おも）います。本当（ほんとう）にお疲（つか）れ様（さま）でした。
我認為正是因為你的辛勤付出，才取得了現在的成就。真的辛苦你了。

□ 任（まか）せる
交付，委託，托付
今回（こんかい）のプロジェクトは、君（きみ）に任（まか）せてよかったです。素晴（す ば）らしい結果（けっか）を出（だ）してくれました。
這次的項目交給你，真是太棒了。你取得了傑出的成績。

□ 特別（とくべつ）
特別的，特殊的
君（きみ）の特別（とくべつ）な能力（のうりょく）が、今回（こんかい）のプロジェクトで大（おお）いに役立（やくだ）ちました。ありがとうございます。
你的特殊能力在這次項目中大顯身手，非常感謝你。

□ ～こそ
正（因為）…才…，正是
あなたがいたからこそ、ここまでやれたのです。
正因為有你在，我們才能取得現在這樣的成就。

□ 有望（ゆうぼう）
有前途，有希望
君（きみ）こそ、私（わたし）たちのチームの将来（しょうらい）を担（にな）う有望（ゆうぼう）な人材（じんざい）です。これからも期待（きたい）しています。
你是我們團隊未來最具潛力的人才，我們期待你的發展。

□ 頼（たよ）る
依靠，倚賴
いつも頼（たよ）りになる仕事（しごと）ぶりで、本当（ほんとう）に助（たす）かっています。
你一直以來展現出的可靠工作態度，真的對我們很有幫助。

□ 前向（まえむ）き
積極的，肯定的，樂觀的
君（きみ）の前向（まえむ）きな姿勢（しせい）は、チーム全体（ぜんたい）を明（あか）るくしています。本当（ほんとう）に素晴（すば）らしいですね。
你積極向上的態度為整個團隊營造了明亮的氛圍，實在令人佩服。

□ 申（もう）し分（ぶん）ない
無可挑剔，沒有問題
君（きみ）の仕事（しごと）の成果（せいか）は、申（もう）し分（ぶん）ありません。これからも期待（きたい）しています。
你的工作成果無懈可擊，期待你能保持這樣出色的表現。

□ 余裕（よゆう）
時間充裕，餘裕，寬鬆
君（きみ）には余裕（よゆう）を持（も）って仕事（しごと）をこなす才能（さいのう）があるように感（かん）じます。本当（ほんとう）に素晴（すば）らしいですね。
我覺得你有處理工作時輕鬆自如的才能，真的非常傑出。

6. 同事邀約

□ **一緒**
いっしょ

一起，一同

同じ電車だから、一緒に帰りましょうか。
おな　でんしゃ　　　　　　いっしょ　かえ

由於我們搭同一班電車，要一起回家嗎？

□ **カラオケ**

卡拉 OK

斉藤さん、お時間ありますか。カラオケに行きませんか。
さいとう　　　　じかん　　　　　　　　　　　　　い

齊藤小姐！時間允許的話，一起去唱歌如何呢？

□ **喜ぶ**
よろこ

高興，開心，喜歡

喜んで行かせていただきます。
よろこ　い

我很樂意陪同前往。

□ **供**
とも

隨從，伴侶

ありがとうございます。お花見、大好きなんです。お供
　　　　　　　　　　　　　　　はな み　だい す　　　　　　　　とも
します。

非常感謝。我非常喜歡賞花，讓我陪您一起去吧。

□ **一杯**
いっぱい

一杯；充滿；全部（用上）

斉藤さん、一杯いかがですか。
さいとう　　　いっぱい

齊藤小姐！一起去喝一杯怎麼樣？

□ **先約**
せんやく

有先約，有預定

すみません、今日は先約がありまして…。
　　　　　　　きょう　せんやく

非常抱歉，我今天已經和別人約好了……

□ **はずす**

無法取消，避免，免除

どうしてもはずせない用がありまして…。
　　　　　　　　　　よう

我有要事要去辦……

□ **体調**
たいちょう

身體狀況，健康狀況

体調が思わしくないので…。
たいちょう　おも

我身體有點不適……

□ **是非**
ぜ ひ

務必

また機会がありましたら、是非誘ってください。
　　きかい　　　　　　　　　ぜ ひ さそ

若有機會的話，請一定再邀請我。

39

□ 飲む（の）
喝，飲用
仕事が終わったらビールを飲みに行きましょう。
等工作結束後，我們一起去喝一杯啤酒吧。

□ 終える（お）
結束，完成
仕事を終えた後のビールがおいしいです。
工作結束後喝的啤酒，真的格外美味。

□ いつ
何時，什麼時候
いつどこで会いましょうか。
在哪裡、什麼時候見面呢？

□ ロビー《lobby》
大廳，接待處
3時にホテルのロビーでどうですか。
3點在飯店的大廳見面，怎麼樣？

7. 聚會、會議

□ 展覧会（てんらんかい）
展示會，展覽會
今度の週末に展覧会に行く予定です。
這個週末我計畫去參觀一個展覽。

□ 会場（かいじょう）
會場
パーティーの会場には、多数の外国人の方々もいらっしゃいました。
派對的會場也有不少外國人前來參加。

□ 込む（こ）
擁擠，擠滿
展示品が多くて、会場が込んでいますね。
展品繁多，人潮也相當擁擠呢。

□ 入れる（い）
容納，放進
1000人も入れることができる会場を探すのは困難でした。
尋找一個可以容納1000人的場地確實非常困難。

□ 着物
（きもの）

和服，日本傳統服飾

この展覧会では、着物の展示もされるそうです。
聽說這次展覽將會展示和服呢。

□ ホテル《hotel》

旅館，飯店

展覧会が終わったら、近くのホテルに泊まります。
展覽結束後，我打算住在附近的旅館。

□ 始まる
（はじ）

開始

展示の準備が整いましたので、いよいよ始まります。
準備工作已經完成，現在正式開始展覽。

□ 会議室
（かいぎしつ）

會議室

会議室での打ち合わせは何時に始まりますか。
會議室的商談何時開始呢？

□ 間に合う
（ま）（あ）

來得及，趕上

間に合うように早めに出発しましょう。
為了能準時到達，我們應該提前出發。

□ かかる

需要，花費

展示物の準備には時間がかかりますね。
展示品的準備還需要花費一些時間。

□ 番
（ばん）

輪流（職務或責任），輪班

展覧会の案内をする番を決めましょう。
讓我們共同決定展覽引導員的班表。

□ リリース
《release》

發售，發布

新製品のリリースは来週の月曜日に行われます。
新產品的發布將在下週一進行。

職場高手必備200句型

「自我介紹」句型

1. 私は[名前]です

1. 我叫做〔名字〕
2. 私は山田太郎です。
3. 我是山田太郎。

句型說明

用來簡單地自我介紹，告知自己的名字。

2. 初めまして、[名前]と申します

1. 初次見面，我是〔名字〕
2. 初めまして、山田花子と申します。
3. 初次見面，我是山田花子。

句型說明

用來在第一次見面時自我介紹，告知自己的名字。

3. ～大学の～学部を卒業し

1. 我畢業於…大學的…學部
2. 慶応大学の経済学部を卒業しました。
3. 我畢業於慶應大學的經濟學系。

句型說明

用來介紹自己的教育背景，包括所畢業的大學和專業。

Unit 4

2000 words

報告、聯絡、商量

□ 受^うける

接受，接收，承受

昨日^{きのう}、クライアントからの要請^{ようせい}を受^うけ取^とりました。
昨天，我收到了客戶的要求。

□ 金額^{きんがく}

金額，價格

このプロジェクトの予算金額^{よさんきんがく}はどのくらいですか。
這個專案的預算是多少呢？

□ 報告^{ほうこく}

報告，匯報

進捗状況^{しんちょくじょうきょう}の報告^{ほうこく}を提出^{ていしゅつ}する必要^{ひつよう}があります。
我們需要提交一份進度報告。

□ 他社^{たしゃ}

其他公司，競爭對手

他社^{たしゃ}の製品^{せいひん}との比較^{ひかく}を行^{おこな}いました。
我們已經對比了與其他公司產品的差異。

□ まま

一如原樣，原封不動

このままではスケジュールに間^まに合^あわないので、計画^{けいかく}を変^{へん}更^{こう}する必要^{ひつよう}があります。
按照目前的進度，我們將無法按照計劃完成，所以需要調整計劃。

□ 経過^{けいか}

經過，進展，過程

プロジェクトの経過状況^{けいかじょうきょう}について、ミーティングを開^{かい}催^{さい}しましょう。
關於專案的進展情況，我們來開個會議討論一下吧。

□ 指示^{しじ}

指示，指導

担当者^{たんとうしゃ}が不在^{ふざい}のため、プロジェクトの指示^{しじ}について確^{かく}認^{にん}したいです。
由於負責人不在，我想確認一下有關專案指示的事項。

連高手都弄混的職場單字

いかがなものでしょうか

① 「你覺得怎樣呢？」或「您意下如何？」
② 表達也用在提出一個疑問或反思，表達對某種行為的擔憂或懷疑。
③ 例如：「人^{ひと}の意見^{いけん}を聞^きかないで自分^{じぶん}の意見^{いけん}ばかりを言^いうのはいかがなものでしょうか。」（不聽取他人的意見，只說自己的看法，這樣做合適嗎？）

2. 確認進度

□ 進む
すす

進行，前進，進展

Ａ計画は順調に進んでいますか。
エーけいかく　じゅんちょう　すす

Ａ 工作進行得順利嗎？

□ うまい

很好，非常適合

この商品は品質も価格もうまくバランスがとれています。
しょうひん　ひんしつ　か　かく

這件商品在品質和價格方面都達到了很好的平衡點。

□ 順調
じゅんちょう

順利，平順

プロジェクトの進捗状況は順調ですか。
しんちょくじょうきょう　じゅんちょう

這個專案的進展還算順利嗎？

□ 交渉
こうしょう

交涉，談判，協商

今後の交渉はどうすればよいでしょうか。
こん　ご　こうしょう

接下來的談判應該如何進行才好呢？

□ 予定
よ てい

預定，計畫

作業は予定通りに進んでいますか。
さ ぎょう　よ ていどお　すす

工作進度按照計畫進行了嗎？

□ 検討
けんとう

檢討，考慮，審議

この提案については検討が必要です。
ていあん　けんとう　ひつよう

我們需要開個會議來討論這個提案。

□ 価格
か かく

價格，價值

この商品の価格について再度確認したいです。
しょうひん　か かく　さい ど かくにん

我想再次確認商品價格。

□ 話し合う
はな　あ

商量，協商

今日はこの案件について話し合いましょう。
きょう　あんけん　はな　あ

今天讓我們一起討論這個案子。

□ 打ち合わせる
う　あ

會談，商治，開會，討論

打ち合わせる前のスケジュールを確認しましょう。
う　あ　まえ　かくにん

在會議之前，讓我們先確認一下時間表。

□ 調整（ちょうせい）

調整，調節

スケジュールを調整（ちょうせい）してもらえますか。
請問您能調整一下行程安排嗎？

□ 先方（せんぽう）

對方，客戶

先方（せんぽう）からの連絡（れんらく）を待（ま）っています。
我們正在等待對方的回覆。

□ すべて

一切，全部，所有

この案件（あんけん）についてはすべて把握（はあく）しています。
關於這個案件，我已經掌握了全部的情況。

□ 確（たし）かめる

確認，查明

進捗状況（しんちょくじょうきょう）をもう一度（いちど）確（たし）かめたいです。
我想再次確認進度狀況。

□ 大事（だいじ）

重要的

この案件（あんけん）は非常（ひじょう）に大事（だいじ）なので、慎重（しんちょう）に対応（たいおう）する必要（ひつよう）があります。
這個案件非常重要，必須慎重對待。

□ 他（ほか）

其他，別的

他（ほか）の会社（かいしゃ）と比較（ひかく）して、我々（われわれ）の価格（かかく）は適正（てきせい）です。
與其他公司相比，我們的價格是合理的。

□ 返事（へんじ）

答覆，回答

お返事（へんじ）はいつ頃（ごろ）いただけますか。
你能告訴我大概什麼時候會收到回應嗎？

□ 考慮（こうりょ）

考慮，斟酌

この提案（ていあん）については考慮（こうりょ）したうえで、決定（けってい）したいと思（おも）います。
我們希望在評估這份提案後再做出決策。

□ 視察（しさつ）

視察，考察，實地考察

製品（せいひん）の品質（ひんしつ）を確認（かくにん）するために、視察（しさつ）に行（い）く必要（ひつよう）があります。
為了確保產品品質，我們需要進行檢查。

3. 趕工作進度

□ 難しい
困難的
難しい仕事から先に取り組みましょう。
先從困難的工作開始著手吧。

□ 手伝う
幫忙，協助
このプロジェクトは難しいので、チーム全員で手伝い合う必要があります。
這個專案相當困難，需要團隊齊心協力才能完成。

□ マイペース
《(和)my+pace》
自己的步調，按自己的節奏，隨性
私はマイペースなので、自分のペースで作業したいと思います。
我喜歡按照自己的步調工作，希望能夠按自己的節奏進行。

□ 緩める
放慢
スケジュールを少し緩めても大丈夫でしょうか。
即使進度放慢一點，也沒問題嗎？

□ 邪魔
妨礙，打擾，干擾
他のメンバーを邪魔しないように、静かに作業してください。
請保持安靜，別影響其他成員的工作。

□ 今日中
今天之內，當天內
今日中にこのプロジェクトを完成させる必要があります。
我們必須在今天結束這個專案。

□ ベスト 《best》
全力；最好的，最佳
ベストを尽くして、このプロジェクトを成功させましょう。
竭盡所能一起讓這個專案成功吧。

□ できるだけ
盡可能，儘量
できるだけ早く報告書を提出してください。
請儘快繳交報告書。

□ 遅い
晚歸，晚的
遅い時間まで働く必要があるかもしれません。
可能需要加班到很晚。

□ いつまで

到什麼時候，多久

いつまでにこのタスクを終わらせることができますか。
請問您什麼時候能完成這個任務？

□ 間
あいだ

期間，中間，當中

このプロジェクトの間に休憩時間を取る必要があります。
在這個專案進行期間需要有休息時間。

□ 頼む
たの

請求；委託；依靠

このタスクを頼みます！
請你負責這項任務！

□ 給料
きゅうりょう

薪水，報酬

給料を得るためには、働かなければなりません。
如果想要拿到薪水，就必須工作。

□ ボーナス
《bonus》

獎金，紅利

締め切りを守れば、多くのボーナスが手に入ります。
只要遵守截止日期，就可以獲得豐厚的獎金。

□ 仕上げる
しあ

完成，結束

この仕事を仕上げたら、次のプロジェクトに取りかかります。
完成這項工作後，我們將開始下一個專案。

□ 朝一
あさいち

一大早，清晨

朝一で会議がありますので、早めに出社してください。
因為早上有會議，請盡早到公司報到。

□ 切る
き

削減，減少

このプロジェクトは予算を超えてしまったので、コストを切る必要があります。
由於這個專案的預算已經超支了，所以需要削減成本。

□ 急かす
せ

促使趕快做某事；催促，催逼

締め切りまで時間がないので、担当者を急かしてください。
時間已經不多了，請負責人加快進度吧。

☐ **リミット**
《limit》

限度，限制，極限

リミットまでにこのタスクを完了する必要があります。
必須在期限內完成這項任務。

☐ **締め切り**

截止，截止日期，期限

締め切りに間に合わせるため、夜遅くまで働かなければなりません。
為了趕上截止日期，我們必須工作到深夜。

4. 報告進度順利

Track 021

☐ **～通り**

原樣，依照，如同

はい、全て予定通りです。
是的，一切都照預定進行。

☐ **修正**

修改，修正

報告書の修正が終わりました。
報告書的修改已經完成了。

☐ **はかどる**

順利，進展

今日は仕事がはかどりますね。
今天的工作進展得很順利，對吧？

☐ **スラスラ**

順暢，流利

プレゼンテーションがスラスラ進んだので、自信がつきました。
簡報進展順利，讓我充滿自信。

☐ **スムーズ**
《smooth》

順利，流暢；平滑

スムーズにプロジェクトを進めるために、メンバー間のコミュニケーションを大切にしましょう。
為了讓項目順利進行，團隊成員間的溝通變得格外重要。

☐ **進む**

進展，前進，進行

プロジェクトは計画通りに進んでいます。
專案按計畫順利進行。

☐ **前向き**
まえむき

積極，正面

前向きな考え方を持って、この困難に立ち向かいましょう。

懷著積極的態度，讓我們一起面對這個挑戰吧。

☐ **アポ**
《appointment 之略》

預約，約見（アポイントメント之略）

今日の午後にアポがあります。

今天下午我有個約會。

☐ **口頭**
こうとう

口頭上，口述

口頭での説明が必要なので、プレゼンテーションの練習をしましょう。

因為需要進行口頭報告，所以我們一起來練習簡報吧。

☐ **仕上がる**
しあがる

完成，做完

このプロジェクトは予定よりも早く仕上がりそうです。

這個專案看起來可能會比預期提前完成。

☐ **受注**
じゅちゅう

接受訂貨，接單，受訂

この週末に新しい受注がありました。

這個週末收到了新的訂單。

☐ **前進**
ぜんしん

前進，前行

このプロジェクトは順調に前進しています。

這個專案正順利進行中。

☐ **綿密**
めんみつ

周密，細密，詳細

綿密に計画を立てて、スケジュール通りに進めましょう。

請精心制定計劃，並按照時間表進行。

☐ **照会**
しょうかい

詢問，查詢，諮詢

詳細に照会する必要がありますので、少々お待ちください。

因為需要進行詳細查詢，請稍等一會兒。

5. 報告進度不順利

□ **新規**
しんき

新方案；新規定

新規案件が増えたため、スケジュールが大幅に変更になりました。

因為新案件的增加，進度產生了很大的變動。

□ **都合**
つごう

方便，合適

お客様の都合が合わず、ミーティングの日程を変更しなければなりませんでした。

由於客戶的時間無法配合，我們必須更改會議的日程。

□ **てこずる**

棘手；費勁，吃力

このタスクにてこずっています。

這個任務遭遇了一些挑戰。

□ **なかなか**

相當，頗；並不，不太

予想以上に時間がかかってしまい、なかなか進まない状況です。

花費的時間比預期更長，進度表現不如預期。

□ **以上**
いじょう

以上所述，…以上

今回の調査結果により、以上のような問題が発生していることが分かりました。

本次調查結果揭示了上述的問題。

□ **最終的**
さいしゅうてき

最終的，最後的

最終的に、プロジェクトのスケジュールは大幅に遅れることになりました。

最終結果是，專案進度將會大幅延誤。

□ **採用**
さいよう

採用

この度は、多数の応募がありましたが、採用者を決定できませんでした。

這次儘管收到了很多人的應徵，但仍無法決定最終錄用人選。

□ **かなり**

很，相當

プロジェクトの進行がかなり遅れており、計画通りに進んでいません。

專案進行得相當緩慢，沒能按照計劃進行。

□ **出荷**
しゅっか

出貨，發貨

かなりの量の不良品が出荷されてしまったため、製品の再生産を行うことになりました。

因為出貨了大量的不良品，我們必須重新製造產品。

□ **超過** (ちょうか)
超過，超越；超標
期日を超過してしまい、お客様にご迷惑をおかけして
しまいました。
由於超過期限，給客戶帶來了不便，我們深感歉意。

□ **機材** (きざい)
器材；機材，設備
機材の故障により、生産ラインが止まってしまいました。
設備故障導致生產線暫停運作。

□ **誤算** (ごさん)
誤算，計算錯誤；失算
予想外のトラブルが発生し、誤算があったため、スケ
ジュールが遅れてしまいました。
由於意外問題和誤算，專案進度已經落後了。

□ **先送り** (さきおくり)
暫緩；延期
今回のタスクは先送りすることになりました。
這次的任務被延期了。

6. 聯絡

□ **もしもし**
喂，您好（打電話用語）
もしもし、斉藤でございます。
喂！我是齊藤。

□ **真っ直ぐ** (まっすぐ)
直線，筆直；直接，坦率
業務が終わりましたら、真っ直ぐ会社に戻ってください。
工作結束了就直接回公司！

□ **人身事故** (じんしんじこ)
撞人事故，意外傷害
駅で人身事故があったため、電車が遅れています。
由於電車車站發生傷亡事故，火車誤點了。

□ **中止** (ちゅうし)
停止，暫停；取消，停止
イベントの開催が中止になる可能性があるため、来場
者には事前にお知らせします。
由於舉辦的活動可能被取消，我們將提前通知參觀者。

□ 置く
<ruby>お<rt>お</rt></ruby>

放置，擺放

机の上に書類を置きました。
我已將文件放在桌子上。

□ 現場
<ruby>げんば<rt>げんば</rt></ruby>

現場，現場地點

現場の責任者にお願いを申し上げました。
把我的要求告訴了第一線的負責人。

□ 説得
<ruby>せっとく<rt>せっとく</rt></ruby>

說服，勸說；解釋

ここで広報部に辞められたら困るので、説得してこいと
部長に言われました。
公關部在這時候說要退出可就麻煩了。經理已經交代我去說服他
們留下來一起完成。

□ 直帰
<ruby>ちょっき<rt>ちょっき</rt></ruby>

直接回家；直接返回

ミーティングが終わりましたので、本日は直帰させてい
ただきます。
研商會議已經結束了，所以我今天直接回家，不進公司了。

□ 直行
<ruby>ちょっこう<rt>ちょっこう</rt></ruby>

直達；直接前往

明日はA社に直行するため、出社しません。
我明天會直接去A公司，所以不會進公司。

□ 手元
<ruby>てもと<rt>てもと</rt></ruby>

身邊，手頭；手中

手元に見本がないため、色を確認できません。
由於樣本不在手邊，所以無法確認顏色。

□ 兼ねる
<ruby>か<rt>か</rt></ruby>

兼任，兼職；兼備

挨拶を兼ねて、先方の社長に一度お会いした方がよろし
いかと思います。
最好約個時間和該公司的社長見個面，也順便做些公關。

□ 事柄
<ruby>ことがら<rt>ことがら</rt></ruby>

事情，事項，事件；情況

重要な事柄については、やはり社長に報告するべきです。
那些重要的事項，還是應該向社長報告吧。

7. 社外傳話

□ 所長 （しょちょう）
所長，部門主管
銀座ショールームの所長から、2時過ぎにお電話がありました。
兩點多左右，銀座展示室的所長曾經打過電話來。

□ 言付かる （ことづかる）
交代，吩咐
社長から社外に情報漏洩しないよう厳密に言付かります。
將嚴格依照社長要求，防止外泄公司機密，謹慎控制言論。

□ 預かる （あずかる）
收存，保管
お客様から、大切な書類を預かりました。
我們已經收到來自客戶的重要文件。

□ 改める （あらためる）
重新；改變，修改
日を改めてご挨拶にいらっしゃるとのことです。
他說改天再次前來拜訪問候。

□ おっしゃる
（尊敬語）講，說
30分ほど前、「戻られたらおいで願いたい」とおっしゃっていました。
他大約在半個小時前交代，等您回來以後，麻煩過去他那裡一趟。

□ 来客 （らいきゃく）
來客，訪客；客人
本日は電話や来客はございませんでした。
沒有客人或是來電要找您。

□ 見本 （みほん）
樣本，樣品；範例
見本を宅配で送っていただけませんか。
可以叫宅配把樣品送過來嗎？

連高手都弄混的職場單字

出先 （でさき）
① 表示「在外地、外出辦事或工作的地點」。
② 這個詞語用來描述一個人在某個特定時刻不在原本的辦公室或工作場所，而是去到其他地方處理工作事務。
③ 例如：「田中さんは出先で打ち合わせがあるため、今日はオフィスにいません。」（由於田中先生在外地有一個會議，所以今天他不在辦公室。）

8. 社內傳話

□ **呼ぶ**
よ

呼叫，喊叫

課長、部長からお呼びがかかっています。
かちょう　ぶちょう　　　　　　　よ

課長，經理找您。

□ **予約**
よやく

預約，預訂；預定

課長、部長が「チケットの予約をお願いしたい」とおっ
かちょう　ぶちょう　　　　　　　　よやく　　　　ねが
しゃいました。

課長，經理說「想請您幫忙預訂票」。

□ **伝言**
でんごん

留言；傳達的訊息

課長、部長から「チケットの予約をお願いしたい」との
かちょう　ぶちょう　　　　　　　　　よやく　　　　ねが
伝言を預かってまいりました。
でんごん　あず

課長，經理交代我轉告您「想麻煩您預訂票」。

□ **後ほど**
のち

稍後；過一會兒

部長、課長が「後ほどお伺いします」とおっしゃいました。
ぶちょう　かちょう　　のち　　　うかが

經理，課長說他「等一下會來請示您」。

□ **様子**
ようす

狀況，情況

部長はとても急いでいるご様子でした。
ぶちょう　　　　　いそ　　　　　　ようす

經理似乎非常著急的模樣。

□ **出先**
でさき

外出；不在家（辦公室）

出張中の佐藤さんが出先からご連絡いただきました。
しゅっちょうちゅう　さとう　　　でさき　　　れんらく

正在出差的佐藤先生和公司聯絡了。

□ **プログラム**
《program》

程式；項目，程序

予定していたプログラムに変更がありました。
よてい　　　　　　　　　　　へんこう

原本預定的程序有了異動。

□ **窓口**
まどぐち

窗口，聯繫人；櫃檯

高橋さんが窓口になっていますので、彼に直接お話しく
たかはし　　　まどぐち　　　　　　　　かれ　ちょくせつ　はな
ださい。

高橋先生是承辦窗口，請直接和他交涉。

□ **上がる**
あ

報告提交、上交；上升，升高

昨日山田さんにＡ社の件をお話ししておきましたが、課
きのうやまだ　　　エーしゃ　けん　　はな
長さんのところに報告が上がっていますか。
ちょう　　　　　　　　ほうこく　あ

昨天已經將Ａ公司那件案子告訴山田先生了，請問你把報告呈送給課長了嗎？

□ 回覧 _{かいらん}

傳閱，瀏覽

この他社製品のカタログを回覧_{かいらん}していただけますか。
可以請你傳閱這一份別家公司的產品目錄嗎？

□ 各種 _{かくしゅ}

各種，各式各樣

各種_{かくしゅ}の手続_{てつづ}きには1ヶ月_{げつ}ほど時間_{じかん}がかかります。
各種手續需要1個月左右的時間辦理。

9. 商量

Track 026

□ 手すき _て

有空，方便；空閒，空暇

課長_{かちょう}、大変失礼_{たいへんしつれい}ですが、今_{いま}お手_てすきでしょうか。
課長，抱歉打擾，您現在方便嗎？

□ 相談 _{そうだん}

諮詢，徵求意見，商量

ABC_{エービーシー}企画_{きかく}との契約_{けいやく}に関_{かん}して相談_{そうだん}があるのですが、よろしいでしょうか。
關於與 ABC 企劃的合約，我有一些疑問想要請教，可以嗎？

□ 実は _{じつ}

其實，事實上

実_{じつ}は、このプロジェクトには重要_{じゅうよう}な問題_{もんだい}があり、折_おり入_いってご相談_{そうだん}したいと思_{おも}っています。
事實上，這個專案存在一些重要問題，我想請教您。

□ 折り入る _お _い

恭敬地，謹慎地

折_おり入_いって申_{もう}し上_あげますが、私_{わたし}はこの業務_{ぎょうむ}に対_{たい}して不安_{ふあん}を感_{かん}じており、アドバイスを頂_{いただ}きたいのですが。
恕我冒昧直言，我對這個工作感到有些不安，希望能請您給些建議。

□ 少々 _{しょうしょう}

些微，稍微；有點，一點點

少々_{しょうしょう}お時間_{じかん}をいただけますでしょうか。
請問您能給我一點時間嗎？

□ 有り体 _あ _{てい}

直接地或無其修飾地，據實…

有_あり体_{てい}なことですが、この件_{けん}について私_{わたし}から提案_{ていあん}をさせていただけますでしょうか。
恕我直言，關於這件事，我能提出一些建議嗎？

□ **有給**（ゆうきゅう）
有薪休假，帶薪假期
有給休暇を取得したいのですが、ご承認いただけますでしょうか。
我想請假休息一下，請問可以批准嗎？

□ **悪気**（わるぎ）
惡意；無心之錯誤，無意之過錯
あの人も、悪気を持って言っているわけではないかもしれませんよ。
說不定那個人也不是故意那樣說的。

□ **高価**（こうか）
高價，昂貴
この提案は予算的にも高価になるかもしれませんが、社員のモチベーション向上に繋がると考えております。
這個提案在預算上可能較昂貴，但我認為它有助於提升員工士氣。

□ **インボイス**《invoice》
裝貨清單，發貨單
インボイスの発行方法について、何かご指示がありますでしょうか。
關於發票的開立方式，有什麼具體指示嗎？

□ **裁量**（さいりょう）
斟酌決定，決定，判斷
この件に関して、裁量を持って判断していただけますでしょうか。
關於這件事，請問您能否行使裁量權做出判斷呢？

□ **見出し**（みだし）
標題，標題欄
報告書の見出しについて、アドバイスをいただけますでしょうか。
關於報告書的標題，能否請您給予一些建議？

□ **メリハリ**
強烈的對比，節奏
このプレゼンテーションには、メリハリが必要だと考えています。アドバイスをいただけますでしょうか。
我認為這個簡報需要具有強烈的對比效果，能否請您給予一些意見？

□ **エキスパート**《expert》
專家，內行，行家；經驗豐富的人
このプロジェクトにはエキスパートの協力が必要だと思います。探してみますが、課長からも何か情報があれば教えていただけますでしょうか。
我覺得這個專案需要專家協助。我會尋找，但若課長有任何資訊，能否請您告知呢？

□ 足が出る
あし　で

超出預算

この案件の予算は足が出てしまい、対応策を考えているところです。課長からアドバイスいただけますでしょうか。

這個案子的預算已經超支，我在尋找解決方案。請問課長能提供建議嗎？

□ アクション
《action》

行動，行動計劃

この案件について、アクションプランを立てたいと考えています。部長のご意見をお聞かせいただけますでしょうか。

我想為這個案子制定一個行動計劃，請問部長能提供一些意見嗎？

10. 交代及確認工作

Track 027

□ 作成
さくせい

製作，編制

明日のレポートの作成をお願いします。締め切りは明後日の午前中ですので、必要な場合は私に相談してください。

請你明天完成報告撰寫。截止日期是後天上午，如果有必要的話請跟我聯繫。

□ 為替
かわせ

匯率，外幣匯率

この商品の価格はドルで表記されていますが、為替レートが上昇したため、円に換算すると多少高くなるかもしれません。

雖然這個商品的價格是以美元表示，但因匯率上升，換算成日圓可能會稍有增加。

□ 換算
かんさん

換算，轉換

今回の経費を円に換算すると、いくらになりますか。

這次的經費換算成日圓是多少啊？

□ 勘定
かんじょう

計算，核算

移動費を勘定にいれても、出張の収支は合うでしょうか。

若是把交通費也納入出差成本計算，這樣划得來嗎？

□ 関税
かんぜい

關稅，關稅制度；進口稅

この商品は海外から輸入するため、関税の手続きが必要です。手続きが完了次第、お知らせします。

由於這個商品是從海外進口，需要辦理關稅手續。一旦手續完成，我們將通知您。

□ プリントアウト《printout》

印刷，列印；列印的文件

この資料をプリントアウトしておく必要がありますか。それともデジタルで保存しておけばいいでしょうか。

這份文件需要列印出來嗎？還是要以數位格式保存？

□ **差出人** さしだしにん
寄件人，發件人；寄信人
この書類の差出人はＡ社の部長です。
書面文件的寄件人是Ａ公司的經理喔。

□ **下調べ** したしら
事先準備，預先調査
来週のプレゼンテーションに向けて、事前に下調べをしておいていただけますか。
能提前做好準備，為下週的簡報做好調研工作嗎？

□ **直属** ちょくぞく
直屬，直接隸屬
直属の上司にご指示いただきました。
向直屬上司請示其命令。

□ **役割** やくわり
作用，功用；角色
各自の役割について再度確認し、プロジェクトを円滑に進めていく必要があります。
需要重新確認各自的角色，以便順利推進項目。

□ **進捗** しんちょく
進度狀況；進展
プロジェクトの進捗状況を共有し、今後の課題や改善点について話し合いましょう。
讓我們分享項目進度，並討論未來的挑戰和改進的方案。

□ **三部** さんぶ
3份
明日の10時までに、この見積書を三部用意しておけばいいですね。
明天10點以前，準備好這份估價單3份是吧！

□ **宛て** あ
收件人，收信人
この書類はどちらに宛てて送ればいいですか。
這份文件應該寄往哪個地址？

□ **庶務課** しょむか
總務課，行政部門
4部のコピーを取り、人事部と庶務課にそれぞれ2部ずつお渡しすればよろしいでしょうか。
複印4份，各送兩份到人事部和庶務部吧！

□ **用意** ようい
備妥，準備，準備工作
こちらの資料を、2時の会議までに30部コピーしてご用意することになります。よろしいでしょうか。
只要把這些資料在兩點的會議開始前，影印30份備妥就好了嗎？

□ 重<ruby>ねて<rt>かさ</rt></ruby>

再次再次，重複；再三，再次地

申し訳ありませんが、重ねて確認させてください。

很抱歉，我想再次確認……

□ <ruby>念<rt>ねん</rt></ruby>のため

為了安全起見，以防萬一，慎重起見

念のため、もう一度確認させていただけますでしょうか。

慎重起見，我再確認一次。

□ <ruby>復唱<rt>ふくしょう</rt></ruby>

複誦，重複，再說一遍

もう一度復唱させていただけますでしょうか。

慎重起見，我再複誦一次。

□ しばらく

暫時，暫且，一會兒

しばらくお時間をいただけますでしょうか。

可以耽擱您一些時間嗎？

□ <ruby>関<rt>かん</rt></ruby>する

相關，涉及；與…相關

東京商事さんに関する中国関連の新企画についてですが。

是與東京商事的中國相關的新企畫案……

□ <ruby>人気<rt>にんき</rt></ruby>

受歡迎，受到愛戴

自分で言うのも何ですが、この商品は人気が出ると思っています。

雖然自己這樣說有些不恰當，但我覺得這一定會成為暢銷商品。

□ <ruby>技術<rt>ぎじゅつ</rt></ruby>

技術，技能

この機械は新しい技術を用いて作られました。

這種機械是以嶄新的技術製造而成的。

□ <ruby>満足<rt>まんぞく</rt></ruby>

滿足，滿意

消費者にご満足いただけると考えております。

我認為一定能滿足消費者的需求。

□ <ruby>通<rt>とお</rt></ruby>す

通過，批准；使通過

一応目を通していただけますでしょうか。

可以麻煩您過目一下嗎？

11. 提案

□ **提案**（ていあん）
提案，提議，建議；計畫，方案
私たちの提案は、新しい製品ラインを導入することです。
我們的建議是引進新的產品線。

□ **値引き**（ねびき）
打折，降價；折扣，優惠
この製品は 10％ の値引きを提供できます。
我們可以為這款產品提供 10% 的折扣。

□ **工場**（こうじょう）
工廠，生產廠
この製品は、私たちの新しい工場で製造されます。
這款產品是在我們的新工廠生產的。

□ **いたす**
（謙讓語）做，為，辦
私たちは、お客様からのご要望に応じて、迅速かつ丁寧に対応いたします。
我們將根據客戶的需求，快速且周到地進行處理。

□ **あと**
之後，以後；afterwards/later
商談のあと、詳細な提案書をお送りします。
商談結束後，我們將發送詳細的提案書。

□ **のち**
後來，之後；稍後，以後；later/afterwards
のちに、他の製品もご紹介できます。
稍後我們也可以介紹其他產品給您。

□ **外れる**（はずれる）
錯誤，不對勁；脫離
この提案が外れる可能性もありますが、考慮していただけますか。
雖然這個提案有失敗的風險，但您能考慮一下嗎？

□ **商談**（しょうだん）
商談，談判；洽談，商議
この商談で、新しいビジネスチャンスを見つけましょう。
希望這次商談能讓我們找到新的商機。

□ **実現**（じつげん）
實現，實行
私たちは、あなたのビジネスの実現に貢献したいと思っています。
我們期待為您的業務做出貢獻。

□ **用途**
ようと

用途，用處

この製品は、広範囲な用途に適しています。
こ せいひん こうはんい ようと てき

這個產品能夠滿足各種廣泛的應用需求。

□ **既存／既存**
き そん き ぞん

既有，既存，現存；已經存在

既存の製品を改良することで、コスト削減が可能です。
き そん せいひん かいりょう さくげん か のう

通過改進現有產品，我們可以實現降低成本。

□ **きっかけ**

契機，開端；開端，導火線

この商談が、私たちのビジネス拡大のきっかけとなる
こ しょうだん わたし かくだい
ことを期待しています。
き たい

期待這次商談能成為我們業務擴張的契機。

□ **固まる**
かた

確定，形成

来年の計画はほぼ固まりました。
らいねん けいかく かた

明年的計畫已經大致底定了。

12. 進行企劃

Track 029

□ **提携**
ていけい

合作，聯盟；聯合，攜手合作

市場拡大を目指し、新しい提携先との交渉を進めてい
し じょうかくだい め ざ あたら ていけいさき こうしょう すす
ます。

我們正與新合作夥伴談判，以拓展市場。

□ **話し合い**
はな あ

商談，談判；會談，商議

プロジェクトの進行について話し合い、最適な方針を
しんこう はな あ さいてき ほうしん
決めましょう。
き

讓我們討論項目進展狀況，確定最佳方案。

□ **プロジェクト** 《project》

企劃案，專案，計畫

新しいプロジェクトの立ち上げに向け、メンバーを募
あたら た あ む ぼ
集しています。
しゅう

我們正在招募團隊成員，為新項目的啟動做好準備。

□ **断る**
ことわ

婉謝，拒絕，不接受

提案された案件について、我々は断る決定を下しました。
ていあん あんけん われわれ ことわ けってい くだ

我們已經決定拒絕所提出的方案。

□ **拡大**
かくだい

擴大，擴展

新たな市場への進出を計画し、事業拡大を目指しています。

我們正計劃進入新市場，以實現業務擴展目標。

□ **引き受ける**
ひ　う

接手，接管；接受

プロジェクトの進行に必要なタスクを引き受けるメンバーを決定しました。

我們已經選定成員來接管項目所需的各項任務。

□ **担当**
たんとう

負責，擔任；職責

このプロジェクトについて、あなたが担当者となります。

您將成為這個項目的負責人。

□ **めぐる**

圍繞，環繞；旋轉

新しいプロジェクトをめぐって多くの困難に直面しましたが、我々はそれに挑戦しました。

在新的專案面臨到許多困難，但我們仍無懼的挑戰了。

□ **やり遂げる**
と

完成，完成任務

この大型プロジェクトをやり遂げるために、全員で協力しましょう。

讓我們共同努力，完成這個大型項目。

□ **大型**
おおがた

大型，大規模；大型化，大型事業

この大型プロジェクトには多大な予算が必要です。

這個大型項目需要龐大的預算。

□ **仕切る**
し　き

安排，規劃

このプロジェクトのリーダーとして、全体を仕切り、進行を管理してください。

作為此項目的領導者，請管理整個項目的進度。

□ **主導**
しゅどう

主導，主導權

このプロジェクトにおいて、私たちは主導的役割を果たすことができます。

在這個項目中，我們將扮演主導角色。

□ **同意**
どう　い

同意，贊成

同意が得られたため、次のステップに進むことができます。

由於已獲得同意，因此可以進行下一步了。

□ 根回し
ね まわ

基礎工作，做事前工作

重要な提案を行う前に、根回しをしておく必要があります。
じゅうよう ていあん おこな まえ ね まわ ひつよう

在提交重要提案前，需要進行充分的溝通。

□ 物足りない
もの た

不滿意，感到不夠

今回のプロジェクトに対して、スポンサーからの資金援助が物足りないと感じています。
こんかい たい しきん えんじょ もの た かん

我們對這次的專案感到資金贊助方面是不足的。

□ 修正
しゅうせい

修正，修改；校正，校訂

顧客のフィードバックをもとに、修正を加えることになりました。
こきゃく しゅうせい くわ

根據客戶反饋，我們已進行了相應的修改。

□ トータル
《total》

總體，全面，全部

プロジェクトのトータルのコストを試算する必要があります。
しさん ひつよう

需要估算整個項目的總成本。

□ 概算
がいさん

大略估算，概算

プロジェクトの概算コストを算出して、予算内で進められるようにしてください。
がいさん さんしゅつ よさんない すす

請計算項目的預算，以確保控制在預算範圍內。

□ イベント
《event》

活動；大型活動

イベントの準備に必要なことを詳細に説明したパンフレットを作成しました。
じゅん び ひつよう しょうさい せつめい さくせい

我們已製作詳細的活動手冊，以介紹活動所需事項。

□ 運賃
うんちん

運費，運輸費

新しいルートの運賃を調べる必要があります。
あたら うんちん しら ひつよう

需要調查新路線的運費。

□ 練る
ね

精練，琢磨，打磨

新商品のデザインを練ることで、より魅力的にすることができます。
しんしょうひん ね みりょくてき

通過精心設計新產品，使其更具吸引力。

□ 構成
こうせい

構成，組成

プロジェクトの構成を再考し、改善する必要があります。
こうせい さいこう かいぜん ひつよう

需要重新考慮並改善項目結構。

□ **試算** しさん
測算，試算，估算
新しい商品の試算を行い、市場での受け入れを確認しました。
我們已對新產品進行了市場測試，確認其市場接受度。

□ **パンフレット** 《pamphlet》
宣傳冊，小冊子
イベントの案内を記載したパンフレットを作成し、配布します。
我們將制作活動傳單，提供詳細的活動信息。

□ **マーケティング** 《marketing》
市場行銷；銷售策略
新製品のマーケティング戦略を立てる必要があります。
需要制定新產品的市場策略。

□ **対象** たいしょう
對象，目標
20代の女性を対象にアンケート調査を実施しました。
針對 20 至 30 歲女性舉辦了問卷調查。

□ **定価** ていか
定價，標價
製品の定価を決定するため、市場価格を調査しました。
為了確定產品定價，我們已經進行了市場價格調查。

□ **全面** ぜんめん
全面，整體；全方位
問題の解決には、全面的なアプローチが必要です。
解決問題需要全方位的考量。

□ **やりがい**
有意義，有價值；有意思，有成就感
新しいプロジェクトに関して、やりがいのある仕事を提供することが重要です。
針對新的專案，提供具有挑戰性的工作至關重要。

□ **回復** かいふく
恢復，回復
売上の回復を図るため、新しいマーケティング戦略を実行します。
為了提振銷售額，我們將實施新的市場策略。

□ **緩和** かんわ
放寬，緩和，緩解，減緩
過剰なストレスを緩和するため、ストレスマネジメントプログラムを実施します。
為了緩解過大的壓力，我們將推行壓力管理計劃。

13. 跟上司提出自己的意見

□ お言葉ですが

恕我冒昧直言…，恕我冒昧

お言葉ですが、この案件に関して私が考えたことをご報告させていただきたいと思います。

恕我冒昧直言，關於這個案件，我想向您報告我所顧慮的事情。

□ 差し出がましい

冒昧的，唐突的，不知趣的

差し出がましいかもしれませんが、私の意見をお聞きいただけますか。

雖然可能有點冒昧，但能否聽取我的建議呢？

□ 次善

第二好的，第二選擇，次好，次佳

次善の策として、現在検討している案をご提案いたします。

作為次優選擇，我們提出目前正在考量的方案。

□ 事前策

預防措施，事前對策

問題が発生する前に、事前策を立てることが重要です。

在問題發生之前，制定預防措施是非常重要的。

□ 締め切り

截止日期，截止時間；期限，最後期限

締め切りまで時間があまりないので、急いで対応策を考える必要があります。

由於時間不多，我們需要盡快制定對策。

□ アウトソーシング
《outsourcing》

外包，委外

アウトソーシングを検討していることもありますが、自社内での対応も検討しています。

雖然我們正在考慮外包，但也在考慮在公司內部解決問題。

□ 手応え

成效，反響；手感，感覺

この案件に対して、私たちは手応えを感じています。

我們對這個案子充滿信心。

□ 洗い出し

歸納，梳理

問題点を洗い出し、改善するために、各部署の協力が必要です。

為了找出問題並改進，需要各個部門的協作。

□ 改訂

修改，修訂

改訂が必要な箇所があるため、もう一度検討する必要があります。

由於有幾個地方需要修改，所以需要重新討論一下。

14. 優秀的工作能力

□ **行動力**
こうどうりょく

行動力；積極性，勇敢果斷

行動力があるので、プロジェクトを成功に導けると思います。
我相信有行動力的人能夠使這個項目成功。

□ **フットワーク** 《footwork》

活動力，應變能力；靈活性，應變能力

この仕事ではフットワークが軽い人材が必要だと思います。
我認為這份工作需要反應靈敏的人才。

□ **一生懸命**
いっしょうけんめい

靈心靈力，全力以赴

一生懸命取り組めば、素晴らしい成果を出せると思います。
我相信你們只要努力工作，一定能取得優異的成果。

□ **熱心**
ねっしん

熱情，熱忱；熱心，熱情投入

熱心に取り組む姿勢は、周りの人たちにも影響を与えます。
認真的工作態度會影響身邊的人。

□ **根回し**
ねまわし

提前溝通

根回しをして、スムーズなプロジェクト進行を目指したいと思います。
我想做好提前的溝通，確保項目順利進行。

□ **説得力**
せっとくりょく

說服力，口才

説得力のある提案をすることが、チームの信頼を得るために必要です。
提出有說服力的建議是贏得團隊信任的必要條件。

□ **やすい**

易於，容易

やりやすい方法を見つけることは、効率的な仕事の鍵です。
找到有效的方法是提高工作效率的關鍵。

□ **迫力**
はくりょく

強烈感，震撼力；壓倒性，強烈感

迫力のあるプレゼンテーションで、クライアントを魅了できると思います。
我相信你能用富有感染力的演講吸引客戶。

□ **天下一品**
てんかいっぴん

一流，頂級；最高級，頂尖

彼の技術は天下一品です。
他的技術是數一數二的。

☐ 技
わざ

技を磨いて、より高度な業務にも対応できるようにし
たいと思います。
我希望能磨練技能，以應對更高層次的工作。

做法，製作方法

☐ 作り方
つく かた

この作業の効率を上げるために、作り方を見直してみ
たいと思います。
我想重新審視製作方法，以提高這項工作的效率。

出色，閃耀，發光

☐ 光る
ひか

彼の才能は光るものがあって、周りの人たちを魅了し
ています。
他擁有閃耀的才華，吸引了周圍的人。

高興，快樂

☐ 嬉しい
うれ

嬉しいですね。私たちの努力が実を結んで、今回のプ
ロジェクトが成功した。
我們的努力終於得到回報，這次的專案成功了，真是令人高興。

能力，才能

☐ 能力
のうりょく

この仕事をする上で必要なのは、皆の能力をフルに発
揮することです。
在這份工作中，最重要的是能夠充分發揮每個人的能力。

售罄，銷售一空；賣光，完全售出

☐ 完売
かんばい

当社の製品は完売となり、お客様からの反響も大変好
評です。
我們公司的產品已售罄，且客戶反應非常好。

業績，成績；經營業績

☐ 業績
ぎょうせき

業績の向上には、私たちのチームワークと努力が欠か
せません。
要提升業績，團隊合作和努力是必不可少的。

貢獻，功績

☐ 功績
こうせき

私たちのプロジェクトの功績は、皆さんの協力と努力
によるものです。
這個專案的成果，是大家合作和努力的結晶。

良好，繁榮

☐ 好調
こうちょう

このプロジェクトは、チーム全員の好調なパフォーマ
ンスによって成功したものです。
這個專案是全體團隊的出色表現，使得它得以成功。

□ 斬新（ざんしん）
新穎，獨特；創新，新風格
斬新（ざんしん）なアイデアとチャレンジ精神（せいしん）が、私（わたし）たちの会社（かいしゃ）の競争力（きょうそうりょく）を高（たか）めています。
創新的想法和挑戰精神，增強了我們公司的競爭力。

□ 盛況（せいきょう）
盛況，盛大，熱烈
このイベントは盛況（せいきょう）で、多（おお）くのお客様（きゃくさま）から好評（こうひょう）を博（はく）しています。
這個活動熱鬧非凡，獲得了客戶的好評。

□ 大口（おおぐち）
大口，大量；大量，大規模
お客様（きゃくさま）からの大口（おおぐち）注文（ちゅうもん）を受（う）け、私（わたし）たちは迅速（じんそく）に作業（さぎょう）を進（すす）めています。
得到客戶大量的訂單後，我們高效地快速處理這些訂單。

□ ノルマ《norm》
工作目標，業績指標
ノルマを達成（たっせい）するために、私（わたし）たちは努力（どりょく）を惜（お）しまず頑張（がんば）っていきます。
為了達成目標，我們會不遺餘力地努力。

□ 半期（はんき）
半期，半年，半年期
この半期（はんき）の成績（せいせき）は、皆（みな）さんの素晴（すば）らしい仕事（しごと）によってもたらされたものです。
這半年的成績，是大家工作出色的結果。

□ やり手（て）
能幹的人，能人，精英；擅長，能手
この仕事（しごと）はやり手（て）の人材（じんざい）が必要（ひつよう）ですが、皆（みな）さんには十分（じゅうぶん）な能力（のうりょく）があります。
這項工作需要有能力的人才，而你們已經具備了充足的能力了。

□ 頭（あたま）が切（き）れる
頭腦敏銳，聰明，頭腦清晰
頭（あたま）が切（き）れる人材（じんざい）を採用（さいよう）することで、企業（きぎょう）の競争力（きょうそうりょく）が向上（こうじょう）します。
透過聘請敏銳頭腦的人才，企業的競爭力才得以提升。

□ トップ《top》
頂尖，第一流
トップにリーダーシップがあることで、チーム全体（ぜんたい）のモチベーションが高（たか）まります。
具有卓越領導才能的領導者能夠提高整個團隊的士氣。

□ 任務（にんむ）
任務，使命
任務（にんむ）を遂行（すいこう）するためには、効率的（こうりつてき）なコミュニケーションが不可欠（ふかけつ）です。
高效的溝通對於完成任務至關重要。

□ 飲み込む（の こ）

理解，領悟；吸收

新しい業務に取り組む際には、素早く情報を飲み込むことが必要です。

面對新的任務時，需要迅速掌握相關信息。

□ 分担（ぶんたん）

分擔，分配；分攤

分担することで、各自の専門性を活かし、より効率的に業務を進めることができます。

通過分工合作，可以發揮每個人的專長，以更有效地推動業務。

□ シェア《share》

市場佔有率，市場份額

シェアの拡大に努めることで、市場における競争力を高めることができます。

積極擴大市場佔有率，有助於提升競爭力。

□ 肯定（こうてい）

肯定，認可

上司からの肯定的なフィードバックは、社員のモチベーションを高めることができます。

上司給予的積極回饋能提振員工的士氣。

連高手都弄混的職場單字

大口注文 （おおぐちちゅうもん）

① 意為「大量訂單、大宗訂單、大筆訂單」。

② 指的是數量龐大的訂單或是購買需求。通常是指某個客戶或公司一次性的大量訂單。

③ 例如：「今回は大口注文をいただきました。」（這次我們收到了一筆大宗訂單。）

アプローチ

① 意為「方法、手法、途徑或處理方式」等意思。

② 尤其是在解決問題或處理事務時所採取的方式或方法等應對策略。在職場上，常用在表達需要全面、綜合、全方位考慮的意思。

③ 例如：「新しい顧客に対するアプローチ方法を考えましょう。」（讓我們考慮針對新客戶的接觸方法。）

職場高手必備200句型

「說明狀況」句型

1. 詳しく説明します
句型說明

1. 我會詳細地解釋
2. 詳しく説明しますが、このプランは私たちの目標に合わせてカスタマイズされたもので、より効果的な結果が期待できます。
3. 我們將會提供詳細說明，這個計畫是按照我們的目標所客製化的，並且可以期待更加有效的結果。

用於對較為複雜或重要的事情進行詳細的說明。

2. 説明させていただきます
句型說明

1. 請允許我解釋一下
2. 説明させていただきますが、この商品には三つの特徴があります。
3. 讓我們來做個說明，這個產品擁有 3 個特點。

用於向對方或客戶進行說明。

3. ご説明いたします
句型說明

1. 我來為您做一下說明
2. ご説明いたしますが、この新しいシステムは来月から導入する予定です。
3. 我們將會說明，這個新系統將在下個月開始實施。

用於正式或較為重要的說明。

4. 簡単に説明します
句型說明

1. 我會簡單地解釋
2. 簡単に説明しますが、このフォルダには今月の報告書が含まれています。
3. 簡單來說，這個資料夾包含了這個月的報告書。

用於對簡單的事情進行簡短的說明。

5. ご理解いただきたいのですが
句型說明

1. 我希望您能理解
2. ご理解いただきたいのですが、この問題には私たちだけで解決できない部分があります。
3. 希望您理解的是，這個問題中有一部分是我們無法獨立解決的。

用於向對方或客戶請求理解或協助。

6. ～ということです

句型說明

1. 這就是…的意思
2. この数値は目標を達成するために必要な条件を満たしているということです。
3. 這些數據符合達成目標所需的條件。

用於說明某個事實或情況。

7. ～となっています

句型說明

1. 情況是…
2. 現在、このプロジェクトは第二フェーズに進んでいるとなっています。
3. 目前,該項目進展到了第2階段。

用於說明某個事情的現狀或狀態。

8. ～について説明します

句型說明

1. 我來解釋一下關於…的事情
2. 今回は新しい製品について説明します。
3. 我們現在要介紹新產品。

用於說明某個主題或項目的相關情況。

9. ～に役に立っている

句型說明

1. 這對…很有幫助
2. このツールは日々の業務に役に立っていて、作業効率が格段に上がりました。
3. 這個工具在日常工作中非常有用,大大提高了工作效率。

用於說明某個項目或工具如何幫助自己或團隊。

10. ～に関しては後ほど説明いたします

句型說明

1. 我會稍後解釋關於…的事情
2. このプランの詳細に関しては後ほど説明いたします。
3. 我們稍後會詳細解釋這個計劃的細節。

用於暫時不進行說明,稍後再專門談及。

Unit 5
2000 words
催促、拜託、致謝等

1. 催促

□ **新企画**
しん き かく

新企劃，新計畫；新方案，新策劃

新企画の件ですが、今日までご連絡いただけなかったので、お伺いに上がりました。

關於新企畫一案，由於貴公司至今未有答覆，因此我特地前來拜訪您。

□ **検討**
けん とう

討論，探究，審議，研究

ご検討いただけましたでしょうか。

想請問您是否已經有所考慮了呢？

□ **まだ**

還…，仍…；還不，尚未

申し訳ございませんが、まだ検討中でございます。

非常抱歉，還在審查中。

□ **そろそろ**

差不多，快要，即將

お約束の日から1週間が経過しておりますので、そろそろお返事をいただきたいのですが。

因為已超過約定時間一個星期了，所以我想應該有答覆了。

□ **朝一番**
あさ いち ばん

開始第一個工作，開工第一件事

いえいえ、なんとか明日の朝一番にはお返事差し上げます。

非常感謝您的配合，我們會努力趕在明天一早就給您答覆的。

□ **心配**
しん ぱい

擔心，憂慮

ご心配をおかけして申し訳ございません。

不好意思讓您操心了。

□ **支払う**
し はら

付款，支付

お支払いがまだ確認できcreenておりません。ご確認いただき、お支払いいただけますようお願い申し上げます。

尚未確認到付款。請您確認並支付款項。感激不盡。

□ **事情**
じ じょう

事情，事實

そちら様にもいろいろと事情があると存じますが。

我們也知道您那邊也有許多狀況。

□ **以上**
い じょう

上述，以上所述

こちらとしてはこれ以上お待ちすることはできかねます。

我們這邊也沒有辦法再等了。

□ 支障
ししょう

障礙，阻礙，困難

今週中に手配いただかなければ、業務に支障が出る恐れがあります。
こんしゅうじゅう　てはい　　　　　　　　　　ぎょうむ　ししょう　で　おそ

如果您不能在這禮拜準備好的話，就會妨礙到我們業務的進行。

□ 催促
さいそく

催促，催促通知

催促するようで恐縮ですが。
さいそく　　　　　　　きょうしゅく

好像在催促您一般，真是抱歉。

2. 委託與命令

Track 033

□ 人事部
じんじぶ

人事部，人事處

人事部にこの案件を委託するつもりですが、問題ないでしょうか。
じんじぶ　　　あんけん　いたく　　　　　　　　　　もんだい

我們計劃將此事委託給人事部，請問這樣可以嗎？

□ 承知
しょうち

知道，明白

承知しました、私が担当して進めます。
しょうち　　　　　わたし　たんとう　すす

明白了，我會負責推動這件事。

□ 無理
むり

無理，不可能

これは無理かもしれませんが、できる限り早く処理したいと思います。
むり　　　　　　　　　　　　　　かぎ　はや　しょり　　おも

雖然可能有些困難，但我會儘快處理。

3. 拜託他人

Track 034

□ 見つかる
み

找到，發現

先日私が依頼した資料、見つかりましたか。
せんじつわたし　いらい　しりょう　み

我之前拜託你幫忙調查的資料，不知道你找到了沒有？

□ 目を通す
め　とお

過目，瀏覽，查閱

お時間の許す範囲で、目を通していただけますか。
じかん　ゆる　はんい　　め　とお

您有空的時候就行了，可以幫我看一下嗎？

□ 知恵 <ruby>ち<rt></rt></ruby><ruby>え<rt></rt></ruby>

方法，技巧；智慧，聰明

課長、お力をお借りしたいのですが、少しお知恵を拝借できませんか。

課長，我想請您幫忙，能否提供一些協助或建議？

□ ついで

順便，趁機

ついでに、この資料を確認していただけますか。

順便請您確認一下這份文件。

4. 婉拒同事的請託

Track 035

□ 残業 <ruby>ざん<rt></rt></ruby><ruby>ぎょう<rt></rt></ruby>

加班，留下來工作

斉藤君、今晩残業してもらえませんか。

齊藤，今晚能加班嗎？

□ 最近 <ruby>さい<rt></rt></ruby><ruby>きん<rt></rt></ruby>

最近，近來

申し訳ありませんが、最近は残業が続いていて…。

抱歉，最近加班過於頻繁了，我實在無法再加班了。

□ 外出 <ruby>がい<rt></rt></ruby><ruby>しゅつ<rt></rt></ruby>

外出，出門；出差，出訪

課長、すみませんが、今から外出しなければなりませんので。

課長，很抱歉，我現在必需外出。

□ 指示 <ruby>し<rt></rt></ruby><ruby>じ<rt></rt></ruby>

吩咐，指示，指令

承知しました。ただ、今後のご指示についてお聞きしたいです。

我明白了，不過我想聽一下您今後具體的指示。

□ 大変 <ruby>たい<rt></rt></ruby><ruby>へん<rt></rt></ruby>

很，非常；非常困難

大変申し訳ありませんが、そのことを優先する理由が理解できません。

非常抱歉，我無法理解為什麼您要優先處理這件事。

□ 反省 <ruby>はん<rt></rt></ruby><ruby>せい<rt></rt></ruby>

反省，自我檢討

反省しております。

我深感自己需要反省。

気を付ける
注意，留意；小心
次からは気をつけてください。あなたらしくないですよ。
下次注意點唷！你平常不會這樣的啊！

たび
次，回
この度は、失礼いたしました。
這次真的很抱歉。

面目
面子，臉面；形象，名譽
まったく面目ございません。
真是沒有臉見閣下。

お詫び
道歉，賠罪；歉意
私の未熟さにより皆様にご迷惑をおかけしましたことを心よりお詫び申し上げます。
由於我不夠熟練，給大家帶來了不便，我深感抱歉。

早急／早急
盡快，趕緊
申し訳ありませんでした。早急に訂正いたします。
真是十二萬分抱歉，我們會儘快修正。

やり直す
修正重做，重新設計
大変申し訳ありません。すぐにやり直します。
萬分對不起，我們會立刻修正重做一份。

左様
如此，那樣
左様でございますか。大変申し訳ございません。
原來如此，真是萬分抱歉。

力不足
能力不足，力不足，不夠強大
私の力不足で皆様にご迷惑をおかけしました。本当に申し訳ございません。
由於我力有未逮，造成大家的困擾，在此致上十二萬分的歉意。

手間
工夫，時間
日程の変更等でお手間をおかけして申し訳ございません。
變更日期給您增添麻煩，實在萬分抱歉。

□ **当方**
とうほう

我方，我方的；本方，本公司的

当方に落ち度がありました。お詫び申し上げます。
とうほう　　　　お　ど　　　　　　　　　わ　もう　あ

我們公司在此事上有所疏忽，深表歉意。

□ **埋め合わせ**
う　　あ

補償，彌補

納期遅延の埋め合わせは必ずさせていただきます。
のう き ち えん　　う　あ　　　　　　　　かなら

我們一定會對延遲交期進行賠償。

□ **休業**
きゅうぎょう

休業，停業；休息，放假

誠に勝手ながら臨時休業させていただきます。
まこと かって　　　　　　りん じ きゅうぎょう

很抱歉，因為私人原因，我們需要暫時休業。

5. 和平諒解

□ **気遣い**
き づか

掛念，擔心

お気遣いには及びません。
き づか　　　　　およ

請不用擔心。

□ **恐縮**
きょうしゅく

愧疚，不好意思

そんなに恐縮なさらなくても結構ですよ。
きょうしゅく　　　　　　　　けっこう

請不要感到那麼愧疚。

□ **注意**
ちゅう い

注意

今後は、より注意深く取り組んでいただけると幸いです。
こん ご　　　　ちゅう い ぶか　と　く　　　　　　　　　　さいわ

希望您今後能更加注重細節，更加認真地工作。

□ **まあまあ**

（表示催促或撫慰等）好啦好啦

まあまあ、お顔を上げてください。何か問題があれば、
かお　あ　　　　　　なに　もんだい

いつでも相談してくださいね。
そうだん

好了好了。請您抬起您頭來。若有任何問題，請隨時與我們商議。

□ **ミス《miss》**

過錯

誰にでもミスはあるものですので、ご安心ください。
だれ　　　　　　　　　　　　　　　　あんしん

人非聖賢，孰能無過，請放心吧。

□ 気_きにする

在意

お気になさらずに、自分_{じぶん}らしくやってくださいね。
請不要太在意，以自己的方式去做吧。

6. 致謝

Track 037

□ 先日_{せんじつ}

前幾天，前些日子

先日_{せんじつ}は大変_{たいへん}お世話_{せわ}になりました、大橋_{おおはし}さん。
非常感謝您上次的照顧，大橋先生。

□ お互_{たが}い様_{さま}

彼此彼此

お互_{たが}い様_{さま}です。今後_{こんご}も助_{たす}け合_あい、更_{さら}なる成果_{せいか}を目指_{めざ}しましょう。
讓我們繼續相互幫助，共同努力，追求更出色的成果。

□ 本当_{ほんとう}

真是，真的

課長_{かちょう}、昨日_{きのう}は本当_{ほんとう}にありがとうございました。
課長，非常感謝您昨天的幫忙。

□ ご恩_{おん}

(您的) 恩情

このご恩_{おん}は決_{けっ}して忘_{わす}れません。今後_{こんご}も私_{わたし}たちは誠意_{せいい}をもってお返_{かえ}しするよう、努力_{どりょく}してまいります。
我永遠不會忘記您的恩情。未來，我們將竭盡所能，以真誠回報您的好意。

7. 婉拒邀約

Track 038

□ 今夜_{こんや}

今晚

斉藤_{さいとう}さん、今夜_{こんや}お時間_{じかん}いかがですか。
齊藤先生，今晚您有空嗎？

□ 音楽_{おんがく}

音樂

音楽会_{おんがくかい}のチケットがあるんですが、一緒_{いっしょ}に行_いきませんか。
我有音樂會的門票，要不要一起去呢？

☐ 誘い さそ	邀約 お誘いいただいてうれしいのですが、今晩は少し都合が悪く…。 非常感謝您的邀請，但今晚有點不方便……	
☐ 先約 せんやく	預先的約會 その日は先約が入っているため、誠に申し訳ありませんが、行くことができません。 那天我已經有預定了，無法前往，非常抱歉。	
☐ 今度 こんど	這次，最近 今度の土曜日は友人との予定があるので、すみません。 我這個週六和朋友有約，很抱歉。	
☐ 体調 たいちょう	身體狀況 本当に行きたいのですが、今日は体調が万全でなく…。 我真的很想去，但今天身體狀況不是很好……	
☐ 残念 ざんねん	遺憾 残念ですが、今日は取り消せない予定があるので…。ご迷惑をおかけして申し訳ありません。 很遺憾，因為有無法取消的預定，給您帶來不便真是抱歉。	
☐ 外す はず	避開，躲掉 申し訳ありませんが、外せない用事があってキャンセルできない状況にあります。 非常抱歉，因為有必須優先處理的事情，所以不能取消。	
☐ せっかく	特意 せっかくお誘いいただいたのに、私は既に他の予定があって参加できません。 非常感謝您的邀請，但很抱歉我已經有其他行程，無法參加。	
☐ 法事 ほうじ	法事 大変残念なことですが、その日は法事がございますので、参加できません。 非常不巧，那天正好需要去參加一場法事。	
☐ ぜひ	務必 ぜひともご一緒したかったのですが、今回は時間が合わず参加できません。 我非常想和大家一起前往，但這次時間不合適，無法參加。	

□ **声をかける**
<ruby>声<rt>こえ</rt></ruby>

打招呼，叫人

是非、またの<ruby>機会<rt>きかい</rt></ruby>にお<ruby>声<rt>こえ</rt></ruby>をかけていただけますでしょうか。
如果下次還有機會的話，可以麻煩您再叫我一聲嗎？

□ **心遣い**
<ruby>心遣<rt>こころづか</rt></ruby>

關懷，照料

お<ruby>心遣<rt>こころづか</rt></ruby>いはありがたいのですが、<ruby>私<rt>わたし</rt></ruby>にはとても<ruby>相応<rt>ふさわ</rt></ruby>しくないお<ruby>話<rt>はなし</rt></ruby>だと<ruby>思<rt>おも</rt></ruby>いますので…。
非常感激您的好意，但我實在是承受不起……

□ **一軒**
<ruby>いっけん</ruby>

一家

さあ、もう<ruby>一軒<rt>いっけん</rt></ruby><ruby>飲<rt>の</rt></ruby>みに<ruby>行<rt>い</rt></ruby>きましょう。
走吧！咱們再去下一家喝個痛快吧！

□ **遅い**
<ruby>遅<rt>おそ</rt></ruby>

(時間上)晚，不早

<ruby>恐<rt>おそ</rt></ruby>れ<ruby>入<rt>い</rt></ruby>りますが、もう<ruby>時間<rt>じかん</rt></ruby>が<ruby>遅<rt>おそ</rt></ruby>くなってしまったので、<ruby>私<rt>わたし</rt></ruby>は<ruby>帰<rt>かえ</rt></ruby>らせていただきます。
不好意思，時間已經很晚，我要回去了。

□ **付き合う**
<ruby>付<rt>つ</rt></ruby><ruby>合<rt>あ</rt></ruby>

陪伴

<ruby>付<rt>つ</rt></ruby>き<ruby>合<rt>あ</rt></ruby>ってくださって、<ruby>本当<rt>ほんとう</rt></ruby>にありがとうございます。
感謝您願意陪我。

8. 接受邀約

Track 039

□ **美術館**
<ruby>び じゅつかん</ruby>

美術館

<ruby>美術館<rt>びじゅつかん</rt></ruby>には<ruby>一度<rt>いちど</rt></ruby><ruby>行<rt>い</rt></ruby>ってみたかったんです！ぜひ<ruby>行<rt>い</rt></ruby>きましょう！
我一直想去美術館看看，請務必讓我陪同前往！

□ **一度**
<ruby>いち ど</ruby>

(籠統的)一次，一下

<ruby>一度<rt>いちど</rt></ruby>、ご<ruby>一緒<rt>いっしょ</rt></ruby>にランチに<ruby>行<rt>い</rt></ruby>きませんか。
一起去吃午餐怎麼樣？

□ **大好き**
<ruby>だい す</ruby>

很喜歡

<ruby>大好<rt>だいす</rt></ruby>きなフランス<ruby>料理店<rt>りょうりてん</rt></ruby>で、<ruby>美味<rt>おい</rt></ruby>しいお<ruby>料理<rt>りょうり</rt></ruby>とおしゃべりを<ruby>楽<rt>たの</rt></ruby>しみましょう！
讓我們一起在我喜愛的法式料理餐廳享受美食與交談吧！

□ 下手 <small>へ た</small>	<small>不大會，不在行</small> 私、下手なんですが、ゴルフやってみたいなって思ってたんですよ。楽しみにしています！ 雖然我不太擅長，但我一直想嘗試打高爾夫球，我很期待！	
□ 楽しみ <small>たの</small>	<small>期待</small> はい、ぜひ楽しみにしています。 好的，我很期待。	
□ どっか	<small>「どこか」的口語形</small> じゃ、どっかで会いましょうか。 那麼，要在哪裡見面呢？	
□ 本日 <small>ほんじつ</small>	<small>今天</small> 本日は多少忙しい予定ですが、もしスケジュールが合えば、喜んでご一緒いたします。 今天的日程有些繁忙，但如果時間允許的話，我非常樂意參加。	
□ 定食 <small>ていしょく</small>	<small>…餐</small> お誘いいただき、ありがとうございます。定食は私も好きですので、ぜひご一緒させていただければと思います。 感謝您的邀請，我也很喜歡定食，非常樂意和您一起前往。	
□ ゴルフ 《golf》	<small>高爾夫球</small> ゴルフは苦手ですが、チャレンジしてみたいと思います。お誘いありがとうございます。 我不太擅長打高爾夫球，但我想挑戰一下。非常感謝您的邀請。	
□ 将棋 <small>しょうぎ</small>	<small>象棋</small> 将棋はあまり経験がありませんが、楽しみにしています。お誘いありがとうございます。 我沒有太多下將棋的經驗，但我很期待這次活動。非常感謝您的邀請。	
□ 勝利 <small>しょうり</small>	<small>勝利</small> 勝利することも大切ですが、一緒に楽しく戦うことはもっと大切だと思います。ありがとうございます。 雖然勝利很重要，但我認為一起愉快地奮鬥更加重要。非常感謝。	
□ すばらしい	<small>極好的，絕佳的</small> すばらしいお誘いありがとうございます。この機会を生かして、新しい人と出会ったり、経験を積ませていただきたいと思います。 非常感謝這次盛情邀約。我想好好珍惜這個機會，結交新的朋友，並積累更多的經驗。	

□ 散財
さんざい

破費

散財はちょっと怖いですが、一度くらいは自分にご褒美
をあげるのもいいですよね。

花費大量金錢雖讓人忐忑不安，但偶爾給自己犒賞一下也是不錯的。

□ すてき

極好，絕佳

すてきなお誘い、ありがとうございます。楽しい時間を
過ごせるように、準備をしっかりしたいと思います。

感謝您特別的邀請，為了共度愉快的時光，我會充分做好的準備。

9. 被上司責備

□ 手本
てほん

樣本

手本になれるように、もっと努力します。今後ともよろ
しくお願いいたします。

為了成為大家的榜樣，我會更加努力，請多多指教。

□ 悪い
わる

錯，不好

大変申し訳ありませんでした。今後は悪い手本にならな
いように、注意します。

非常抱歉，以後會注意言行，避免成為不良的榜樣。

□ すべて

一切

すべての責任を取ります。今回の失敗から学び、改善し
てまいります。

我會承擔所有責任，從這次的失敗中學習並加以改進。

□ 失敗
しっぱい

失敗

失敗をしてしまい、大変申し訳ございませんでした。次
回からは同じミスをしないように努めます。

非常抱歉因為我的失誤造成麻煩，我會盡力避免類似的錯誤再次發生。

□ 迷惑
めいわく

困擾

ご迷惑をおかけし、誠に申し訳ございません。今後はより丁
寧な仕事を心がけ、信頼される存在になるように努めます。

對於造成您的困擾，我深感抱歉。我將會更加重視工作細節，努力成為一
位值得信任的人。

□ 深い
ふか

深深的

深く反省しております。このようなことが二度と起こら
ないよう、努力してまいります。

我深刻反省，為了不再發生類似的事情，我會繼續努力。

□ 大変 たいへん	十分 大変申し訳ありません。今後は気をつけて、問題がな いように努めます。 非常抱歉。今後我會注意，努力確保不再出現問題。
□ ミス《miss》	錯誤 ミスをしてしまい、大変恐縮しております。再度確認 し、今後気をつけてまいります。 我犯了錯誤，非常抱歉。我會再次確認並盡力避免類似情況的發生。
□ 気をつける き	注意 おっしゃる通り、気をつけるようにします。これから は、より慎重に作業に取り組みます。 我將會謹慎應對您提到的事情，並在未來的工作中更加留心注意。
□ 繰り返す く かえ	反覆，重複 同じミスを繰り返してしまい、大変申し訳ありません。 再度確認し、今後気をつけてまいります。 非常抱歉，我又犯了同樣的錯誤。我會再次檢查自己的工作，盡力 避免類似情況發生。
□ 欠如 けつじょ	缺乏 申し訳ありません、私の責任感の欠如が問題を引き起こしまし た。今後はより責任を持って業務に取り組むよう心掛けます。 非常抱歉，由於我的疏忽導致了問題的發生。我將會更加負責任地投入 工作，以確保不再出錯。
□ こだわる わたし	拘泥 私がこだわりすぎたことで、業務の進行に支障をきた しました。反省して改善していきたいと思います。 由於我太過執著，而影響了工作進展。我將改進自己的態度，盡心盡力 地做好工作。
□ 支障 し しょう	影響 こんなにミスを繰り返していたら、業務に重大な支障 をきたす。 如果屢次犯下這樣的錯誤，將會嚴重阻礙業務的推展。
□ ずさん	不細緻，杜撰 私のずさんな仕事のせいでお客様に迷惑をかけてしまい、申 し訳ありません。今後はもっと注意して仕事に取り組みます。 由於我的粗心大意給客戶帶來了麻煩，我感到非常抱歉。今後我 將更加認真仔細地處理工作。
□ 怠慢 たいまん	懈怠，怠慢 怠慢な態度で業務を行ったため、問題が発生しました。 反省して今後は真摯に取り組みます。 由於我態度怠慢而導致了問題的發生。我將反省自己的態度，努力工 作，確保不再出現同樣的問題。

不明朗

□ **中途半端**（ちゅうとはんぱ）

中途半端な仕事で、結果的に時間と労力を無駄にしてしまいました。申し訳ありませんでした。

做事不夠盡心盡力，最終只會浪費時間和精力。對此，我深感抱歉。

弁解

□ **弁解**（べんかい）

私の弁解を聞いていただきありがとうございます。今後はこのようなことがないように、もっと注意して仕事に取り組みたいと思います。

感謝您聆聽我的辯解。今後我會更加注意，努力工作，以免再次發生類似的事情。

區別，界線

□ **けじめ**

今回のミスから、自分にけじめがないと痛感しました。反省して今後はもっと責任を持ち、しっかりとした仕事をしたいと思います。

我從這次的錯誤中意識到自己在分寸和自制力方面的不足。今後我會更加負責，盡心盡力地做好工作。

連高手都弄混的職場單字

支障（ししょう）

① 意為「障礙、阻礙或困難」。

② 通常用於描述某事物對進度或過程的負面影響。

③ 例如：「この問題が進行に支障をきたす可能性があります。」（這個問題可能對進程造成障礙。）

中途半端（ちゅうとはんぱ）

① 意為「不完全、不充分」或「未完成」的意思。

② 通常用於描述工作或計劃的不完整性或不充分性。是一個貶義詞，表示工作沒有被完全地完成或沒有達到預期的要求。

③ 例如：「中途半端な仕事は、結果的に時間と労力を無駄にしてしまいます。」（不完全的工作最終會導致浪費時間和精力。）

職場高手必備200句型

「狀況報告」句型

1. 進捗報告
しんちょくほうこく

1. 進度報告
2. 進捗報告として、今月中に次のフェーズに進むための準備が整いました。
   しんちょくほうこく　　こんげつちゅう　つぎ　　　　　　　　　すす　　　　じゅんび　ととの
3. 作為進度報告，我們已經準備好在本月內進入下一個階段。

句型說明
用於報告專案進展情況。

2. 見積もり
みつ

1. 報價單
2. 見積もりとして、このプロジェクトに必要な費用は 100 万円程度と予測しています。
   みつ　　　　　　　　　　　　　　　　　ひつよう　ひよう　　　　まん　えんていど　よそく
3. 我們估計這個項目需要的費用大約在 100 萬圓左右。

句型說明
用於報告預算或成本估算。

3. ご報告ですが
ほうこく

1. 我要報告一下
2. ご報告ですが、今月の売上目標を達成することができました。
   ほうこく　　　こんげつ　うりあげもくひょう　たっせい
3. 報告一下，我們本月的銷售目標已經達成了。

句型說明
用於報告重要訊息。

4. 申し上げます
もう　あ

1. 我要通知的是
2. 申し上げますが、来週の会議は延期となりました。
   もう　あ　　　　　らいしゅう　かいぎ　えんき
3. 通知一下，下週的會議已經延期了。

句型說明
用於傳達比較正式的訊息。

5. 現状報告
げんじょうほうこく

1. 現況報告
2. 現状報告として、今週中にプロジェクトの第一段階を完了できる見通しです。
   げんじょうほうこく　　こんしゅうちゅう　　　　　　　　　だいいちだんかい　かんりょう　みとお
3. 作為目前的報告，我們有望在本週完成項目的第一階段。

句型說明
用於向上司或同事報告目前的工作進度。

6. お知らせ
し

1. 通知一下
2. お知らせですが、明日の社内イベントに参加できる方は、事前に申し込みをお願いします。
   　　　　　　　あした　しゃない　　　　　　　さんか　　　かた　じぜん　もう　こ　　　ねが
3. 通知一下，如果想要參加明天公司內部的活動，請事先報名。

句型說明
用於傳達較為輕鬆或一般的訊息。

Unit 6
2000 words
行政、會計及物流

列印錯誤

ミスプリント 《misprint》

ミスプリントが発生してしまいましたが、速やかに訂正いたします。

出現了一個打錯字的問題，但我們會立即進行更正。

擅自，未經允許

無断

無断で掲示板に書き込みすることは禁止されています。再度ご注意ください。

在未經許可的情況下在公告板上發表文章是禁止的。請多加留意。

地方，處

箇所

この箇所に不具合があることが確認されました。迅速に修理いたします。

我們已確認這個部位存在問題。我們將迅速進行修理。

型號

型番

この型番について、現在在庫がありません。次回の入荷までお待ちいただく必要があります。

目前庫存中沒有這個型號的產品，需要等待下一次進貨。

佈告板

掲示板

掲示板の内容について、適切に管理するよう注意していただきたいと思います。

我們希望您注意公告板上的內容，並適當地進行管理。

項目

項目

この項目はまだ情報が足りません。情報を書き込んで、プロジェクトを進めていきましょう。

這個項目的信息還不夠充足。請填寫更多信息，讓我們一起推進項目。

填入，寫上

書き込む

このフォームに必要事項を書き込んでください。

請填寫必要項目於此表格中。

縮小，裝入

詰める

この報告書は 10 ページを超えていますので、必要な情報を詰めて簡潔にまとめましょう。

這份報告已經超過10頁了，所以讓我們將必要的信息整理得更簡潔扼要吧。

固定

固定

このファイルはみんなで使うため、パスワードを固定しましょう。

由於此檔案是大家共用的，請使用固定的密碼。

□ 下書き
したが

草稿

この下書きを確認して、必要な修正を加えてください。それから本文を作成しましょう。

請檢查此草稿，進行必要的修改，然後編寫成正文。

□ シフト 《shift》

輪班工作時間

シフト表を確認して、誰かが休みを取りたい場合は早めに言ってください。

請確認班表，如果有人需要休假，請提前告知。

□ 整理
せいり

整理

会議のために資料を整理する必要があります。どの資料が必要か教えてください。

為了準備會議，需要整理文件。請告知所需文件清單。

□ 手配
てはい

安排，部署

今後のイベントに必要な機器の手配をする必要があります。どのような機器が必要か、お知らせください。

為未來的活動準備必要的設備。請告知所需設備清單。

□ 記入
きにゅう

寫上

出勤時間と退勤時間を正確に記入することが重要です。出勤時間が遅れた場合は、事前に連絡してください。

正確填寫上班和下班時間是很重要的。如果上班時間有延遲，請事先通知。

□ キャンセル
《cancel》

取消

イベントのキャンセルが発生した場合は、すぐに私たちに知らせてください。可能な限り早く対応いたします。

如果發生取消活動的情況，請立即通知我們。我們會盡快進行處理。

□ 奥行き
おくゆ

進深

奥行きのある商品に関する解説資料を作成しました。

我已經編制了一份具有深度及層次感的產品解說資料。

□ 解説
かいせつ

解說，解釋

この商品について、詳しい解説をするために、専門家を招いてセミナーを開催します。

為了詳細介紹此產品，我們邀請專家舉辦研討會。

□ 回収
かいしゅう

回收

期限が過ぎたチラシの回収作業を行いました。

我們已經進行了回收過期傳單的工作。

□ **チラシ**《flyer》 廣告單

イベントで配布したチラシに誤りがあったため、回収しました。

因傳單發放有誤，我們正在進行回收作業。

2. 會計工作

□ **原本**
げんぽん

原件

原本は大切に保管してください。コピーではなく、必ずオリジナルを使ってください。

請妥善保存原始文件，務必使用原件，避免使用複印件。

□ **仮払い**
かりばら

預付，墊付

仮払いは会計処理が必要ですので、早めに伝票を提出してください。

預付款需要進行會計核算處理，請儘快提交相關傳票。

□ **伝票**
でんぴょう

發票，記帳單

伝票は正確に記入して、すべての領収書や請求書と一致するようにしてください。

請確認傳票記載的內容正確無誤，與所有收據和發票一致。

□ **動向**
どうこう

動向

動向を把握するために、定期的に会計報告書を作成し、チェックしてください。

為了掌握公司動向，請定期製作會計報告並進行檢查。

□ **投入**
とうにゅう

投入

投入金額の明細を確認しました。

我已仔細確認了投入金額的明細。

□ **入金**
にゅうきん

到款，入帳

お客様からの入金が確認できました。

我們已確認客戶的付款已經到帳。

□ **見積もり**
みつ

估計，報價

この見積もりは税抜き金額です。

此報價單金額未含稅。

□ 明細
めいさい

明細

昨日の支払い明細を確認しました。
きのう　しはら　めいさい　かくにん

我已確認昨天的付款明細。

□ 元払い
もとばら

出貨人付運費

元払いでの出荷は可能ですか。
もとばら　しゅっか　かのう

是否可以使用出貨人付運費的方式出貨呢？

□ 余計
よけい

時間充裕

余計な費用が発生しないように、しっかりと確認してく
よけい　ひよう　はっせい　かくにん
ださい。

請仔細確認以避免產生不必要的費用支出。

□ 領収書
りょうしゅうしょ

收據

領収書をお渡しいただけますか。
りょうしゅうしょ　わた

您能給我一份收據嗎？

□ ＡＴＭ
エーティーエム

自動取款機

支払いはＡＴＭからでも可能です。
しはら　エーティーエム　かのう

付款也可以透過 ATM 進行。

□ 大手
おおて

大企業

大手企業からの入金を確認しました。
おおて　ぎょう　にゅうきん　かくにん

我們已確認收到大型企業的付款。

□ 納める
おさ

交納

課税売上 1000 万円の２年後から消費税を納めなければ
かぜいうりあげ　まんえん　ねんご　しょうひぜい　おさ
ならない。

1000 萬圓的銷售額稅款，必須在課徵後的兩年內繳納消費稅。

□ 外貨
がいか

外幣

この請求書は外貨での支払いになります。
せいきゅうしょ　がいか　しはら

這張發票將以外幣支付。

□ 会計
かいけい

會計，結帳，帳目

今月の会計報告を作成するにあたり、経費を納めた領収
こんげつ　かいけいほうこく　さくせい　けいひ　おさ　りょうしゅう
書を集める必要があります。
しょ　あつ　ひつよう

為了製作本月的會計報告，需要收集支付費用的收據。

□ 偽造
ぎ ぞう

偽造
偽造された領収書を発見しました。早急に対処する必要があります。
我們發現了偽造的收據，需要盡快採取應對措施。

□ 巨額
きょがく

鉅額
巨額の支払いについて、報告書を作成しました。
我已經為大筆支付款撰寫了一份報告。

□ 経費
けい ひ

經費
経費の明細書を提出してください。
請提供費用明細表。

□ 原価
げん か

原價，成本
原価計算を再度行い、コストダウンを図ります。
重新進行成本核算，並努力實現成本的降低。

□ 減税
げんぜい

減稅
減税対策を検討中です。
我們正對減稅方案進行審議和研究中。

□ 堅調
けんちょう

堅挺
会社の業績は堅調です。
公司的業績穩定。

□ 小切手
こ ぎって

支票
小切手を使って支払いを行いました。
我們使用支票付款。

□ 手形
て がた

票據
手形の手続きを完了しました。
針對支票進行的相關手續已經完成。

□ 雑費
ざっ ぴ

雜費
雑費は総務費から支払われます。
雜費將從總務費用中支付。

□ 実費
じっ ぴ

實際費用

この旅行の実費は後で精算します。
りょこう じっ ぴ あと せいさん

此次旅行的實際費用將在旅行結束後進行結算。

□ 支払う
し はら

支付

今月の請求書は来週支払います。
こんげつ せいきゅうしょ らいしゅう し はら

本月帳單將在下週支付。

□ 出費
しゅっ ぴ

支出

出費が多すぎて、会社の経費を圧迫している。
しゅっ ぴ おお かいしゃ けい ひ あっぱく

支出太多了，已經給公司的費用造成了壓力。

□ 照合
しょうごう

對照

伝票の照合を怠ると、帳簿が正確でなくなってしまいます。
でんぴょう しょうごう おこた ちょう ぼ せいかく

如果疏忽對帳單的核對，帳簿就會變得不準確。

□ 消耗品
しょうもうひん

消耗品

消耗品の在庫を把握することが重要です。
しょうもうひん ざい こ は あく じゅうよう

把握耗材庫存量非常重要。

□ 所得
しょとく

收入

個人の所得税を計算するために、必要な情報を提供して
こ じん しょとくぜい けいさん ひつよう じょうほう ていきょう
ください。

請提供必要的資訊以計算個人所得稅。

□ 出納
すいとう

出納，收支

出納係には正確さと信頼性が求められます。
すいとうがかり せいかく しんらいせい もと

出納工作需要準確性和可靠性。

□ 据え置く
す お

使安定，不變化

この請求書は、今月末まで据え置いてください。
せいきゅうしょ こんげつまつ す お

請將這張發票保留至本月底。

□ 精算
せいさん

精算

出張の精算を行う必要があります。
しゅっちょう せいさん おこな ひつよう

需要進行出差費用的結算。

□ 代金（だいきん）
款項，價款
この商品の代金をお支払いいただけますか。
請問您能支付這個商品的費用嗎？

□ 帳簿（ちょうぼ）
帳本
この帳簿には、毎月の財務情報が記録されています。
這本帳簿記錄了每月的財務狀況。

□ 詰め替え（つめかえ）
替換
商品の在庫が少なくなったため、今日中に詰め替えをしなければなりません。
商品的庫存已經不足，需要在今天之內進行補貨。

□ 抑える（おさえる）
控制，壓縮
経費の削減に取り組み、より効率的な支出を抑えることで、会社の収益を向上させることができます。
我們致力於削減開支，通過節省開支並增加效率，以提高公司的收益。

□ 株式（かぶしき）
股份
株式の値動きを分析し、投資先を見定めることで、収益の最大化を目指します。
通過分析股票價格變動來確定投資方向，以實現最大化的收益。

□ キャッシュ
《cash》
現金
キャッシュの適切な管理は、会社の安定的な運営に不可欠です。
正確管理現金是公司穩定經營的基石。

□ 金券（きんけん）
代金券
お客様に金券をプレゼントすることで、販促効果を高めることができます。
通過向客戶贈送禮券，可以提高促銷效果，從而增加銷售額。

□ 経済的（けいざいてき）
經濟上的
当社の新製品は、より経済的で、コスト削減につながります。
我們的新產品具有更高的性價比，使用這些產品可以讓您降低成本支出。

□ 赤字（あかじ）
赤字
前期は赤字でしたが、今期は利益を上げることができました。
雖然前期出現了赤字，但本期我們已經能夠獲得利潤。

おおざっぱ
□ **大雑把**

大致的，大體

こんかい けっさん おおざっぱ すうじ
今回の決算は大雑把な数字でしかありません。

這次的財務結算只是一個大概的數字。

か と
□ **買い取る**

買下，購入

こぶついちば しょうひん か と さい しじょうかち しら
古物市場での商品を買い取る際は、市場価値をよく調べ
てから決めるようにしましょう。

在古董市場購買商品時，應該先仔細調查市場價值和真偽，再做出最終決定。

げんきん
□ **現金**

現金

げんざい とうしゃ げんきん ぶ そく おちい
現在、当社は現金不足に陥っているため、コスト削減策を
けんとう
検討しています。

現在，我們正面臨現金不足的問題，因此正在考慮採取削減成本的策略以應對。

さんしゅつ
□ **算出**

算出

こんげつ しゅうし さんしゅつ らいげつ よさん た ひつよう
今月の収支を算出し、来月の予算を立てる必要があります。

需要計算本月的收支，以制定下月的預算。

じんけん ひ
□ **人件費**

人工費

じんけん ひ さくげん と く かいしゃ しゅうえき こうじょう
人件費の削減に取り組むことで、会社の収益を向上させ
ることができます。

通過努力削減人事成本，可以提高公司的收益。

ぶ もん
□ **部門**

部門

とうしゃ かく ぶ もん しゅうし ぶんせき こうりつてき けいえい め ざ
当社の各部門の収支を分析し、効率的な経営を目指します。

我們將分析公司各部門的收支情況，以實現更高效的經營管理。

□ **きっかり**

正好，恰好

のう き まも のう き まえ し はら ねが
納期はきっかり守りますので、納期前に支払いをお願い
いたします。

我們會嚴格遵守交貨期限，所以請在交貨前支付款項。

めいがら
□ **銘柄**

品牌

めいがら かぶか へんどう こと とうし さき
銘柄によって、株価の変動が異なりますので、投資先の
せんてい しんちょう おこな ひつよう
選定は慎重に行う必要があります。

不同品牌的股價波動各異，因此在選擇投資標的時需謹慎考慮。

か つ
□ **買い付ける**

採購

しんしょうひん げんりょう か つ あんていてき きょうきゅうもと
新商品の原料を買い付けるにあたり、安定的な供給元を
み じゅうよう
見つけることが重要です。

在購買新產品原料時，找到穩定的供應商非常重要。

□ 会費
かい ひ

會費

今年度の会費は前年度よりも値上がりしていますが、会員の皆様のご理解をお願いいたします。

今年的會費較去年有所上漲，但我們希望會員們能理解並支持。

3. 銀行相關

□ 不渡り
ふ わた

空頭支票

手形が不渡りになり、銀行から取引停止処分を受けました。

由於票據未兌付，銀行對我們採取了停止交易的處理。

□ 見返り
み かえ

補償，相抵的東西

資源獲得の見返りとして、低金利融資を行います。

作為獲取資源的回報，我們將提供低利率融資。

□ 審査
しん さ

審查

銀行から再審査が必要との審査結果が出ました。

銀行的審查結果顯示，需要進行重新審查。

□ 融資
ゆう し

融資

富士銀行はＡ社に対し融資を決定しました。

富士銀行已決定向Ａ公司提供融資。

□ 限度
げん ど

限度

融資の限度は 500 万円となります。

貸款上限為 500 萬圓。

□ 残高
ざんだか

餘額

現在の負債残高は約 3000 万円です。

目前負債餘額約為 3000 萬圓。

□ 利子
り し

利息

消費者金融は利子が高いので、利用しないほうがいいです。

消費者金融的利息較高，建議盡量避免使用。

□ 利息
りそく

利息

ローンの返済ができないため、利息だけを支払いました。
へんさい　　　　　　　　　　　　　　　りそく　　　　　　　しはら

因無法償還貸款，只支付了利息。

□ 借り入れる
か　い

借款，借入

取引している銀行から事業資金を借り入れました。
とりひき　　　　　　ぎんこう　　　じぎょうしきん　か　い

從與我們交易的銀行借入了經營資金。

□ 元金
がんきん

本金

返済初期は、利息の支払いが大半で、元金が減るのが遅
へんさいしょき　　りそく　しはら　　たいはん　　がんきん　へ　　　　　おそ
いです。

在還款初期，大部分是支付利息，本金減少的速度較慢。

□ 延滞
えんたい

拖欠

期限を過ぎると、年5％の延滞料金が加算されます。
きげん　す　　　　　ねん　パーセント　えんたいりょうきん　か　さん

如果逾期，將會加收5％的年利滯納金。

□ 金利
きんり

利息

金利が上昇する可能性があるため、固定金利でローンを
きんり　じょうしょう　かのうせい　　　　　　　こていきんり
組みました。
く

由於存在利率上升的可能性，我們選擇了固定利率的貸款。

□ 改正
かいせい

修改，改正

貸金業規制法が改正され、多重債務問題解決を柱とした
かしきんぎょうきせいほう　かいせい　　たじゅうさいむもんだいかいけつ　はしら
貸金業法になりました。
かしきんぎょうほう

貸款業監管法經過修改，成為以解決多重債務問題為主要目標的貸款業法。

□ 調達
ちょうたつ

籌措

業況が芳しくないため、資金調達に苦しんでいる。
ぎょうきょう　かんば　　　　　　　しきんちょうたつ　くる

因景況不佳，籌措資金十分辛苦。

□ 断念
だんねん

放棄

銀行から融資してもらえず、新しい商品の開発を断念した。
ぎんこう　ゆうし　　　　　　　　　あたら　しょうひん　かいはつ　だんねん

由於銀行不願提供融資，我們只好放棄了新產品的研發。

□ 継続
けいぞく

繼續

最近は、車を担保として融資を受けても、その車をその
さいきん　くるま　たんぽ　　　　　ゆうし　う　　　　　　　くるま
まま継続して利用することができる。
けいぞく　りよう

最近，即使將汽車作為抵押物獲得融資，車主也可以繼續使用這輛汽車。

□ **仲介** ちゅうかい	仲介 **賃貸の場合、不動産屋の仲介手数料は、たいてい家賃の約1ヶ月分です。** 在租賃情況下，房地產仲介的手續費通常約為一個月的租金。
□ **円高** えんだか	日圓升值 **円高のせいで輸出が全く伸びない。** 日圓升值導致出口交易一片慘淡。
□ **円安** えんやす	日圓貶值 **円安が続く見通しだ。** 預測日圓將繼續貶值。
□ **格付け** かくづ	分等級 **富士銀行の格付けがAからA＋に上がった。** 富士銀行的評等從A晉升至A＋級。
□ **パスワード** 《password》	密碼 **セキュリティー確保のため、中に入るにはパスワードが必要です。** 為了確保安全，進入時需要輸入密碼。
□ **一括** いっかつ	一次付清，總括在內 **代金のお支払方法には、一括払い、ボーナス払いと分割払いがございます。** 關於付款方式，我們提供一次性支付、獎金支付和分期付款。
□ **頭金** あたまきん	頭期款 **車を買うのに頭金として70万円払って、80万のローンを組んだ。** 為了購買車輛，我們支付了70萬圓的首期款，並辦了80萬圓的貸款。
□ **暗証番号** あんしょうばんごう	密碼 **ATMでキャッシュカードの暗証番号を間違えて入力したため、使えなくなりました。** 在使用自動櫃員機時，由於現金提款卡的密碼輸入錯誤，導致卡片不能使用。

4. 獎勵與獎金

□ 振り込む
匯款
私たちは今月の獲得利益をあなたの銀行口座に振り込みます。
我們會將本月的獲得利潤匯入到您的銀行帳戶中。

□ 規定
規定
この奨励は社内の規定に基づいて決定されます。
此獎勵是基於公司內部規定做出的決定。

□ 支給
發給，支給
奨金は毎年支給され業績に応じて金額が変動します。
獎金將每年發放，並根據績效而有所變化。

□ 年俸
年薪
彼は年俸での報酬を受け取っています。
他的薪酬是按年薪計算的。

□ 勘案
考慮，斟酌
この奨励の対象者は業績だけでなく社員の貢献度も勘案されます。
此獎勵的對象不僅考慮績效，還要考慮員工的貢獻度。

□ 歩合
佣金
彼らは売上の一定歩合を受け取ります。
他們會獲得一定銷售比例的提成。

□ 昇給
加薪，提薪
昇給について、ご案内いたします。
有關晉升和加薪的事宜，我們將為您提供相關資訊。

□ 引き上げる
提升
今年度の業績に応じて、給与を引き上げることができます。
根據今年的業績表現，我們決定提高您的薪資。

□ 賃金
工資
賃金の改定を行うことになりました。
我們打算對工資進行調整。

□ **決算**
けっさん

結算

もうじき決算だ、今期は黒字みたいだ。決算賞与が楽しみだ。

公司財務報告即將出爐，本期似乎是盈餘。大家都期待年終獎金的到來。

5. 物流工作

□ **物流**
ぶつりゅう

物流

当社は物流の効率化を図るため、最新の技術を取り入れています。

為了提高物流效率，我們採用了最新的技術。

□ **手際**
て ぎわ

俐落

物流作業においては、スピードと正確性の両方が求められます。スタッフの手際が重要になります。

在物流作業中，速度和準確性同樣重要，員工的操作技巧非常關鍵。

□ **配送**
はいそう

發送，分發

商品の配送には万全を期していますが、万が一の場合には迅速な対応を行います。

我們盡全力確保商品運送的品質，但萬一出現問題，我們會立即採取解決行動。

□ **発注**
はっちゅう

提出訂貨

製品の発注は、生産量や在庫量などを考慮して、適切なタイミングで行っています。

我們會考慮生產量、庫存量等因素，在適當的時機下單購買製品。

□ **半端**
はん ぱ

零頭，模糊

物流作業中には半端な作業は避け、無駄を省くよう心がけています。

在物流作業過程中，我們努力避免不完整的工作並盡可能地節省不必要的浪費。

□ **備品**
び ひん

（機關、學校等的）設備，用品

迅速な対応が求められる場合に備えて、備品は常に十分に準備しています。

為因應需要快速應對的情況，我們隨時準備充足的備品。

□ **弁償**
べんしょう

賠償

弁償と返品に関する問い合わせが来ましたので、早急に対応してください。

因為收到了有關賠償和退貨的詢問，所以盡快對此做出回應。

□ 在庫 ざい こ	庫存，存貨 在庫管理のシステムを導入することで、在庫ロスを減らせると思います。 我認為導入庫存管理系統可以減少庫存損失。
□ 下請け した う	承包 下請け業者からの配送に問題があるようです。調査して、改善策を考えてください。 似乎從承包商那裡得知運輸出現問題，請進行調查並思考如何改善。
□ 品薄 しなうす	缺貨 この商品が品薄状態になっています。生産量を増やすように相談してください。 這種商品目前處於缺貨狀態。請商討如何增加生產量。
□ 出荷 しゅっ か	上市，運出貨物 出荷先の住所が間違っているため、再度配送しなければなりません。 因為送貨地點地址錯誤，所以必須重新進行配送。
□ 処理 しょ り	處理 処理に手間取っていますが、今後の改善策を検討します。 我們目前處理速度比較緩慢，但已經在考慮未來的改善方案。
□ 待機 たい き	待機 待機中のトラックがありますので、積み込みを早急に行ってください。 目前有卡車在等待進行裝載，請盡快進行相應的作業。
□ 原産 げんさん	原產 原産地からの輸送にかかる時間が遅れると、お客様にも影響が出ます。スケジュールをしっかりと調整してください。 如果原產地到目的地的運輸時間延誤，將對客戶造成影響。請務必調整好進度。
□ 運搬 うんぱん	搬運 運搬中に破損した商品がありました。再度発注し、迅速に対応してください。 在運輸途中有商品遭到破損。請重新下單並盡快處理。

6. 電腦工作

□ **添付** (てんぷ)

附加，添加

添付ファイルを送信する前に、容量が大きすぎないか確認してください。

在發送附加檔案前，請確認檔案大小是否超過限制。

□ **問い合わせる** (とあ)

詢問

問い合わせる前に、FAQ を確認してください。

請在查詢前，請先參考常見問題解答。

□ **かさばる**

占地方

このプリンターはかさばるため、より小型のものに交換することをお勧めします。

由於這台印表機體積較大且佔空間，建議更換成較小型的印表機。

□ **交換** (こうかん)

交換

ファイルの交換は社内の共有フォルダーを使用して行ってください。

請使用公司內部共享資料夾進行檔案交換。

□ **正常** (せいじょう)

正常

パソコンの正常な動作に必要なメンテナンスを定期的に行ってください。

請定期進行維護保養，以確保電腦正常運作。

□ **代用** (だいよう)

代用

代用品が必要な場合は、管理部に申請してください。

若需要代用品，請向管理部門提出申請。

□ **取引** (とりひき)

交易

取引先からの注文はメールで受け付けています。

我們接受客戶以郵件下訂單。

連高手都弄混的職場單字

実費 (じっぴ)

① 意為「實際費用、實際開支」的意思。
② 在職場或商業場合中，通常用於指代旅行、出差、會議等活動中的實際費用。通常，這些費用需要被準確地記錄下來，以便後續報銷或結算。
③ 例如：「この旅行の実費は後で精算します。」（這次旅行的實際費用將在之後進行結算。）

7. 糾紛與壞消息

□ **摩擦**（まさつ）
摩擦
摩擦（まさつ）が生（しょう）じており、問題（もんだい）を早急（そうきゅう）に解決（かいけつ）する必要（ひつよう）があります。
需要盡快解決問題以消除矛盾。

□ **下落**（げらく）
下跌
株価（かぶか）が下落（げらく）していますが、今後（こんご）の見通（みとお）しについては未（いま）だ分（わ）かりません。
股價下跌，公司前景不明朗。

□ **見解**（けんかい）
見解
社長（しゃちょう）と専務（せんむ）で見解（けんかい）が分（わ）かれた。
社長和董事的意見不一致。

□ **強引**（ごういん）
強行
彼（かれ）らの見解（けんかい）は強引（ごういん）で、私（わたし）たちの意見（いけん）を聞（き）き入（い）れてくれません。
他們的觀點過於強硬，不願意聽取我們的意見。

□ **構造**（こうぞう）
構造
この機械（きかい）の構造（こうぞう）に問題（もんだい）があるようです。
這台機器的結構有問題。

□ **債務**（さいむ）
債務
会社（かいしゃ）の債務（さいむ）は増加（ぞうか）しています。
公司的債務持續增加中。

□ **折衝**（せっしょう）
交涉，談判
折衝（せっしょう）が必要（ひつよう）になる可能性（かのうせい）があるので、注意（ちゅうい）して話（はな）し合（あ）いましょう。
由於可能需要協商解決問題，因此在討論時請注意保持談判氛圍。

□ **特許**（とっきょ）
專利
この問題（もんだい）を解決（かいけつ）するには、特許（とっきょ）を取得（しゅとく）することが最善策（さいぜんさく）だ。
取得特許是解決這個問題的最佳方法。

□ **賠償**（ばいしょう）
賠償
賠償金（ばいしょうきん）の額（がく）について交渉（こうしょう）する必要（ひつよう）があります。
需要就賠償金額進行協商。

□ 発言 はつげん	發言 発言には注意しましょう。不適切な発言が問題を引き起こす可能性があります。 請注意用辭，不當言論可能會引起問題。
□ 不祥事 ふ しょう じ	醜聞，問題事件 不祥事が発生した場合は、すぐに上司に報告しなければなりません。 若發生問題，必須立即向上級報告。
□ 紛争 ふんそう	糾紛 紛争が発生した場合は、裁判所で解決することもあります。 如果出現糾紛，可能需要通過法院來解決。
□ 破たん は	破產 破たんという不幸な結果を避けるために、即座に対策を講じる必要があります。 為了避免出現破產等不幸的結果，必須立即採取適當的對策。
□ やっかい	複雜 やっかいな問題が発生した場合は、的確な情報収集と分析が必要です。 如果出現棘手的問題，就需要進行準確的資訊收集和分析。
□ 和解 わ かい	和解 紛争の解決には、和解を模索することも必要です。 解決糾紛時，也需要探索和解的可能性。
□ 棚上げ たな あ	擱置 この問題は今のところ棚上げしておいて、将来の状況次第で再度検討することにします。 目前我們將這個問題暫時擱置，待以後情況明朗後再進行重新考慮。
□ 否定 ひ てい	否定 一部の意見は否定されたものの、他の意見は検討の余地があると考えられます。 雖然有些意見被否定了，但其他的意見被認為還有繼續討論的餘地。
□ 老朽化 ろうきゅう か	老化 このシステムは老朽化が進んでいるため、改修が必要です。 這個系統已經老化，需要進行修理和更新。

□ **過剰**（かじょう）

過剰な要求は、プロジェクトにマイナスの影響を与える可能性があるため、避ける必要があります。

過度的要求可能會對項目造成負面影響，因此需要加以避免。

□ **足を引っ張る**（あしひっぱる）

彼の行動はチーム全体の進捗の足を引っ張ることになります。

他的行為將對整個團隊的進展造成阻礙。

連高手都弄混的職場單字

固定 （こてい）

① 有「保護、鎖定」的意思。

② 指的是將電子檔案或數據以密碼方式進行保護，防止未經授權的人員訪問或更改文件內容的行為。

③ 例如：「このファイルは重要な情報を含んでいるため、パスワードで固定しましょう。」（由於這個檔案包含重要的資訊，我們應該用密碼保護或鎖定它。）

金券 （きんけん）

① 意為「禮金券、現金券」。

② 通常可以在特定的商店或場所兌換商品或服務。

③ 例如：「お客様に金券をプレゼントすることで、販促効果を高めることができます。」（通過向顧客贈送禮金券，可以提高促銷效果。）

詰める （つめる）

① 意為「整理、收集」。

② 意思是將文檔或數據整理成有條理的格式。

③ 例如：「必要な情報を詰めて簡潔にまとめましょう。」（讓我們整理並收集必要的資訊，然後簡潔地彙總它們。）

Unit 7

2000 words

職場上的煩惱

1. 對目前職業不滿

□ **トラブル**
《trouble》
> 問題，煩惱
>
> **トラブルが多すぎて、この仕事はもうやめたいです。**
> 因為問題太多了，我已經對這份工作感到厭倦了。

□ **うまい**
> 順利
>
> **この仕事はうまくいっているけど、自分には向いていないと感じます。**
> 雖然這份工作做得不錯，但我覺得這份工作不太適合我。

□ **合う**
> 合得來
>
> **会社の方針と合わないため、仕事がつまらないです。新しいことをやりたいのに、やらせてもらえません。**
> 因為公司方針不符合自己的想法，所以感到無聊。想嘗試新事物，但沒有機會。

□ **つまらない**
> 無聊
>
> **この仕事はつまらなく、もう辞めたいと思っています。**
> 這份工作很無聊，我想辭職。

□ **きつい**
> 棘手，費力
>
> **この仕事はきつすぎて、もう続けられないです。**
> 這份工作太辛苦了，我已經無法繼續做下去了。

□ **やりがい**
> 成就感，做的價值
>
> **この仕事にやりがいを感じず、ただ時間を浪費しているように感じます。**
> 這份工作沒有挑戰性，我覺得只是在浪費時間。

□ **向く**
> 適合
>
> **自分には向いていない仕事だと感じています。**
> 我認為這份工作不適合我。

□ **満足**
> 滿足
>
> **この職場には全然満足できない。**
> 這個職場讓我感到非常不滿意。

□ **ごたごた**
> 混亂
>
> **会社の内部のごたごたに疲れました。**
> 我已經厭倦公司的紛擾和瑣事。

□ 退職（たいしょく）

辞（職）

退職（たいしょく）したい気持（きも）ちはあるけど、新（あたら）しい仕事（しごと）が見（み）つかるまで我慢（がまん）しなければなりません。

我想辭職，但得等到找到新工作。

□ 条件（じょうけん）

條件

この仕事（しごと）の条件（じょうけん）は厳（きび）しすぎます。

這份工作的條件太苛刻了。

□ 資格（しかく）

資格

その仕事（しごと）に必要（ひつよう）な資格（しかく）を持（も）っていないため、採用（さいよう）されませんでした。

我因為缺乏必要的資格而未被錄取。

□ 経験（けいけん）

經驗

経験（けいけん）が足（た）りないため、新（あたら）しいプロジェクトに参加（さんか）できないので、やりがいを感（かん）じられません。

由於缺乏經驗，我無法參與新的專案，所以感到沒有成就感。

□ 減（へ）る

減少

会社（かいしゃ）の業績（ぎょうせき）が悪（わる）く、従業員数（じゅうぎょういんすう）が減（へ）っているため、将来（しょうらい）に不安（ふあん）を感（かん）じています。

公司業績不好，員工數量減少。對未來感到擔心和不安。

□ 左遷（させん）

降職

部署（ぶしょ）が変（か）わって、職場（しょくば）の雰囲気（ふんいき）も悪（わる）くなり、左遷（させん）されたため、もうこの会社（かいしゃ）にいたくありません。

部門調動後，工作氛圍變得更糟糕，再加上被降職。不想再留在這家公司。

□ 解雇（かいこ）

被開除，被解雇

会社（かいしゃ）から解雇（かいこ）されました。

我被公司開除了。

□ クタクタ

精疲力竭

毎日残業（まいにちざんぎょう）でクタクタになっているし、こんなのもう限界（げんかい）です。

每天加班到筋疲力盡，這樣下去已經到達極限了。

□ 限界（げんかい）

限度

もう限界（げんかい）だ。この仕事（しごと）は若（わか）い人（ひと）には適（てき）していると思（おも）いますが、自分（じぶん）には体力的（たいりょくてき）に厳（きび）しいです。

我受不了了。年輕人還能勝任這項工作，但對我來說，體力實在難以負荷。

2. 工作太忙

□ 暇（ひま）

閒暇，時間

暇（ひま）がないから、プロジェクトが終（お）わる前（まえ）に全部（ぜんぶ）の仕事（しごと）を終（お）わらせなければならない。

因為時間緊迫，必須在專案結束之前完成所有工作，沒有閒暇時間。

□ まったく

全然，完全

最近（さいきん）はまったく自分（じぶん）の時間（じかん）がなくて、ストレスが溜（た）まっている。

最近的工作壓力很大，完全沒有屬於自己的時間。

□ ストレス
《stress》

壓力

忙（いそが）しすぎてストレスがたまっています。

工作繁忙，讓我積壓了許多壓力。

□ 苦情（くじょう）

牢騷，不滿

お客様（きゃくさま）からの苦情（くじょう）が多（おお）くて、とてもストレスがたまっている。

由於顧客的投訴頻繁，壓力倍增。

□ 狂（くる）う

打亂，發瘋

仕事（しごと）が忙（いそが）しくて、頭（あたま）が狂（くる）いそうだ。

忙得不可開交，快要崩潰了。

□ 散逸（さんいつ）

散逸

あまりの忙（いそが）しさに、気持（きも）ちが散逸（さんいつ）してしまった。

忙碌的工作狀態令我感到焦慮不安。

□ おまけに

而且

おまけに、今日（きょう）は新（あたら）しいプロジェクトを始（はじ）めなければならない。

除此之外，今天我還需要開始進行一個新的專案。

□ 残業（ざんぎょう）

加班

残業（ざんぎょう）しなければならないと思（おも）うと、気（き）が滅入（めい）る。

一想到要加班，就感到情緒低落。

□ 切羽詰（せっぱつ）まる

走投無路，迫不得已

このプロジェクトの納期（のうき）まであと1週間（しゅうかん）しかないので、切羽詰（せっぱつ）まっています。

這個項目距離交付期只有一個星期，所以時間非常緊迫。

□ 甘い
あま

樂觀，小看

仕事量を甘く考えていたため、残業が増えました。
因為少估了工作量，導致加班時間增加了。

3. 勞工權益的受損

Track 050

□ 勤務時間
きん む じ かん

工作時間

長時間労働は法律に違反しています。私たちは適切な勤務時間を要求する権利があります。
長時間工作是違法的，因此我們有權要求合理的工作時間。

□ 不規則
ふ き そく

不規則

不規則な勤務時間の変更は私たちの生活を困難にします。私たちはスケジュールの安定性を求めます。
由於不規則的工作時間會給我們的生活帶來困擾，因此我們需要一個固定的工作時間排程。

□ 残業
ざんぎょう

加班

過度な残業は健康に悪影響を与えます。私たちは適切な残業時間と補償を求めます。
過度的加班有害健康，因此我們要求合理的加班時間和補償。

□ 休み
やす

休假

適切な休みは私たちの健康と生産性に直結しています。私たちは休みを取る権利があります。
適當的休息對我們的健康和工作效率有直接的影響。我們有休息的權利。

□ 給料
きゅうりょう

薪水

現在の賃金は私たちの生活を維持するのに十分ではありません。私たちは適切な給料を要求します。
現在的薪水無法維持我們的生活，因此我們要求適當的薪資待遇。

□ ボーナス
《bonus》

紅利，獎金

ボーナスが適切でない場合、私たちは公正な報酬を要求する権利があります。
如果獎金過低不足以反映員工的工作表現和貢獻，我們有權要求公正的報酬。

□ 福利厚生
ふく り こうせい

員工福利

適切な福利厚生は私たちの生活の質を向上させます。私たちはそれを要求する権利があります。
合理的福利待遇能夠提高我們的生活品質。我們有權要求這些福利待遇。

4. 棘手的人際關係

□ 人間関係
にんげんかんけい

人際關係
じょくば　にんげんかんけい　わる
職場での人間関係が悪いと、ストレスがたまります。
わたし　　　　そんちょう　きょうりょく　せいしん　も　　　　　もと
私たちは尊重と協力の精神を持つことを求めます。
職場中不良的人際關係會增加壓力。因此，我們希望能夠建立一個充滿尊重和合作的環境。

□ 浮く
う

脱離
どうりょう
同僚とのコミュニケーションがうまくいかず、職場で
う　　　　　　　　　　わたし　　　　かんきょう　かいぜん　　もと
浮いてしまいます。私たちは環境の改善を求めます。
與同事溝通不順暢，使我在職場中感到孤立。因此，我們希望改善職場環境。

□ 同僚
どうりょう

同事
どうりょう　　いけん　く　ちが　　しょくば　　にんげんかんけい　あっか
同僚との意見が食い違って、職場での人間関係が悪化して
わたし　　　　　　　　　　　　　　　　　　　　　かいぜん　もと
います。私たちはコミュニケーションの改善を求めます。
與同事意見不合導致職場人際關係惡化。為此，我們希望加強溝通，改善人際關係。

□ 怒る／怒る
おこ　　いか

怒叱
じょうし　　　　　いか　ことば　きず　　しょくば　　しごと　しゅうちゅう
上司からの怒りの言葉に傷つき、職場での仕事に集中
わたし　　　　そんちょう　こうせい　あつか　　もと
できません。私たちは尊重と公正な扱いを求めます。
上司的不當言行使我受傷且難以集中精神工作。我們希望能夠得到尊重和公正的待遇。

□ 食い違う
く　ちが

不一致
しょくば　　もくてき　もくひょう　たい　　かんが　かた　く　ちが
職場での目的や目標に対する考え方が食い違って、チー
みだ　　　　　　わたし　　　　きょうつう　もくてき　も
ムワークが乱れています。私たちは共通の目的を持ち、
きょうりょく　はたら　　　　　　　　もと
協力して働くことを求めます。
團隊成員對於職場目的或目標看法不一致，導致合作效果降低。因此，我們希望能夠確定共同目標，並進行合作。

5. 對工作厭倦

□ 間違い
まちが

錯誤
き　かいてき　さぎょう　く　かえ　　　　　まちが　お
機械的な作業を繰り返していると、間違いが起こりやすく
しごと　　　　　　　　　　　　かん
なり、仕事にやりがいを感じられません。
重複機械性的操作容易導致錯誤的發生，同時也無法感受到工作的成就感。

□ 機械的
き　かいてき

機械式
おな　　　　　しごと　まいにちく　かえ　　　　　き　かいてき
同じような仕事を毎日繰り返すことで、機械的になり、
しごと　と　く　　いよく　うしな
仕事に取り組む意欲が失われました。
每天重複相同的工作會讓我們變得像機器一樣，失去對工作的熱情。

□ 繰り返す（く・かえ）

重複

同じ作業を繰り返していると、退屈でモチベーションが下がります。

不斷地重複相同的工作讓我們感到無聊，並且喪失了工作動力。

□ 長続き（ながつづ）

持之以恆

何をやっても長続きしません。

無論做什麼事情都無法持續保持熱情。

□ 身につく（み）

學會

何をやっても身につきません。

我做的任何事情似乎都無法增進我的經驗和技能。

□ 経営（けいえい）

經營

会社の経営方針に納得できず、仕事にやりがいを感じられなくなっています。

無法認同公司的經營理念，導致失去了工作的動力。

□ 駐在（ちゅうざい）

駐在，駐…

駐在先での仕事に慣れず、孤独感やストレスがたまり、仕事に集中できません。

由於無法適應工作地點的環境，而感到孤獨和壓力，無法專注於工作。

□ 本音（ほんね）

真心話

上司や同僚に本音を言えず、ストレスがたまり、仕事に取り組むモチベーションが低下しています。

由於無法與上司或同事真正溝通，感受到巨大的壓力，因此無法保持工作動力。

□ モチベーション《motivation》

動力

モチベーションが低下し、仕事にやる気が出ません。

失去了工作動力，無法維持對工作的熱情。

□ 円滑（えんかつ）

順利，協調

仕事の進め方や意見が合わず、チームの円滑なコミュニケーションが困難になっています。

由於對工作方法或觀點的不一致，導致團隊間的溝通變得格外困難。

6. 工作上的鼓勵與建議

□ 傷つく
きず

傷害

傷ついたときは、自分を責めずに、振り返ってみて自分自身が成長した点を見つけることも大切です。

當遭受傷害時，不要自責，而是找尋自己成長之處，這也是極為重要的。

□ 気持ち
きもち

心情

頑張っているあなたの気持ちをよく理解しています。私たちも全力でサポートします。

我們深刻理解你所付出的努力，也將全力以赴地支持你。

□ いろいろ

種種，許多

いろいろな困難や課題があるかもしれませんが、一歩ずつ進んでいけば必ず解決できます。私たちも一緒に頑張りましょう。

在面對各種困難和問題時，只要堅持一步一步向前，就一定能夠克服。讓我們攜手前進，一同加油。

□ 人生
じんせい

人生

人生は短いので、自分がやりたいと思うことに挑戦することをお勧めします。

人生匆匆，因此我建議你勇敢挑戰自己想要做的事情。

□ 相談
そうだん

商量

仕事がうまくいかない時は、上司に相談するのも一つの選択で、抱え込まず、助けを求めることも大切です。

當工作遇到困難時，向上司請教也是一種選擇。不要獨自承擔，尋求幫助也很重要。

□ かもしれない

或許，也許

同僚と相談して、新しいアイデアを出すことが大切です。自分だけで考え込まず、周りの人の意見も聞いてみるといいかもしれません。

與同事討論並提出新想法是非常重要的。在討論中，不僅要表達自己的意見，還要聽取周圍人們的看法。

□ 取る
と

休（假）；承擔責任

プロジェクト失敗の責任を取って、辞職しました。

為了對失敗的專案負責，我辭去了工作。

□ だめ

不行，不可以

お医者さんに行かなくてはだめですよ。

你最好去看醫生。

□ 様子
ようす

情況，狀態

チームメンバーの様子を見ながら、適宜フォローしてください。

請根據團隊成員的情況，適時跟進並給予支援。

□ **時期**　_{じき}

時機
時期を待って。　_{じき ま}
請耐心等待良機。

□ **思い詰める**　_{おも つ}

鑽牛角尖
問題があっても思い詰めすぎず、冷静に対処しましょう。　_{もんだい おも つ れいせい たいしょ}
即使發生問題也不要過度焦慮和煩惱，要冷静應對。

□ **あせる**

著急
結論をあせらずに。　_{けつろん}
讓我們仔細探討，不要急著下結論。

□ **一歩一歩**　_{いっ ぽ いっ ぽ}

一步一步
一歩一歩進んでいけば、必ず成功につながります。　_{いっ ぽ いっ ぽ すす かなら せいこう}
只要一步一腳印向前走，就一定能邁向成功之路。

□ **信頼**　_{しんらい}

信賴
信頼関係を築くことが大切です。　_{しんらいかんけい きず たいせつ}
建立信任關係至關重要。

□ **友達**　_{ともだち}

朋友
仕事上の友達ができると、楽しく仕事を進められます。　_{しごとじょう ともだち たの しごと すす}
在工作中結交朋友，能讓我們更快樂地投入工作。

□ **親**　_{おや}

父母
親に相談することをおすすめします。　_{おや そうだん}
建議您或許應該與家人商量一下。

□ **上司**　_{じょう し}

上司
上司からのアドバイスを素直に受け止めることが、成長につながります。　_{じょう し す なお う と せいちょう}
虛心接受上司的建議，有助於促進個人的成長。

□ **広がる**　_{ひろ}

拓展，開拓
視野が広がって、多角的に物事を見ることができるようになりました。　_{しゃ ひろ た かくてき ものごと み}
擁有廣闊的視野，從多個角度看待事情是非常重要的。

□ 発見 <small>はっけん</small>	發現 新しい発見をすることで、自分自身が成長し、会社全体も発展します。 透過不斷尋求新發現，實現自我成長，不僅有助於個人，也有助於整個公司的發展。
□ 休養 <small>きゅうよう</small>	休養 長時間の業務に取り組んだ後は、しっかりと休養をとりましょう。 長時間工作後，請務必確保充分休息。
□ 休暇 <small>きゅうか</small>	休假 年次有給休暇を取ることで、リフレッシュして次の仕事に取り組みましょう。 利用年假來放鬆身心，為迎接下一項工作做好準備。
□ 外 <small>そと</small>	外面 オフィスの中だけではなく、外に出てリフレッシュすることも大切です。 除了待在辦公室，出門放鬆也非常重要。
□ 旅行 <small>りょこう</small>	旅行 旅行に行くことで、新たな発見や気分転換につながることがあります。 透過旅行，可以帶來新的體驗和情緒轉換，使生活更加豐富多彩。
□ のんびり	悠閒自在 仕事に取り組むことは大切ですが、のんびりとした時間を過ごすことも必要です。 儘管工作重要，但享受閒暇時光也同樣必要。
□ 減らす <small>へ</small>	減少 無駄な作業を減らし、生産性の高い仕事に取り組むことが大切です。 專注於高產出的工作，減少無效勞動，這非常重要。
□ 持つ <small>も</small>	擁有 困難な状況でも、ポジティブな姿勢を持ち続けましょう。 即便面對困境，也請保持積極態度，不要放棄。
□ 変える <small>か</small>	改變・更換 仕事を変えたほうがいいですよ。 考慮更換工作或許更有益處。

□ **一人前**（いちにんまえ）
獨當一面，像樣的
あなたはもう一人前の社員です。自信を持って業務に取り組みましょう。
你已經是一位能獨當一面的員工，應該自信地積極投入工作。

□ **活用**（かつよう）
活用
経験や知識を活用して、新しいプロジェクトに積極的に取り組んでください。
請充分利用你的經驗和知識，積極參與新專案。

□ **過労**（かろう）
過度疲勞
過労に気をつけましょう。適度な休息をとることが重要です。
注意過勞問題，適當休息至關重要。

□ **誤解**（ごかい）
誤解
誤解を解くために、コミュニケーションを大切にしましょう。
要化解誤解，良好的溝通至關重要。

□ **緩める**（ゆるめる）
放鬆，緩和
最後まで気を緩めずに頑張りましょう。
讓我們齊心協力，堅持到最後一刻都不能放鬆。

□ **雑談**（ざつだん）
閒談
仕事以外の話も大切です。同僚と雑談して、リフレッシュしましょう。
除了工作以外，也要注意其他話題的交流。和同事閒聊，讓自己得到適當的放鬆和休息，是非常重要的。

□ **開拓**（かいたく）
開拓
新しいアイデアや方法を開拓しましょう。チャレンジすることで、成長できます。
讓我們勇敢開拓新的創意和方法，通過挑戰自我實現個人成長。

□ **帳消し**（ちょうけし）
一筆勾消
過去のミスや失敗は、帳消しにしましょう。今後に活かすために、反省しましょう。
為了未來的發展，我們應該反思過去的錯誤和失敗，並加以解決。

□ **助言**（じょげん）
出主意，建言
困難な状況に陥ったら、上司や先輩に助言を求めましょう。
當面臨困難時，請勇於向上司或前輩尋求建議。

職場高手必備200句型

「請重複一次」句型

1. ～についてもう一度、説明してください

1. 請再次解釋一下…
2. プロジェクトの進捗状況について、もう一度説明してください。
3. 請再次解釋項目的進展情況。

句型說明
> 表示需要對方再次解釋某件事情或某個觀點。

2. ～ポイントをもう一度、説明してください

1. 請再次說明…的要點
2. 重要なポイントをもう一度説明してください。
3. 請再次說明重要的要點。

句型說明
> 表示需要對方再次解釋某件事情或某個觀點的要點。

3. 大きな声で言ってください

1. 請大聲說
2. 大きな声で言ってください。後ろの人も聞こえるように。
3. 請大聲說，讓後面的人也能聽到。

句型說明
> 表示需要對方大聲說出某件事情或某個觀點。

4. ～をもう一度、言ってください

1. 請再說一遍…
2. その日付をもう一度言ってください。
3. 請再說一遍那個日期。

句型說明
> 表示需要對方再次重複說出某件事情或某個觀點。

5. はっきり明確に言ってください

1. 請清楚地明確地說
2. はっきり明確に言ってください、理解しやすくなります。
3. 請說得清楚明確一些，這樣更容易理解。

句型說明
> 表示需要對方清晰明確地表達某件事情或某個觀點。

6. ～が聞き取れませんでした

1. 我沒有聽清楚…
2. 申し訳ありません、その部分が聞き取れませんでした。
3. 抱歉，我沒有聽清楚那一部分。

句型說明
> 表示自己聽不清或沒有聽懂對方說的某件事情或某個觀點。

Unit 8

2000 words

職場電話

1. 詢問身分

□ はい

（應答聲）是

はい。山田電気でございます。
您好，這裡是山田電氣公司。

□ 世話（せわ）

照顧，關照，照料

いつもお世話（せわ）になっております。
承蒙您平日的關照。

□ 用件（ようけん）

事項，事宜，事情

ご用件（ようけん）をお伺（うかが）いします。
請問有何貴幹？

□ 部署（ぶしょ）

部門，部署

おかけになりたい部署（ぶしょ）はどちらでございますか。
請問您要找哪個部門呢？

□ 伺う（うかが）

請教，打聽

お名前（なまえ）をもう一度（いちど）お伺（うかが）いいたします。
再次請教您的大名。

□ 外出（がいしゅつ）

外出，出門

先（さき）ほどは外出（がいしゅつ）しておりまして、申（もう）し訳（わけ）ございませんでした。
非常抱歉，我方才外出了。

2. 表明身分

□ もしもし

（用於打電話時開頭語）喂喂

もしもし、山田産業（やまださんぎょう）の斉藤（さいとう）と申（もう）します。
您好，我是山田產業的齊藤。

□ 申す（もう）

（「言う」謙讓語）說，做

はい、山田産業（やまださんぎょう）の斉藤（さいとう）と申（もう）します。
您好，我是山田產業的齊藤。

□ お待たせしました

讓您久等了

お待たせしました。山田でございます。
讓您久等了，我是山田。

□ いつも

總是，常常

橘です。いつもお世話になっております。
敝姓橘，承蒙您總是多予惠顧。

□ こちらこそ

（互相道謝）彼此彼此

こちらこそ、お世話になっております。
彼此彼此，承蒙您的關照。

3. 表明要找的對象

Track 056

□ 専務

專務，專務董事

青木専務はいらっしゃいますでしょうか。
請問青木專務在嗎？

□ 恐れ入る

（謙讓語）十分抱歉，不好意思

恐れ入りますが、鈴木部長はいらっしゃいますか。
不好意思，請問鈴木部長在嗎？

□ 担当

負責，擔任

経理担当の方をお願いできますでしょうか。
麻煩找負責會計的人。

□ 広告

宣傳，廣告

広告担当の方をお願いできますでしょうか。
麻煩找負責宣傳的人。

□ 責任者

承辦人，負責人，責任者

責任者の方をお願いできますでしょうか。
請承辦人聽電話。

サービスセンター
《service center》

服務中心

お客さまサービスセンターをお願いできますでしょうか。
麻煩找客戶服務中心。

---

4. 商討

□ 突然 (とつぜん)

突然，忽然

お忙しい中、突然お電話してしまい、大変失礼いたしました。
東西電産の山田と申します。
非常抱歉，在您百忙之中突然致電打擾。我這裡是東西電產，敝姓山田。

□ 少々 (しょうしょう)

有點，少許，稍微

少々お時間をいただいて、お話したいことがあるのですが、今、よろしいでしょうか。
有點事情想和您商討一下，不曉得您現在時間上是否方便？

□ 先日 (せんじつ)

幾天前，不久前

先日、新しいカタログをお送りしたのですが、ご覧になっていただけましたでしょうか。
幾天前曾送新目錄到貴公司，不知道您是否已經過目了呢？

□ ぜひ

一定，務必

その件でぜひ一度、お会いして話をしたいと思っております。
關於那件事，請務必惠予撥冗接見。

□ 挨拶 (あいさつ)

問候，打招呼

ご挨拶に伺わせていただきたいのですが、いつごろお時間をいただけますでしょうか。
請務必容我前往拜會問候，不知道您什麼時間比較方便呢？

□ 伺う (うかがう)

拜會，拜訪

20日の午後2時にお伺いいたします。何卒よろしくお願いいたします。失礼いたします。
那麼，我在 20 號的下午 2 點前往拜會，屆時敬請指教。感謝您。

□ たびたび

多次，經常，屢次

いつもお世話になっております。たびたびのご連絡となり、恐縮ですが、先程ご連絡しました、東西電産の山田です。
多次打擾，不好意思。我是剛才打過電話的東西電產的山田。平日承蒙貴公司惠顧。

□ **ところ**
…之中，正在
お忙しいところ失礼いたします。東西電産の花形と申します。
百忙之中打擾，實在不好意思。我這裡是東西電產，敝姓花形。

□ **番号**
ばんごう
號碼
お訪ねしたいのですが、北海エージェンシーの電話番号は 1234 － 5678 でございますか。
我想拜訪北海代理店，請問電話號碼是否為１２３４－５６７８呢？

□ **休み**
やす
休息；放假
山田産業の斉藤でございます。お休み中に申し訳ございません。
您好我是山田產業的齊藤。休息時間打擾您實在不好意思。

□ **夜分**
や ぶん
晚間，晚上，深夜
夜分遅く申し訳ございません。
這麼晚打擾您，真是不好意思。

5. 轉接電話

Track 058

□ **どちら**
您哪裡
恐れ入りますが、どちらの鈴木様でしょうか。御社名をお尋ねしてもよろしいでしょうか。
不好意思，請問您是哪裡的鈴木先生呢？能否告知公司名稱？

□ **おつなぎ**
轉接
ただ今、お電話をおつなぎいたします。
現在為您轉接電話。

□ **本人**
ほんにん
本人；當事人
ただいま本人に代わります。
現在請他本人來接電話。

□ **代わる**
か
代替
山田に代わります。
我請山田來接電話。

□ そのまま

線上稍待（保持現狀）

そのままお待ちいただけますでしょうか。

可以請您在線上稍待一下嗎？

□ 入る
　　はい

進來，進入

中田興業の社長から３番にお電話が入っております。

中田興業的社長打電話來，正在３線。

□ 内線
　　ないせん

内線，分機

経理課の方は、内線 63 番におかけください。

有事情與會計課聯絡的人，請撥內線 63 號。

6. 當事人無法接聽

□ ただいま

現在，目前

申し訳ございません。ただいま、鈴木は席を外しております。

不好意思。現在鈴木剛好不在位上。

□ はずす

離開，退

大変失礼いたしました。今、席を外しております。

非常抱歉，他目前離開座位。

□ 打ち合わせ
　　う　　あ

商討，討論

田中は現在打ち合わせ中でございますが。

現在，田中正好在開會中。

□ 対応中
　　たいおうちゅう

忙於應對，處理中

山田は現在お客様の対応中です。

山田正在和客人會談。

□ 会議中
　　かいぎちゅう

開會中

田中は現在会議中でございます。

田中現在正在開會。

□ **本日**
ほんじつ

今天

鈴木は本日お休みをいただいております。

鈴木今天休假。

□ **休暇中**
きゅう か ちゅう

在休假中

山田は現在休暇中でございます。

山田現在正在休假。

□ **あいにく**

不湊巧，可惜的是，掃興

あいにく、担当者は外出中です。

不好意思，承辦人目前外出。

□ **外出**
がいしゅつ

外出，離開

ただ今、担当者は外出しておりますが。

負責人現在外出了。

□ **戻る**
もど

回來，回家；返回，回到

4時までには戻る予定です。

預計將於 4 點回來。

□ **出張中**
しゅっちょうちゅう

出差中

申し訳ございませんが、鈴木は現在出張中です。

不好意思，鈴木出差去了……

□ **出社**
しゅっしゃ

進公司，出勤，到公司

申し訳ございません。山田は出張中で、明後日出社する予定です。伝言はございますか。

非常抱歉，山田目前正在出差，預定於後天進公司，請問您有什麼交代嗎？

□ **連絡**
れんらく

聯繫，聯絡，溝通

こちらから折り返し連絡させていただいても、よろしいでしょうか。

請問需要由我們與他聯繫，請他回電給您嗎？

□ **ほか**

別的電話

恐れ入りますが、山田は現在他の電話に出ております。

很不好意思，山田現在正在接聽另一線電話。

□ 終わる
結束，完成
終わり次第、こちらから再度お電話差し上げます。
是否要他講完電話後再回電給您呢？

□ 存じる
（謙讓語）知道
少々お時間がかかるかと存じますが、お急ぎでしょうか。
這件事處理起來需要花上一些時間，請問您是否很急迫呢？

□ 取り込む
忙亂，忙碌地（進行工作或活動）
申し訳ございませんが、山田は現在取り込み中です。
不好意思，山田現在正在忙。

□ 後ほど
等一下，稍後
後ほどこちらからお電話させていただきます。
容他稍後再回電給您。

□ 予定
預定
何時ごろにお戻りになる予定でしょうか。
請問他大約幾點回來呢？

□ 改める
重新安排，修改
それでは、後ほど改めてお電話させていただきます。
那麼，我稍後再次致電給您。

7. 當事人回來的時間與日期

Track 060

□ 思う
想，猜想，推想
すぐ終わると思いますので、そのままお待ちいただけますか。
我想他馬上就會講完電話，請您在線上稍等一下。

□ すぐ
很快，馬上
すぐ戻る予定です。
我想他很快就會回來的。

□ 昼（ひる）
中午
昼頃（ひるごろ）には戻（もど）る予定（よてい）です。
我想他要到中午左右才會回來。

□ はず
應該
2、3時間以内（じかんいない）に戻（もど）るはずです。
我想他應該會在2、3個小時之內回來。

□ いっぱい
整個
今週（こんしゅう）いっぱい戻（もど）らない見込（みこ）みです。
他整個星期都不會進公司。

□ まで
直到
来週（らいしゅう）の月曜日（げつようび）まで戻（もど）らない予定（よてい）です。
他在下週一以前都不會進公司。

□ いたす
（敬語）相當於「します」
山田（やまだ）は13日（にち）に出社（しゅっしゃ）いたします。
山田將於13號回公司上班。

8. 請對方回電話

Track 061

□ 手数（てすう）
勞駕，麻煩，周折
お手数（てすう）ですが。数分後（すうふんご）に再度（さいど）おかけ直（なお）しいただけますでしょうか。
不好意思，可否勞駕您幾分鐘後再重新打過來呢？

□ 折（お）り返（かえ）し
回覆，回撥
終（お）わり次第（しだい）、折（お）り返（かえ）しお電話（でんわ）させていただきます。
等他一講完，我會請他回覆您的電話。

□ 直通（ちょくつう）
直通，直達
速（すみ）やかにお掛（か）け直（なお）しいたしますので、直通（ちょくつう）の電話番号（でんわばんごう）をお教（おし）えいただけますでしょうか。
他馬上就會回撥給您了，能否請留下您的直撥電話號碼？

□ **離席**（り せき）
不在座位，離開座位
恐れ入りますが、山田は離席中でございます。折り返しの電話を差し上げますか。
不好意思，山田已經離席，我請他回您電話嗎？

□ **伝える**（つた）
轉告，傳達
手が空き次第、電話をいただきたいとお伝えください。
請您轉告他，麻煩他有空時回我電話。

□ **恐縮**（きょうしゅく）
惶恐，過意不去；不好意思
恐縮ですが、戻られましたらご一報いただけますでしょうか。
非常不好意思，等他回來以後，可否代為轉告，請他打電話給我呢？

□ **伝言**（でんごん）
轉告，留言
本日は7時過ぎまでオフィスにいますので、お電話を頂戴できますようご伝言をお願いいたします。
可否麻煩您轉告一聲，我今天會在公司待到7點多，希望能夠等到他的回電，好嗎？

□ **自宅**（じ たく）
自家，自己的住宅
自宅におりますので。
我在家裡。

□ **携帯**（けいたい）
手機
携帯にご連絡いただければ、すぐに対応いたします。
如果您能透過手機聯繫我們，我們將立即進行處理。

□ **かけ直す**（なお）
再打，再撥打
10分ほどお待ちいただけますでしょうか。おかけ直しいたします。
能否請您稍後大約10分鐘。再由我重播給您。

□ **よう**
希望，請求
電話をいただけるよう、お伝えいただけますか。
請幫我傳達，請他回我電話。

9. 告知對方會再來電

□ 後
あと

等一下，稍後
では、後で再度お電話差し上げます。
那麼，稍後會再次致電給您。

□ 後
ご

…後，晚些時候
数分後に改めてお電話いたします。
數分鐘後將會再次致電給您。

□ 出先
で さき

外面，出去辦事的地點
出先からなので、こちらから後ほどお電話差し上げます。
由於我現在人在外面，稍後會再次致電給您。

10. 請對方幫忙留言

□ だけ

只要，只需
電話を差し上げたことだけをお伝えくださいませ。
只要請您轉告他，我打過電話找他就可以了。

□ 至急
し きゅう

立刻，緊急
至急のご連絡をお願い申し上げます。
請他儘速與我們聯繫。

□ 急ぎ
いそ

急（事），急（件）
お忙しい中大変恐縮ですが、急ぎの用件がございまして、
お電話をいただけますよう、お伝えいただけませんか。
在您百忙之中打擾，不好意思，可否麻煩您代為轉告，我有急事
想和他商談，請他打電話給我，好嗎？

□ 重要
じゅうよう

重要
重要なお知らせがあります。
有一件重要的事情。

□ プロジェクト
《project》

企劃，專案
プロジェクトに関するお知らせです。
這是關於專案的事情。

□ しょうひん
商品

商品
商品に関するお知らせです。
是有關產品的通知。

□ おく
遅れる

晚到，遲到
打ち合わせに遅れる可能性があります。申し訳ありません。
很抱歉要通知您，我們會比原訂的洽商時間晚到。

□ へんこう
変更

更改，變更
打ち合わせの曜日を変更したいのですが、可能でしょうか。
我們想要更改會議的日期，請問可以嗎？

□ **キャンセル**
《cancel》

取消
会議がキャンセルになったことをお伝えください。
請替我傳達，會議取消了。

□ へんこう
変更

變更，更改
ミーティングの時間が変更になったことをお伝えください。
請幫我傳達，開會的時間有所變更。

□ いちばん
一番

（下午的）第一個時間段
明日は午後一番にお伺いするということをお伝えください。
請替我傳達，明天午休過後我會前去造訪。

□ むね
旨

要點，大意
先日ご相談いただいた件について、先程 FAX にてご連絡させていただきました。その旨、お伝えいただけますか。
請轉告他，關於日前商討過的事，我剛才已經傳真到貴公司了。

11. 接受電話留言

Track 064

□ ようけん
用件

貴幹，事由，事情
ご用件は何でしょうか。
請問有什麼事情需要幫您處理嗎？

□ 差し支え

有所妨礙，障礙；不方便

差し支えなければ、私がご対応いたします。よろしいでしょうか。

如果方便的話，可否由我來幫您傳達事情？

□ 承る

幫…做，遵從，接受

もしご希望でしたら、ご用件を承りますが、いかがですか。

如果方便的話，可否讓我來幫您處理事情呢。

□ 何か

什麼，某種

何かお伝えすることがありますか。

請問有沒有留言要我幫您轉達的呢？

□ 直接

直接

直接お話をさせていただきたいので、後ほど再度おかけします。

我想要直接和他本人通話，所以我會再打過來的。

□ 差し上げる

給您…

承知いたしました。戻り次第、折り返しご連絡差し上げます。

好的，等他回來以後，我會轉告他回電給您。

□ 念のため

以防萬一

念のため、お電話番号をお教えくださいませんか。

以防萬一，煩請給我您的電話號碼。

□ 存じる

知道

山田は中山様のお電話番号をご存知でしょうか。

請問山田是否知道中山先生您的電話號碼呢？

□ 伺う

請教

恐れ入りますが、お電話番号をもう一度お伺いしてもよろしいでしょうか。

非常不好意思，為求慎重起見，可否請教您的電話號碼是幾號呢？

□ 復唱

複誦，重述

それでは復唱させていただきます。

那麼請容我複誦一次。

□ 繰り返す <ruby>繰<rt>く</rt></ruby>り<ruby>返<rt>かえ</rt></ruby>す

複誦

お<ruby>言葉<rt>ことば</rt></ruby>を<ruby>繰<rt>く</rt></ruby>り<ruby>返<rt>かえ</rt></ruby>し<ruby>確認<rt>かくにん</rt></ruby>させていただきます。
我複誦一次留言內容。

□ 願える <ruby>願<rt>ねが</rt></ruby>える

請問您能否…

<ruby>申<rt>もう</rt></ruby>し<ruby>訳<rt>わけ</rt></ruby>ございませんが、もう<ruby>一度<rt>いちど</rt></ruby>お<ruby>名前<rt>なまえ</rt></ruby>をお<ruby>聞<rt>き</rt></ruby>かせ<ruby>願<rt>ねが</rt></ruby>えますでしょうか。
萬分抱歉，是否方便再請教一次您的大名呢？

12. 記下留言之後的應對

□ 承知 <ruby>承知<rt>しょうち</rt></ruby>

記下，明白了

<ruby>承知<rt>しょうち</rt></ruby>いたしました。
我已經記下來了。

□ 確認 <ruby>確認<rt>かくにん</rt></ruby>

確認，證實

お<ruby>名前<rt>なまえ</rt></ruby>とお<ruby>電話番号<rt>でんわばんごう</rt></ruby>をご<ruby>確認<rt>かくにん</rt></ruby>させていただけますか。
請容我再向您確認一次大名和電話號碼。

□ 確かに <ruby>確<rt>たし</rt></ruby>かに

確實

<ruby>確<rt>たし</rt></ruby>かに、<ruby>承知<rt>しょうち</rt></ruby>いたしました。<ruby>私<rt>わたし</rt></ruby>、<ruby>営業部<rt>えいぎょうぶ</rt></ruby>の<ruby>斉藤<rt>さいとう</rt></ruby>が<ruby>承<rt>うけたまわ</rt></ruby>りましたので、ご<ruby>安心<rt>あんしん</rt></ruby>ください。
我是業務部的齊藤，請放心，確實已經收到您的交代了。

□ ておく

事先做好（某事以備不時之需）

<ruby>了解<rt>りょうかい</rt></ruby>いたしました。ご<ruby>連絡<rt>れんらく</rt></ruby>いただいたことを<ruby>伝<rt>つた</rt></ruby>えておきます。
我明白了，我會把您的聯繫資訊告訴他的。

□ 必ず <ruby>必<rt>かなら</rt></ruby>ず

一定，必定

<ruby>必<rt>かなら</rt></ruby>ず<ruby>連絡<rt>れんらく</rt></ruby>するようお<ruby>伝<rt>つた</rt></ruby>えいたします。
我一定會轉告他，請他要和您聯絡。

13. 在掛斷電話之前的應對

□ いつでも

隨時

いつでもお電話ください。
歡迎您隨時打電話過來。

□ 質問
しつもん

詢問

ご質問がありましたら、またお電話ください。
如果您有任何疑問，請隨時與我們聯繫。

14. 預約拜訪電話

□ 目にかかる
め

拜會，見面

明日お目にかかりたいのですが、ご都合はいかがでしょうか。
我明天想要前去拜會，不曉得您的時間是否方便？

□ なら

如果…的話，如果是

3時ならお時間に余裕があります。
如果是3點的話我有空。

□ 次
つぎ

下次，下回

次の会議についてですが、来週の月曜日の午後はいかがでしょうか。
下次的會議，訂在下禮拜一的下午如何呢？

□ ごろ

左右，大約

18日の午後2時ごろはいかがでしょうか。
18號的下午兩點左右如何呢？

□ ふさがる

騰不出來，占滿

その日は、ちょっとふさがっておりまして。
那天我騰不出來時間來。

□ 先約
せんやく

有約在身，已有預約

大変申し訳ありませんが、先約がありまして…。
非常不好意思，那天有約在身……

□ つまる	塞滿，裝滿
	その日（ひ）は予定（よてい）が詰（つ）まっておりますので、もしよろしければ別（べつ）の日（ひ）にお願（ねが）いできますでしょうか。
	那一天我有很多行程，如果方便的話，能不能改在其他日子呢？

□ 特（とく）に	其他，另外
	午後（ごご）は特（とく）に予定（よてい）がございませんので、お時間（じかん）が許（ゆる）されるようでしたら…。
	下午我沒有其他安排，如果方便的話……

15. 電話行銷

Track 068

□ 紹介（しょうかい）	介紹
	どなたにご紹介（しょうかい）いただきましたか。
	請問是誰介紹您來的呢？

□ 電話（でんわ）する	打電話
	東京商事（とうきょうしょうじ）の鈴木（すずき）さんにご紹介（しょうかい）いただき、お電話（でんわ）させていただきました。
	我是由東京商事的鈴木先生介紹，打電話來的。

□ 紹介者（しょうかいしゃ）	介紹人
	紹介者（しょうかいしゃ）のない方（かた）とはお会（あ）いできませんので、申（もう）し訳（わけ）ありません。
	若無介紹人，很抱歉我們無法安排見面。

□ 扱（あつか）う	經營，銷售
	恐（おそ）れ入（い）りますが、弊社（へいしゃ）ではそのような商品（しょうひん）は扱（あつか）っておりません。
	非常抱歉，本公司並未販售該類商品。

□ 接客（せっきゃく）	會客
	また、課長（かちょう）は現在（げんざい）接客中（せっきゃくちゅう）でございます。
	此外，課長目前正在接待客戶中。

□ 今後（こんご）	以後，今後的
	お手数（てすう）をおかけいたしますが、今後（こんご）のご連絡（れんらく）はご遠慮（えんりょ）させていただきます。
	造成不便，敬請見諒，今後恕無法再與您繼續聯繫。

16. 電話聽不清楚

□ **遠い**（とおい）

遠，不清楚

電話が遠いため、大変失礼いたします。

不好意思，電話有點聽不清楚。

□ **ようだ**

似乎，好像

恐れ入りますが、お電話が少々遠くにあるようです。

不好意思，您的聲音在電話中有點不大清楚。

□ **聞き取る**（きとる）

聽見，聽清楚；聽懂

恐れ入りますが、少々聞き取りにくい状況ですが。

不好意思，有點聽不太到……

□ **声**（こえ）

聲音

もう少し大きな声でお話いただけますでしょうか。

請您再稍微講大聲一點。

□ **ゆっくり**

慢慢地，緩慢地

お手数ですが、お話しをゆっくりとお願いできますでしょうか。

可以請您講慢一點嗎？

□ **掛け直す**（かけなおす）

重打，再撥打，回撥

恐れ入りますが、もう一度お掛け直しいただけませんか。

不好意思，能否請您再撥一次電話？

□ **受信**（じゅしん）

收訊，接收

受信状況が不十分でございますので、改めておかけ直しいたします。

收訊好像不大好，我再重打一次。

□ **途中**（とちゅう）

到一半，途中

お話の途中で申し訳ありませんが、もう一度お掛け直しいたしますので、少々お待ちいただけますでしょうか。

講到一半實在抱歉，不好意思，我重打一次，可以請您稍待一會兒嗎？

17. 打錯電話

□ 間違える
まちが

弄錯，打錯

申し訳ありません、お電話番号を間違えてしまいました。
對不起，我打錯了。

□ 番号
ばんごう

號碼

番号を間違えてしまいました。
我打錯號碼了。

□ そちら

您那兒，您那邊

そちらは 1234-5678 ですか。
請問您那兒是 1234-5678 嗎？

□ 詫びる
わ

道歉，致歉

お詫び申し上げます。
我深表歉意。

□ 失礼する
しつれい

抱歉，不好意思

失礼しました。間違った番号にかけてしまいました。
非常抱歉，打錯了電話號碼。

□ 気にする
き

在意，介意

いいえ、お気になさらずに。
沒關係，請別在意。

18. 接到打錯電話的應對

□ 違う
ちが

錯，不對，不是

お掛けになられた電話番号が違うようでございます。
您所撥打的號碼似乎不正確。

□ 者
もの

（那個）人

こちらには、そのようなお名前の者はおりません。
這裡沒有您要找的那個人。

□ 何番
なんばん

幾號，哪個號碼

お掛けになろうとされているのは、何番でございますか。
なんばん

請問您要撥打的是幾號呢？

□ どちら

哪裡，哪邊

どちらにお掛けになりますか。
か

請問您要撥打哪個部門的電話？

19. 打電話抱怨

□ まだ

仍然，還沒

注文した商品がまだ届いていないのですが、ご確認いた
ちゅうもん　　しょうひん　　　とど　　　　　　　　　　　　　　　　　　かくにん
だけますか。

請問已訂購的商品還未送達，可否確認一下。

□ 届く
とど

送到，收到；抵達，到達

今週中に届くはずの商品がまだ到着していないのですが、
こんしゅうじゅう　とど　　　　しょうひん　　　　とうちゃく
現在の状況をお知らせいただけますか。
げんざい　　じょうきょう　　し

本應於本週內送達的商品，目前仍未到達，能否請您告知目前情況。

□ 至急
し　きゅう

急件，緊急，急迫

注文した商品は、至急必要な品物ですので、航空便での
ちゅうもん　　しょうひん　　　しきゅうひつよう　しなもの　　　　　　こうくうびん
発送をお願いできますか。
はっそう　　ねが

由於訂購的商品是急件，請問可否請您以航空運送方式發貨。

□ 約束する
やくそく

談好的，約定，承諾

約束した商品と異なっています。
やくそく　　しょうひん　　こと

所提供的商品與承諾不符。

□ 破損する
は　そん

破損

貴社から発送された商品がかなり破損していたことをお
きしゃ　　はっそう　　　しょうひん　　　　　はそん
知らせします。
し

在此通知，由貴公司發貨的商品已遭嚴重損壞。

20. 接到抱怨電話

□ **品質**
ひんしつ

品質，質量
商品の品質管理について教えていただけますか。
しょうひん　ひんしつかんり　　　　　　おし
能否告訴我，你們是如何管理商品品質的？

□ **手落ち**
て　お

疏忽，失誤
当社の手落ちにより、ご迷惑をおかけして申し訳ござ
とうしゃ　て　お　　　　　　　めいわく　　　　　　　　もう　わけ
いません。
因敝社的疏忽而造成您的不便，非常抱歉。

□ **詫びる**
わ

抱歉，道歉，歉意
当方の請求ミスについて、お詫び申し上げます。
とうほう　せいきゅう　　　　　　　　わ　もう　あ
為我方請款上的過失而感到抱歉。

□ **善処**
ぜんしょ

妥善處理，善後
善処させていただきます。速やかに対応いたします。
ぜんしょ　　　　　　　　　　　　すみ　　　　たいおう
我們會盡快妥善處理的。

21. 打電話致歉

□ **迷惑**
めいわく

麻煩，打擾，不便
ご迷惑をお掛けして申し訳ありません。
めいわく　　　か　　　　　　もう　わけ
不好意思讓您感到困擾了。

□ **返事**
へん　じ

回話，回覆，答覆
返事が遅れてしまい、申し訳ありません。
へん　じ　おく　　　　　　　　もう　わけ
回覆遲了，非常抱歉。

□ **直ち**
ただ

立即，馬上
直ちに調査し、結果をご連絡させていただきます。
ただ　　ちょうさ　　けっか　　　れんらく
我們將立即進行調查，並告知結果。

□ **了承**
りょうしょう

諒解；理解
運送中の破損に対する賠償はいたしかねますので、ご
うんそうちゅう　は　そん　たい　　　ばいしょう
了承ください。
りょうしょう
關於運送中的毀損，我們無法提供賠償，敬請見諒。

□ **クレーム**
《claim》

投訴，申訴

そのようなクレームについては、申し訳ございません
が、受け付けることができません。
對於這樣的申訴，非常抱歉我們無法受理。

□ **取り替える**

更換，換成新的

速やかに不良品を取り替えさせていただきます。
不良產品我們將立即替您更換。

22. 打電話回公司報告

Track 075

□ **お疲れ様**

辛苦您了

総合宣伝部の香川です。お疲れ様です。
我是總合宣傳部的香川。辛苦了。

□ **長引く**

延長，拖長，拖延

中田興業での打ち合わせが長引いていましたが、先程終
了しました。
和中田興業的商討花了比預定還要久的時間，到剛剛才結束。

□ **最終的**

最終，最後的

最終的にはこちらの要望が受け入れられました。
我們的要求最終被接受了。

□ **過ぎ**

…多

5時過ぎには戻る予定です。
預計 5 點左右回到公司。

□ **本日**

今天，本日

もしよろしければ、本日はこのまま帰宅させていただい
てもよろしいでしょうか。
如果方便的話，今天就讓我直接回家可以嗎？

□ **宛て**

致，給；收件人

私宛に何か連絡がありましたでしょうか。
有我的電話嗎？

23. 打電話給上司商討、請假

□ 在宅（ざいたく）
在家
山田産業の斉藤と申します。田中課長はご在宅でいらっしゃいますか。
我是山田工業的齊藤。田中課長在家嗎？

□ 朝早く（あさはや）
一大早，清晨，早晨
朝早く申し訳ありません。
很抱歉一大早打擾您。

□ 夜分遅く（やぶんおそ）
深夜，很晚，在深夜
夜分遅く失礼します。東京商事の件なのですが…。
關於東京商事的事情，很抱歉這麼晚打擾您。

□ どき
（時）刻；段
お夕飯どきに申し訳ありません。
很抱歉在晚餐時間打擾您。

□ 帯（たい）
（時）刻；段
お食事の支度が忙しい時間帯に、申し訳ありません。
很抱歉在備餐忙碌的時間打擾您。

□ 風邪（かぜ）
感冒
大変恐縮ですが、風邪による発熱のため、本日はお休みを頂戴できますでしょうか。
非常抱歉，我因感冒發燒，今天可以請假嗎？

□ わたくし事（ごと）
個人私事
私事で大変恐れ入りますが、身内に不幸があり、本日はお休みさせていただけますでしょうか。
非常抱歉，因私人事故，家中發生不幸事件，是否可以請假一天？

職場高手必備200句型

「打電話」句型

1. お繋ぎいたしましょうか

句型說明

1. 請問您需要我幫您聯絡嗎？
2. 田中にお繋ぎいたしましょうか。
3. 要幫您接通田中的電話嗎？

用於表示要幫忙接通某人的電話。

2. お手数をおかけしますが

句型說明

1. 抱歉給您添麻煩了
2. お手数をおかけしますが、もう一度お名前をお伺いしてもよろしいでしょうか。
3. 抱歉給您添麻煩了，能再請問一次您的名字嗎？

用於表示對方可能會感到麻煩，表達歉意。

3. お時間いただけますか

句型說明

1. 請問您有空嗎？
2. お時間いただけますか。少し話がございます。
3. 您現在有空嗎？我有些事情想和您談談。

用於徵求對方是否有空聊天。

4. お忙しいところ恐れ入りますが

句型說明

1. 知道您很忙，不好意思打擾
2. お忙しいところ恐れ入りますが、資料の送付についてお願いしたいことがございます。
3. 知道您很忙，不好意思打擾，但我想拜託您資料寄送的相關事宜。

用於表示知道對方很忙，但仍需要打擾對方的情況。

5. お時間がかかりますが

句型說明

1. 很抱歉這需要花費您一些時間
2. お時間がかかりますが、調査を行いまして、回答をお知らせいたします。
3. 這可能需要一些時間，我們會進行調查並將答案告知您。

用於表示某事可能需要較長的時間來完成。

職場高手必備200句型

「接聽電話」句型

1. お電話ありがとうございます

句型說明

1. 感謝您的來電
2. お電話ありがとうございます。株式会社○○の山田でございます。
3. 感謝您的來電，我是○○公司的山田。

用於表示感謝對方撥打電話。

2. どのようなご用件でしょうか

句型說明

1. 請問您有什麼事情呢？
2. お電話ありがとうございます。どのようなご用件でしょうか。
3. 感謝您的來電。請問您有什麼事情呢？

用於詢問對方打電話的目的或事由。

3. ～をお伺いしてもよろしいでしょうか

句型說明

1. 可以問一下您的…嗎？
2. お名前をお伺いしてもよろしいでしょうか。
3. 請問能告訴我您的名字嗎？

用於請對方告知某事。

4. お電話番号をお願いいたします

句型說明

1. 可以請您告訴我您的電話號碼嗎？
2. お手数ですが、もしよろしければお電話番号をお願いいたします。
3. 麻煩您了，如果方便的話，請告訴我您的電話號碼。

用於請對方提供電話號碼。

5. 担当者に伝えます

句型說明

1. 我會轉告負責人的
2. お問い合わせの件について、担当者に伝えますので、少々お待ちください。
3. 關於您的詢問事項，我將轉告給負責人，請稍等片刻。

用於表示會將對方的問題轉告給負責人。

職場高手必備200句型
「打電話對方不在」句型

1. ただいま〜でございます
1. 現在正在做…
2. 田中はただいま外出中でございます。
3. 田中目前外出了。

句型說明
用於表示對方目前正在做某事。

2. 申し訳ございません、ただいま〜
1. 很抱歉，現在正在…
2. 申し訳ございません。佐藤はただいま席を外しております。
3. 抱歉，佐藤暫時不在座位上。

句型說明
用來向來電者表達歉意並說明對方當下的狀況。

3. 〜をお預かりいたしますか
1. 需要我幫您…嗎？
2. ご用件をお預かりいたしますか。
3. 需要我幫您留言嗎？

句型說明
用來詢問來電者是否需要代為留言或轉達某事。

4. 後ほど〜ご連絡させていただきます
1. 稍後我們會再跟您聯繫
2. 後ほど折り返しご連絡させていただきますので、お待ちください。
3. 稍後我們將回電給您，請稍等。

句型說明
用來告知來電者對方將在之後的時間回電或聯絡。

5. 〜をお伺いしてもよろしいでしょうか
1. 請問現在可以詢問您的…嗎？
2. ご連絡先をお伺いしてもよろしいでしょうか。
3. 請問能提供您的聯絡方式嗎？

句型說明
用來徵求來電者提供某些信息，如聯繫方式、姓名等。

職場高手必備200句型

「切電話」句型

1. お忙しいところ失礼いたしました

1. 非常抱歉打擾您繁忙的時間
2. お忙しいところ失礼いたしました。またご連絡いたします。
3. 打擾您忙碌的時間，真是抱歉。稍後我將再次聯繫您。

2. ご確認いただけますでしょうか

1. 請問您能否確認一下嗎？
2. 資料をお送りいたしましたので、ご確認いただけますでしょうか。
3. 已經發送了資料給您，請您確認一下好嗎？

3. よろしくお願いいたします

1. 謝謝，拜託了
2. 引き続き、よろしくお願いいたします。
3. 期待您今後的支持與合作。

4. お手数ですが、ご確認ください

1. 麻煩您確認一下
2. お手数ですが、明日の打ち合わせの時間をご確認ください。
3. 麻煩您了，請確認明天的會議時間。

5. それでは失礼いたします

1. 那麼，我就先掛了
2. それでは失礼いたします。またご連絡させていただきます。
3. 那麼，我就先掛了。稍後將再與您聯繫。

Unit 9

2000 words

會議

1. 會議中參與討論

□ **発言**
はつげん

發言
発言させていただけますか。
はつげん
我可以發言嗎？

□ **議長**
ぎ ちょう

主持人，司儀；主席
議長、この議題についてあなたのご意見をお聞かせください。
ぎちょう　　　　ぎ だい　　　　　　　　　い けん　　き
主席，請您分享您對這個議題的看法。

□ **質問**
しつもん

提問
この質問について、皆さんのご意見をお聞かせください。
しつもん　　　　　　みな　　　　　　い けん　　き
關於這個問題，請大家分享您們的想法。

□ **一言**
ひとこと

一句話
わたしも一言言わせてください。
ひとこと い
請允許我也說一句話。

□ **意見**
い けん

看法
基本的には、私も佐藤さんと同じ意見です。
き ほんてき　　　　わたし さ とう　　　　おな　い けん
基本上我和佐藤先生的看法一樣。

□ **必要**
ひつよう

需要，必要的
この提案が必要だと思います。
ていあん　　ひつよう　　おも
我認為這個提案是必要的。

□ **いかがなもの**

（評價或看法）如何呢？
この報告書は、いかがなものでしょうか。
ほうこくしょ
這份報告書怎麼樣？

□ **意思統一**
い し とういつ

達成共識，統一意見
意思統一が必要です。
い し とういつ　　ひつよう
需要達成共識。

□ **立場**
たち ば

立場
私たちは異なる立場にいますが、合意に至ることができます。
わたし　　　　こと　　　たち ば　　　　　　　　ごう い　いた
雖然我們處於不同的立場，但仍可以達成共識。

□ 区切る
<ruby>区<rt>く</rt></ruby><ruby>切<rt>ぎ</rt></ruby>る

隔開，分隔

<ruby>議論<rt>ぎろん</rt></ruby>を<ruby>区切<rt>くぎ</rt></ruby>って、<ruby>次<rt>つぎ</rt></ruby>のアジェンダに<ruby>移<rt>うつ</rt></ruby>りましょう。

讓我們結束討論，進入下一個議程。

□ 手回し
<ruby>手<rt>て</rt></ruby><ruby>回<rt>まわ</rt></ruby>し

準備，預先籌劃；安排，布置

この<ruby>件<rt>けん</rt></ruby>については、あらかじめ<ruby>手回<rt>てまわ</rt></ruby>しをしておきましょう。

關於這件事情，讓我們事先進行溝通。

□ 委任
<ruby>委<rt>い</rt></ruby><ruby>任<rt>にん</rt></ruby>

委任

このプロジェクトについては、<ruby>彼<rt>かれ</rt></ruby>に<ruby>委任<rt>いにん</rt></ruby>することにしましょう。

關於這個專案，讓他負責吧。

□ 箇条書き
<ruby>箇<rt>か</rt></ruby><ruby>条<rt>じょう</rt></ruby><ruby>書<rt>が</rt></ruby>き

分條寫

<ruby>議事録<rt>ぎじろく</rt></ruby>は<ruby>箇条書<rt>かじょうが</rt></ruby>きでまとめましょう。

讓我們用項目清單的方式整理議事錄。

□ 過半数
<ruby>過<rt>か</rt></ruby><ruby>半数<rt>はんすう</rt></ruby>

過半數

この<ruby>提案<rt>ていあん</rt></ruby>が<ruby>採用<rt>さいよう</rt></ruby>されるには、<ruby>過半数<rt>かはんすう</rt></ruby>の<ruby>賛成<rt>さんせい</rt></ruby>が<ruby>必要<rt>ひつよう</rt></ruby>です。

為了採用這個提案，需要過半數的贊成票。

□ 芳しい
<ruby>芳<rt>かんば</rt></ruby>しい

有聲譽，良好的

このプロジェクトの<ruby>成果<rt>せいか</rt></ruby>は、<ruby>芳<rt>かんば</rt></ruby>しくないと<ruby>言<rt>い</rt></ruby>わざるを<ruby>得<rt>え</rt></ruby>ません。

不得不這樣說，這個專案的成果不太理想。

□ 急騰
<ruby>急<rt>きゅう</rt></ruby><ruby>騰<rt>とう</rt></ruby>

暴漲，猛漲，急劇上升

この<ruby>株<rt>かぶ</rt></ruby>は、<ruby>急騰<rt>きゅうとう</rt></ruby>しています。

這支股票正在急速上漲中。

□ 低迷
<ruby>低<rt>てい</rt></ruby><ruby>迷<rt>めい</rt></ruby>

低迷

<ruby>業績<rt>ぎょうせき</rt></ruby>が<ruby>低迷<rt>ていめい</rt></ruby>しているため、<ruby>改善策<rt>かいぜんさく</rt></ruby>を<ruby>打<rt>う</rt></ruby>ち<ruby>出<rt>だ</rt></ruby>さなければなりません。

由於業績不佳，我們必須提出改善策略。

□ 不振
<ruby>不<rt>ふ</rt></ruby><ruby>振<rt>しん</rt></ruby>

成績不好，業績不興旺

この<ruby>部署<rt>ぶしょ</rt></ruby>の<ruby>業績<rt>ぎょうせき</rt></ruby>が<ruby>不振<rt>ふしん</rt></ruby>なため、<ruby>原因<rt>げんいん</rt></ruby>を<ruby>分析<rt>ぶんせき</rt></ruby>して<ruby>改善<rt>かいぜん</rt></ruby>する<ruby>必要<rt>ひつよう</rt></ruby>があります。

由於這個部門的業績不佳，需要分析原因並進行改善。

□ **賛成**
さんせい

賛成，同意

私はこの提案に賛成です。
わたし　　　　ていあん　　さんせい

我贊成這個提案。

□ **原案**
げんあん

原案，草案，最初計劃

この案件について、原案を考えてみましょう。
あんけん　　　　　げんあん　かんが

關於這件事情，讓我們思考最初的計劃。

□ **基本的**
き ほんてき

基本的，基礎的

基本的なルールを守ることが大切です
き ほんてき　　　　　まも　　　　　　たいせつ

遵守基本規則是很重要的。

□ **理由**
り ゆう

理由，原因

その決定の理由について詳しく説明してください。
けってい　り ゆう　　　　　くわ　　　せつめい

請詳細解釋做出該決定的理由。

□ **かねる**

難以，無法

私はその提案について、資金面での問題があるため、
わたし　　　　ていあん　　　　　し きんめん　　　もんだい
賛成しかねます。
さんせい

由於該提案存在資金問題，我不能贊成。

□ **別角度**
べつかく ど

另一個角度，不同角度

この問題には別角度からも見てみる必要があります。
もんだい　　　べつかく ど　　　　み　　　　　ひつよう

對於這個問題，我們需要從不同的角度來看待。

□ **通り**
とお

如…一樣

この通りでは、問題を解決することはできないと思い
とお　　　　　もんだい　かいけつ　　　　　　　　　　おも
ます。

我認為以這樣的方式無法解決問題。

□ **もっとも**

合理；最好，最合適的

もっともだと思います。
おも

我認為這樣做是最好的。

□ **評価**
ひょう か

評價，評估

その提案の評価を行いましょう。
ていあん　ひょう か　おこな

讓我們一起針對這項計畫進行評估吧。

□ 取り入れる

引進，採用

新しいアイデアを取り入れて、ビジネスプランを改善しましょう。

像這樣引進嶄新的作法，可以確實提昇訴求效果。

□ 理解

明白，理解，了解

皆さんがどう思われているかわかりませんが、私たちはお互いの立場を理解しあう必要があると思います。

我不知道大家怎麼想，但我認為我們需要相互理解對方的立場。

□ 利点

優點，利益

この提案の利点を検討しましょう。

讓我們討論這個提案的優點。

□ 検討

研究，檢討，評估

今後の方針について、慎重に検討する必要があります。

對於未來的方針，我們需要謹慎地進行檢討。

□ 発言

發言，發表意見

発言には十分に注意してください。

請注意發言的內容。

□ ポイント
《point》

關鍵點，要點，重點

このプロジェクトにおいて、最も重要なポイントは何ですか。

在這個企劃中，最重要的關鍵點是什麼？

□ 仮定

假定，假設

仮定を前提に、慎重に検討する必要があります。

在假設的前提下，我們需要謹慎地研究。

□ 要請

要求，請求

この案については、要請があったので検討したいと思います。

由於收到了要求，我們希望商討這個方案。

□ 割合

比例，份額

割合が低いとはいえ、まだ十分な成果が出ていないと思います。

儘管佔比較低，但我們認為還沒有取得足夠的成果。

□ **いまいち**

稍差一點，不太好，不十分

この提案はいまいち納得できない点があります。

對於這個提案，我們還有一些不太能理解的地方。

□ **裏付ける**
うらづ

以…為依據，支持

これは豊富な経験と知識に裏付けられたやり方です。

這種做法必須具備豐富的經驗與知識做為後盾。

□ **運送**
うんそう

運送，運輸

今回の地震により、貨物の運送が対応できない地域があります。

這次的地震導致無法送貨到某些地區。

□ **大幅**
おおはば

大幅，大幅度，大量地

大幅な値上げにより需要が低下することが懸念されます。

大幅提高貨物價格，恐怕會導致需求量的萎縮。

□ **格安**
かくやす

格外廉價，低價，便宜的

新規の顧客を獲得するためには、格安チケットなどで人目を引く必要があります。

為了招攬新客戶，只好以特別優惠的價格販賣票券，以吸引大眾的目光。

□ **株価**
かぶか

股價，股票價格

ライバル企業の株価がどんどん上昇しています。

我們的競爭公司的股價漲勢強勁。

□ **厳重**
げんじゅう

嚴格，嚴密的

顧客の個人情報は厳重に管理しなければなりません。

對於顧客的個人資料，一定要謹慎管理。

□ **好都合**
こうつごう

恰好，好適合

その方が双方にとって好都合です。

如果採用那種方法的話，對雙方來說都是求之不得的事。

□ **サイズ** 《size》

尺寸，大小

この製品のサイズについて、もう少し大きいサイズも用意した方がいいと思います。

我認為這個產品的尺寸，應該再提供一些稍大一點的尺寸。

□ 仕入れる
しいれる

進貨，購買

大量に仕入れると、価格が安くなります。
たいりょう　しいれる　　　かかく　やす

大量進貨就能壓低價格。

□ 実態
じったい

實際情況，真相

アンケートを通じて、インターネットの利用状況の実態
つう　　　　　　　　　　　　　りようじょうきょう　じったい
が明らかになりました。
あき

通過問卷調查，弄清了網路使用的實際情況。

□ 実用
じつよう

實用性，實用價值

インテリアとしては良いですが、実用には向いていま
よ　　　　　　じつよう　　む
せん。

這個東西雖然擺飾起來很漂亮，可是沒有實用價值。

□ シビア
《severe》

嚴厲，毫不留情，嚴肅

学生たちからシビアな意見が多く出ました。
がくせい　　　　　　　　　いけん　おお　で

大學生們提出了許多嚴厲的批評。

□ 承諾
しょうだく

同意

この件については山田社長に承諾を得ています。
けん　　　　　やまだしゃちょう　しょうだく　え

這件事已獲得了山田社長的同意了。

□ 少量
しょうりょう

少量，小量

このクリームは非常に伸びがよいので、少量でも十分な
ひじょう　の　　　　　　　　しょうりょう　じゅうぶん
効果が出ています。
こうか　で

這個乳液延展性很好，只要一點就見效。

□ 仕分ける
しわける

分類，整理

郵便物を事前に仕分けることで郵送コストを削減できます。
ゆうびんぶつ　じぜん　しわ　　　　　　ゆうそう　　　　さくげん

信件能事先分類，就可以減少運費成本。

□ 早期
そうき

早期，初期

製品の不具合を早期発見できて良かったです。
せいひん　ふぐあい　そうきはっけん　　　よ

能夠及早發現產品的缺失，真是太好了。

□ 耐久性
たいきゅうせい

耐久性，耐用性

耐久性の高い製品は人気がありますね。
たいきゅうせい　たか　せいひん　にんき

耐用的產品在市場上很受歡迎唷。

□ 陳列
ちんれつ

陳列，擺放，展示

売れる陳列方法を考えた結果、おすすめ商品を目立たせることにしました。

在構思了有助於銷售的陳列方法以後，成功地將推薦商品展示得非常顯眼。

□ 認可
にんか

許可，批准

この新薬はまだ管轄官庁から認可が下りていません。

這新藥還沒有得到主管機構的認可。

□ 万全
ばんぜん

萬全，萬無一失，非常安全

リスクを避けるための対策は万全です。

為了避免風險，我們所採取的對策可說是非常嚴謹的。

□ ヒット《hit》

大受歡迎，大成功；最暢銷

この商品は間違いなくヒットすると見ています。

這項產品被看好絕對暢銷熱賣。

□ 公算
こうさん

機率，概率，可能性

今回のプロジェクトの公算を計算した結果、予算内で進められると思います。

根據計算這個項目的規模，我認為我們可以在預算內進行。

□ 一致
いっち

一致，相符

この提案について、全員が一致できるような調整をする必要があります。

針對這個提案，我們需要進行調整，以達成全員意見一致。

3. 會議中被指定發言

Track 079

□ 説明
せつめい

講解，解釋

今回は、このプロジェクトの説明を担当します。具体的な内容をご説明いたします。

這次我負責介紹這個項目。我會具體說明內容。

□ 内容
ないよう

内容

この契約書の内容について、私たちの立場を説明いたします。

針對這份合同書的內容，我們會說明我們的立場。

□ **概略** (がいりゃく)

概要，梗概

まず、概略的なところで意見を述べます。

首先，概觀陳述我的意見。

□ **焦点** (しょうてん)

焦點

安全問題を考慮する必要性に焦点を当てて説明します。

以考量安全問題的必要性為中心，進行說明。

□ **視点** (してん)

視點，視角

消費者の視点に立って考えなければ、良いサービスは提供できません。

如果不設身處地為消費者著想，就沒有辦法提供優質的服務。

□ **品質** (ひんしつ)

品質，質量

コストをここまで抑えたのはいいですが、今度は品質が問われています。

把成本壓到這麼低雖好，但現在換成品質備受質疑。

---

4. 主管建議

Track 080

□ **看板** (かんばん)

廣告牌，牌子，招牌

現在の看板は見栄えが悪いので、改めて作り直した方がいいと思います。

目前的招牌看起來不太好，我認為應該重新製作。

□ **念頭** (ねんとう)

心頭，心上

これらの注意事項を念頭に置いて進めてください。

務請將這些注意事項記在腦中，再著手進行。

□ **ハイテク** 《high tech》

高科技，尖端技術（ハイテクノロジー之略）

よりハイテクを活かした環境を整備しましょう。

讓我們共同創造一個更能善用新科技的環境吧。

□ **本末転倒** (ほんまつてんとう)

本末倒置

原料の品質を下げてコストを削減するのは本末転倒です。

為了降低成本而使用品質低的原料，那就本末倒置了。

□ マル秘（ひ）
最高機密，嚴格保密
この情報はマル秘ですので、社外に持ち出さないでください。
這份資訊是最高機密，請勿帶離公司。

□ 見直す（みなおす）
重新考慮（研究）；重新估價
こうなってしまった以上、計画を一から見直す必要があります。
既然狀況演變至此，看來必須重新檢視計畫。

□ 要因（よういん）
主要原因
売上が伸びない要因の一つに、ビジュアルの問題があるかもしれません。
銷售業績無法成長的主要原因，或許是出在產品包裝上面吧？

□ 要望（ようぼう）
希望，要求
新商品の開発には、お客様の要望を取り入れてください。
研發新產品時，請務必要將顧客的需求納入考量。

□ 予算（よさん）
預算
予算の範囲内であれば、自由に行動してください。
只要沒有超出預算，不管做什麼都可以。

□ リスク《risk》
風險，危險
うまくいけば大きな利益が見込めますが、その分リスクも大きくなります。
如果順利的話，可以一舉獲得暴利；但是相對來說，風險也相當大哦。

□ 肝要（かんよう）
重要
トレンドを先取りすることが肝要です。
搶先掌握流行趨勢是非常重要的。

□ 規格（きかく）
規格，標準
その国の規格に合った商品を紹介しなければなりません。
必須要介紹適合該國規格的產品才行。

□ 気配り（きくばり）
照料，照顧，細心
お客様に対しては気配りが必要です。お客様は神様と言われていますからね。
對顧客一定要服務周到喔！因為一切都以顧客至上為最高原則。

□ 強化（きょうか）

強化，加強

顧客（こきゃく）フォローのために、サービス機能（きのう）の強化（きょうか）に取（と）り組（く）みましょう。

讓我們一起努力加強售後服務吧。

□ 教訓（きょうくん）

教訓

失敗（しっぱい）を教訓（きょうくん）として、次（つぎ）に進（すす）んでいきましょう。

記取教訓，繼續努力吧。

□ 切（き）り詰（つ）める

削減

経費（けいひ）はできる限（かぎ）り切（き）り詰（つ）めていただけますか。

在使用經費時，一定要盡可能地節省！

□ 系統（けいとう）

系統

基本（きほん）を系統（けいとう）立（だ）てて整理（せいり）してみましょう。

我們來建立一套基本系統加以彙整吧。

□ 現状（げんじょう）

現狀

現状（げんじょう）に満足（まんぞく）せず、常（つね）に問題意識（もんだいいしき）を持（も）ってください。

大家不可安於現狀，應當隨時抱持憂患意識才行。

□ 混同（こんどう）

混同，混淆

こちらは賞味期限（しょうみきげん）が違（ちが）うから、他（ほか）の商品（しょうひん）と混同（こんどう）しないように。

這個品項的食用期限和其他商品不同，請留意不要混和放在一起。

□ 採算（さいさん）

（收支）核算

そのやり方（かた）では経費（けいひ）がかかりすぎて、採算（さいさん）が取（と）れないよ。

如果採用那種做法會花掉太多費用，那就沒賺頭了呀。

□ サバイバル
《survival》

殘存，生存，存活

サバイバル競争（きょうそう）を勝（か）ち抜（ぬ）くには弛（たゆ）まぬ努力（どりょく）が必要（ひつよう）だ。

為了要在商場的肉搏戰中勝出，必須毫不懈怠地拚命努力。

□ 実績（じっせき）

實績，實際業績

ある程度（ていど）実績（じっせき）のある会社（かいしゃ）でないと、依頼（いらい）するのは不安（ふあん）だ。

除非將案件委託給已經做出一些實績的公司，否則沒辦法放心。

□ 下期 (しもき)
下半年
今年も黒字になるかどうかは下期の業績にかかっている。
今年是否能夠轉虧為盈，端看下半期的業績如何。

□ 手段 (しゅだん)
手段
それでもダメだという場合、裁判という手段もある。
那樣也不行的話，還有一個手段，就是打官司。

□ 素人 (しろうと)
外行人，沒有經驗的人
専門用語ばかり使わないで、素人にもわかるように説明してほしい。
不要老用難懂的專門用語，希望說明時外行人也能聽懂。

□ タイトル 《title》
標題，題目
制作した絵にはタイトルを付けたほうが分かりやすいでしょう。
建議把繪製完成的圖畫加上標題，應該比較容易讓人了解其意涵吧。

□ 建前 (たてまえ)
原則，方針，場面話，表面上
会議中はうちの製品を褒めてくれたけど、いくらかは建前だと思うよ。
會議上，我們的產品雖然得到讚賞，但那多少帶有場面話的成份。

□ 通知 (つうち)
通知
退去する 10 日前までに通知しなければならない。
在要求對方搬離的 10 天前必須先發出通知。

□ つじつま
條理，道理
君の言っていることはつじつまが合わない。
你現在講的話，前後矛盾。

□ 徹底 (てってい)
貫徹，徹底
2重点検の徹底を図ってほしい。
希望能夠徹底執行二次檢驗。

□ 土台 (どだい)
基礎，地基
土台がしっかりしていてはじめて応用がきく。
必須先打穩基礎才能進一步實行運用。

□ **欠品**（けっぴん）
缺貨
欠品が出ないように在庫管理をきちんとしてください。
請確實做好庫存管理，以免發生缺貨狀況。

□ **懸案**（けんあん）
懸而未決
懸案になっている事項にもっと目を向けていこう。
我們應該更加密切關注那些未決的問題。

□ **資源**（しげん）
資源
天然資源が少なくなったので輸入に頼るしかない。
天然資源逐漸耗竭，於是只好仰賴進口供應。

□ **趣旨**（しゅし）
主旨；宗旨；主要內容
この議題は、何を変えようとしているのか、趣旨がわからない。
這個議題，到底要改變什麼，主旨不甚清楚。

□ **手抜き**（てぬき）
偷懶，馬虎
この報告書の内容に手抜きがあるように感じます。もう一度確認していただけますか。
我覺得這份報告書有些偷工減料的地方。可以再確認一下嗎？

□ **手本**（てほん）
榜樣，模範
この業務の手本となるような成功事例がありますか。もしあるなら、参考にしたいと思います。
有沒有一些成功的案例可以成為這項業務的標杆？如果有，我們想要參考一下。

□ **不評**（ふひょう）
不受歡迎，聲譽不佳，不得好評
この商品の不評が続いています。改善策を考えてみましょう。
這個產品一直沒有受到好評。讓我們想一下改善策略。

5. 會議的總結

Track 081

□ **確認する**（かくにん）
確認，核實
確認したことをまとめます。
我們來總結一下我們確認過的事項。

□ 決める
き

決定，做出決定

決めたことを報告します。
き　　　　　　　　　　ほうこく

現在我們要報告我們已經做出的決定。

□ 話し合う
はな　　あ

研討，商討，協商

話し合った結果を共有します。
はな　　あ　　　　けっか　　　きょうゆう

我們來分享我們討論的結果。

□ 会合
かいごう

會議，集會

会合の議事録を作成します。
かいごう　　ぎじろく　　さくせい

我們需要製作這次會議的議事錄。

□ 閉会
へいかい

散會，休會，結束會議

閉会の前に、最後に一度だけ重要事項を確認しましょう。
へいかい　　まえ　　　さいご　　いちど　　　　じゅうようじこう　　かくにん

在結束會議前，讓我們最後再確認一下重要事項。

□ 窓口
まどぐち

承辦人，窗口

この問題に関する窓口は、A 部署の B さんです。
もんだい　かん　　　まどぐち　　　エー ぶしょ　ビー

關於這個問題的窗口是 A 部門的 B 先生。

□ 添える
そ

添，附加，附上

この提案に対して、改善策を添える必要があります。
ていあん　たい　　　　かいぜんさく　そ　　ひつよう

對於這個提案，我們需要加入改進措施。

□ まちまち

不同，不一樣，不一，各異

まちまちな意見があるようですが、結論を出す前にさ
いけん　　　　　　　　　　　けつろん　だ　まえ
らに検討しましょう。
けんとう

雖然有不同的意見，但在得出結論之前，讓我們再進一步仔細考慮。

□ 各自
かくじ

各自，個別

今回の案件では、各自が自分の責任範囲を明確にする
こんかい　あんけん　　　かくじ　じぶん　せきにんはんい　めいかく
ことが重要です。
じゅうよう

在這個案件中，重要的是每個人都明確自己的責任範圍。

□ 過不足
かふそく

過與不足，多或少

予算の過不足を確認した上で、プロジェクトの進捗状況
よさん　　かふそく　かくにん　　うえ　　　　　　　　　　　　　しんちょくじょうきょう
を報告してください。
ほうこく

請在確認預算是否充足的情況下，報告項目的進度狀況。

□ **決行**（けっこう）

堅決進行，實施，執行

明日（あした）の会議（かいぎ）は決行（けっこう）しますので、準備（じゅんび）をお願（ねが）いします。
明天的會議將照常舉行，請準備好。

□ **煮詰（につ）まる**

（問題）接近解決

煮詰（につ）まる前（まえ）に、まとめとアクションプランを作（つく）りましょう。
在進入最終階段之前，讓我們總結並制定行動計畫。

連高手都弄混的職場單字

固まる（かたまる）

① 意為「確定」、「凝聚」或「形成」。
② 表示意見、計劃等已經達成共識或凝聚一致。
③ 例如：「意見（いけん）が固（かた）まりましたので、提案（ていあん）を進（すす）めましょう。」（意見已經達成共識，讓我們推動這個提案吧。）

根回し（ねまわし）

① 意為「做事前工作，事前講明」
② 表示在正式會議或決策之前與相關人員進行非正式溝通，以獲得他們的支持或了解他們的意見。這個觀念在日本的企業文化中相當普遍。
③ 例如：「プロジェクトをスムーズに進（すす）めるために、根回（ねまわ）しをしておきましょう。」（為了讓專案順利進行，我們應該先做好內部的溝通工作。）

檢討（けんとう）

① 表示「審查、考慮或評估」的意思。
② 在職場或商業場合中，通常用於表示需要仔細審查或評估某些工作或計劃的可行性或有效性。
③ 例如：「減税対策（げんぜいたいさく）を検討中（けんとうちゅう）です。」（正在對減稅方案進行審議和研究。）

職場高手必備200句型

「說明論點」句型

1. ～という観点から考えると

句型說明

1. 從…的觀點來看
2. この提案は顧客満足度という観点から考えると、非常に有効だと思います。
3. 從客戶滿意度的角度來看，我認為這個提案非常有效。

用於說明某個行動或決定是從某個特定角度來考慮的。

2. ～によって得られた結果は

句型說明

1. 根據…得出的結果是
2. この分析は市場調査によって得られた結果であり、信頼性が高いです。
3. 這個分析是基於市場調查獲得的結果，因此可靠性高。

用於說明某個結論是根據某個分析或調查所得到的結果。

3. ～に基づいている

句型說明

1. 基於…
2. この提案は過去の成功事例に基づいており、効果が期待できます。
3. 這個提案基於過去的成功案例，有望產生效果。

用於說明某個行動或決定是基於某個原則或依據。

4. ～を考慮に入れている

句型說明

1. 考慮到…
2. この計画は予算やスケジュールを考慮に入れて、最適な方法を検討しました。
3. 我們在考慮預算和進度的情況下，探討了最適合的方式來實現這個計畫。

用於說明某個行動或決定是考慮了某個因素。

5. ～を目的とした行動である

句型說明

1. 這是為了達到…的目的而採取的行動
2. このプロジェクトはコスト削減を目的とした行動であり、効果的に実施されています。
3. 這個項目是為了降低成本而採取的行動，並且已經被有效實施了。

用於說明某個行動或決定是為了實現某個目標而採取的。

Unit 10

2000 words

拜訪客戶

1. 請櫃臺通報

□ 約束
やくそく

約定
米山社長から 2 時のお約束をいただいておりますが。
我已和米山社長約好兩點會面。

□ 取次ぎ
とりつ

通報
お取り次ぎをお願いできますでしょうか。
可以麻煩您代為通報一聲嗎？

□ 改める
あらた

改變
それでは日を改めまして、またお伺いさせていただきます。
那麼改天我再登門拜訪。

□ 手数
てすう

困擾，麻煩，周折
お忙しいところ、お手数をおかけしました。
在您百忙之中，增添了不少困擾。

□ 名刺
めいし

名片
恐れ入りますが、名刺をいただけますでしょうか。
很抱歉，可以跟您要名片嗎？

□ どうぞ

請
斉藤様、こちらへどうぞお上がりください。
齊藤小姐，請往這走。

□ 飛び込み
とこ

冒然拜訪，未預約拜訪
飛び込み営業を 10 年間務めました。
我已經做了長達 10 年的登門推銷工作。

□ 売り込む
うこ

推銷，兜售
サンプルを用意して新商品を売り込みに行きます。
備妥樣品後，再出去推銷新商品。

□ 小売
こうり

零售
営業のため小売店を回って歩きました。
為了業務，我走訪了各家零售店。

□ **得意先**
とくいさき

客戶，老客戶
ねんまつ あいさつ とくいさき まわ
年末の挨拶で得意先を回らせていただきました。
我去拜訪客戶向他們致以歲暮年終的問候。

□ **先方**
せんぽう

對方
へんこう さい かなら せんぽう つごう き
アポイントメント変更の際は、必ず先方の都合をお聞き
するようにしています。
如需更改原訂會面時間，務必先詢問對方其他方便的時段。

□ **先約**
せんやく

前約，先約好的
ひ せんやく べつ ひ
その日は先約があるため、別の日にアポイントメントを
と
取っていただけますでしょうか。
我當天已經有行程了，請幫我改約其他的日子。

□ **手数**
てすう

麻煩
てすう さいど みつもりしょ おく
お手数をおかけしますが、再度、見積書をお送りいただ
けますでしょうか。
不好意思，勞駕您再傳一次估價單。

□ **無難**
ぶなん

說得過去，無可非議，穩妥
さき れんらく い ほう ぶなん
先にご連絡を入れておく方が無難です。
先提前聯絡一聲比較穩妥。

2. 交換名片

□ **頂戴**
ちょうだい

收領，領受
めいし ちょうだい
名刺を頂戴いたします。
收下您的名片。

□ **美しい**
うつく

美麗，好看，漂亮
めいし うつく
お名刺、とても美しいですね。
您的名片非常漂亮。

□ **切らす**
き

用完
もう わけ めいし き
申し訳ございませんが、名刺を切らしてしまいました。
很抱歉，我的名片已經用完了。

□ しだい

一…馬上…

名刺は社に戻りしだい送らせていただきます。
我一回到公司，馬上寄送名片給您。

3. 無法準時赴約

Track 084

□ 巻き込む

碰上，牽連

電車の人身事故に巻き込まれてしまってすみません。次
の機会に改めてお会いしましょう。
因碰上電車傷亡事故而無法準時出席，非常抱歉。下次有機會再見面吧。

□ 遅れる

（時間）晚；耽誤

遅れてしまって本当にすみません。交通渋滞に巻き込
まれてしまいました。
非常抱歉，我遇到了交通堵塞而耽擱了時間。

□ 事故

事故，失事

事故があって遅れることになってしまいました。大変
申し訳ありません。
因為發生事故而無法準時赴約，非常抱歉。

□ 貴重

寶貴

貴重な機会をいただいたのに、大変申し訳ありません。
改めてお会いできる機会をいただけますでしょうか。
很抱歉錯過了這個珍貴的機會。能否再次安排見面的機會呢？

□ 無難

說得過去，無可非議，沒有危險或災難

申し訳ございませんが、急なトラブルが発生し、今日
のアポイントメントは無難を期すためにキャンセルせ
ざるを得なくなりました。
非常抱歉，由於發生了突發事件，不得不取消今天的行程以確保安全。

4. 接受傳話與傳話

Track 085

□ 確か

確實

はい、承知いたしました。…ということですね。確か
に承りました。その旨お伝えいたします。
好的，沒問題，事情是……我瞭解了，我會照您的意思轉達。

□ 預かる
あず

保管

課長、東京商事の鈴木様から伝言を預かってまいりました。
か ちょう　とうきょうしょう じ　すず き さま　　　でんごん　あず

課長，東京商事的鈴木先生要我傳話給您。

5. 無預約的拜訪（跟對方有面識）

Track 086

□ 近く
ちか

附近

ただ今、すぐ近くにおりますので、もしよろしければご挨拶にお伺いしてもよろしいでしょうか。
いま　　　ちか　　　　　　　　　　　　　　　　あいさつ　　うかが

我現在人在貴公司附近，如果您時間方便的話，我想去拜訪您一下。

□ 邪魔
じゃ ま

打擾，干擾

大変失礼いたしました。お約束なしでお邪魔することになってしまいましたが、お取り次ぎいただけないでしょうか。
たいへんしつれい　　　　　　やくそく　　　　じゃ ま　　　　　　　　　　　　　　　と　つ

不好意思，沒有事先預約就前來打擾。能請您通報一下嗎？

□ 割く
さ

撥冗，分出

本日はお時間を割いていただき、ありがとうございます。
ほんじつ　　じ かん　さ

承蒙您百忙之中撥冗接見，非常感激。

□ 前もって
まえ

提前，預先

ご来社の際は、前もって事前にご連絡いただけますようお願い申し上げます。
らいしゃ　さい　　まえ　　　じ ぜん　　れんらく　　　　　　　　　　　　　ねが　もう　あ

在蒞臨敝社之前，請先提前聯繫。

□ 接点
せってん

接觸，接點

貴殿の部署とは、仕事上の接点があまりございませんね。
き でん　ぶ しょ　　　　し ごとじょう　せってん

我和您的部門，在工作上似乎沒什麼交集……

6. 拜訪送伴手禮

Track 087

□ 皆様
みなさま

各位

皆様、お忙しい中お時間をいただきありがとうございます。こちらは、地元の特産品です。ぜひ皆様でお召し上がりください。
みなさま　いそが　なか　じ かん　　　　　　　　　　　　　　　　じ もと　とくさんひん　　　　　　みなさま　め　あ

大家好，感謝您抽出時間與我們見面。這是當地的特產，請務必品嚐看看。

□ 口に合う
くち　あ

合口味

このお菓子は口に合うと思います。ぜひ召し上がって
みてください。

我認為這個甜點很合您口味，請務必嚐一嚐。

□ 心ばかり
こころ

小心意，寸心，微意

心ばかりですが、お礼として差し上げます。

為聊表心意，這是我送上的小禮物。

□ 評判
ひょうばん

名聲，名氣，名譽

近所で評判の良いケーキです。お口に合うと良いので
すが。

這是附近著名的美味蛋糕，不知道是否合您的胃口……

□ 遠慮
えんりょ

客氣

ありがとうございます。それでは遠慮なくいただきます。

謝謝您，那麼我就不客氣了。

□ 初対面
しょたいめん

初次見面

初対面の大沢社長とは、初めてお会いしましたが、す
ぐに打ち解けてお話しすることができました。

跟大澤社長雖然是第一次見面，但他人很和氣，馬上就聊開了。

7. 無預約的拜訪（跟對方沒有面識）

Track 088

□ 挨拶
あいさつ

寒暄語

恐縮ですが、お約束なしにお邪魔したいのですが、もしよろ
しければご挨拶だけでもさせていただけませんでしょうか。

不好意思沒有事先預約，您若有時間，想拜訪您一下。

□ 現物
げんぶつ

實物，物品

現物のサンプルをお送りいたしますので、ご検討いた
だけますと幸いです。

我會把實際樣品送到貴公司供作參考，請考慮購買。

8. 洽談結束時的寒暄

□ 恐縮
きょうしゅく

惶恐，過意不去；不好意思

時間を割いていただき恐縮です。ありがとうございました。
じかん さ きょうしゅく
不好意思，謝謝您抽出寶貴的時間來，非常感謝。

□ 貴重
き ちょう

寶貴

今回の話し合いは貴重な機会でした。
こんかい はな あ き ちょう き かい
這次的談話是一個非常寶貴的機會。

□ 次回
じ かい

下次

次回はどんな話題でお会いできるのか楽しみにしており
じ かい わ だい あ たの
ます。
下次會面將聊什麼話題呢？真叫人期待。

□ 詳しい
くわ

詳細

ご説明いただいた内容はとても詳しく、大変参考になり
せつめい ないよう くわ たいへんさんこう
ました。
您所提供的資訊非常詳細，非常有參考價值。

□ 長居
なが い

久坐，長時間呆在拜訪人的人家

すっかり長居してしまいました。
なが い
沒想到竟然叨擾您這麼久，我該告退了。

□ 気遣い
き づか

客氣，顧慮，擔心

どうぞお気遣いなく、こちらで失礼させていただきま
き づか しつれい
す。ありがとうございました。
請別客氣。那麼我先行一步，非常感謝您。

□ どうもありがとうございました

感謝萬分

本日はどうもありがとうございました。
ほんじつ
今天真是感謝萬分！

□ 足労
そくろう

特地前來，勞步，勞駕

本日はご足労いただきまして、ありがとうございまし
ほんじつ そくろう
た。今後ともよろしくお願いいたします。
こんご ねが
感謝您今天特地前來，往後還請多多關照。

職場高手必備200句型

「今後的計劃和希望」句型

1. ～にご連絡ください

1. 請聯繫…
2. ご意見や質問があれば、担当者にご連絡ください。
3. 如果有意見或問題，請聯繫負責人。

句型說明

表示需要對方與自己聯絡。

2. ～の詳細に関心のある方は

1. 對…詳細內容有興趣的人
2. 新製品の詳細に関心のある方は、資料請求フォームに記入してください。
3. 對新產品詳情感興趣的人，請填寫資料請求表格。

句型說明

表示對某件事情或某個觀點有興趣的人。

3. 次回は～します

1. 下次我們將…
2. 次回の勉強会は来週金曜日に開催します。
3. 下次的研討會將在下週五舉行。

句型說明

表示下一次會做某件事情。

4. ～に参加してください

1. 請參加…
2. 社内のチームビルディングイベントにぜひ参加してください。
3. 請務必參加公司內部的團隊建設活動。

句型說明

表示希望對方參加某件事情或某個活動。

Unit 11

2000 words

行銷業務

1. 介紹公司現狀

□ **弊社**（へいしゃ）

敝社

弊社は日本国内で IT ソリューションの開発・提供を行っております。

我們公司在日本國內進行 IT 解決方案的開發與提供。

□ **本社**（ほんしゃ）

總公司

当社は東京都千代田区に本社を置く、人材派遣会社です。

我們公司是一家位於東京都千代田區的人才派遣公司。

□ **資本金**（しほんきん）

資金

当社の資本金は 1 億円です。

我們公司的資本額為 1 億圓。

□ **工場**（こうじょう）

工廠

弊社の工場は国内外にあり、高品質な製品を製造しています。

我們公司的工廠分布於國內外，生產高品質的產品。

□ **主要**（しゅよう）

主要

当社の主要商品は電子機器です。

我們公司的主要產品為電子設備。

□ **支社**（ししゃ）

分公司

当社には全国に数多くの支社があります。

我們公司在全國設有許多分公司。

□ **いち早く**（はや）

迅速地，飛快地

わが社はいち早く市場の変化に対応し、業績を急速に伸ばしました。

面對市場的變化，本公司迅速作出了應對措施，業績於是得以急速成長。

□ **経歴**（けいれき）

經歷，閱歷

当社の社長は、多彩な経歴を持っております。

我們社長具有豐富的經歷和背景。

2. 自己公司產品說明

□ **早速**（さっそく）
立即，馬上
早速、当社の商品を紹介させていただきます。
現在就向大家介紹本公司的商品。

□ **カタログ**《catalog》
目錄
カタログには商品の詳細が載っています。
這本目錄載有產品的詳細說明。

□ **見本**（みほん）
樣本
見本をご用意しておりますので、ぜひご覧ください。
我們已經準備了樣品，請務必觀看。

□ **商品**（しょうひん）
產品
商品の特徴は他社とは異なります。
我們的產品特色與其他公司不同。

□ **他社**（たしゃ）
其他公司
他社の同じ商品と比較して、当社の商品は優れています。
與其他公司的同款產品相比，我們的產品更加優秀。

□ **不明**（ふめい）
不明瞭，不詳
申し訳ありませんが、その点については現在不明です。
很抱歉，關於那點我們現在還不確定。

□ **勉強**（べんきょう）
優惠價格，廉價，賤賣
今回は勉強させていただきますので、よろしくお願いいたします。
本次我們會特別提供貴公司優惠價格。

□ **検討**（けんとう）
討論，探討，研究
当社の商品は現在、改良の検討をしています。
我們公司的商品目前正在進行改良研究。

□ **特徴**（とくちょう）
特色
当社の商品の特徴は、使いやすさとデザインの美しさです。
我們公司的商品特色在於易於使用和美觀的設計。

□ 改良
かいりょう

改良
当社の商品は、お客様からのフィードバックをもとに改良しています。
とうしゃ　しょうひん　　　　　　きゃくさま
かいりょう
我們公司的商品是根據客戶的意見進行改良的。

□ 持ち運び
も　　はこ

攜帶
当社の商品は軽量で持ち運びに便利です。
とうしゃ　しょうひん　けいりょう　も　　はこ　　べんり
我們公司的商品重量輕巧，易於攜帶。

□ 削減
さくげん

降低，縮減
当社の商品は素材や工程の見直しにより、コストを削減しています。
とうしゃ　しょうひん　そざい　こうてい　みなお　　　　　　　　　　さくげん
我們公司的商品通過重新審視材料和製程，成功降低成本。

□ 信用
しんよう

信任，信用
ビジネスにおいて、最も大切なことはお得意様からの信用を得ることです。
もっと　たいせつ　　　　　　とくいさま
しんよう　え
在商場上，最重要的就是取得客戶的信賴。

□ 一押し
いちお

強力推薦
わが社一押しのおすすめ商品をご紹介します。
しゃいちお　　　　　　しょうひん　　しょうかい
這是本公司最推薦的商品！

3. 行銷切入法

□ 無沙汰
ぶさた

好久不見
ご無沙汰しております。弊社の新製品をご紹介したくお伺いいたしました。
ぶさた　　　　　　　　へいしゃ　しんせいひん　　しょうかい
うかが
好久不見了。我們希望介紹敝社的新產品給您。

□ 召し上がり
め　　あ

品嚐，吃，喝
お飲み物はいかがですか。弊社のオリジナル商品を召し上がってください。
の　もの　　　　　　　　　　へいしゃ　　　　　　　　しょうひん　め
あ
要喝點什麼嗎？請品嚐我們公司的原創商品。

□ ごちそうになる

款待，請客，招待
今回は、ごちそうになってしまいましたね。また、弊社の製品に興味を持っていただけましたら幸いです。
こんかい　　　　　　　　　　　　　　　　　　　　　　へいしゃ
せいひん　きょうみ　も　　　　　　　　　　さいわ
謝謝您的款待。如果您對我們公司的產品感興趣，我們將感到非常榮幸。

172

4. 交涉支付條件

□ 支払い
しはら
付款，支付
支払い条件についてご相談したいのですが。
しはら じょうけん そうだん
我想諮詢有關支付條件事宜。

□ 御社
おんしゃ
貴公司
御社とのお取引は大変重要ですので、今後も円滑な支払
おんしゃ とりひき たいへんじゅうよう こんご えんかつ しはら
いを行えるように努めて参ります。
おこな つと まい
與貴公司的交易對我們來說非常重要，所以我們將努力確保未來
順暢的付款。

□ 期日
きじつ
日期
支払期日は延長できますか。
しはらいきじつ えんちょう
可以延長付款期限嗎？

□ 手形
てがた
票據
手形の期日が迫っていますので、支払い方法を再度ご検
てがた きじつ せま しはら ほうほう さいど けん
討いただけますか。
とう
因支票的到期日即將來到，能否再次評估付款方式呢？

□ 値引き
ねび
折扣，降價
値引きの割合を増やしていただけますか。
ねび わりあい ふ
可以提高折扣率嗎？

□ 卸
おろし
批發，批售
卸価格は、小売価格の7割で交渉してください。
おろしかかく こうりかかく わり こうしょう
請按照批發價為零售價的7折來進行談判。

□ 受け渡し
う わた
交付，交割
商品の受け渡し方法について、どのようにすればよいで
しょうひん う わた ほうほう
しょうか。
關於商品的交付方式您希望以什麼方式較為合適呢？

□ 税込み
ぜいこ
含稅金
上記の金額は全て税込みです。
じょうき きんがく すべ ぜいこ
上述金額全部含稅。

□ 税別
ぜいべつ
不包括稅金
手数料を含めた税別価格で5万円はどうでしょうか。
てすうりょう ふく ぜいべつかかく まんえん
如果包含手續費但不含稅，總共5萬圓，這個價格您覺得如何？

□ **口約束**
くちやくそく

口頭約定

口約束だけでは不安なので、頭金をお支払いください。

僅有口頭約定還不夠安心，請您先匯入訂金。

□ **くどい**

囉唆，嘮叨，喋喋不休

相手方からは、契約条件について非常にくどく念を押されました。

對方對於契約內容的約定條件有所疑慮，反覆地進行了多次確認。

□ **内金**
うちきん

預付款項；定金

代金の一部を内金として支払いました。

先預付了部分金額。

□ **キックバック**
《kickback》

回扣

Ａ氏に対して、売上の５％をキックバックとしてお支払いしました。

把營業額的５％付給了Ａ先生做為回扣。

5. 提高價格

Track 094

□ **機器**
きき

機器

機器の部品の原材料の値段が上がったため、製品の値段を上げざるを得ません。

因為機器零件的原物料價格上漲，我們不得不提高產品價格。

□ **新型**
しんがた

類型

この新型機器は機能が優れているため、競合他社の同様の製品よりも高い値段になります。

由於這種新型機器功能優良，因此價格較同類產品的競爭對手高。

□ **扱う**
あつか

操作；處理；經營

当社が扱う機器は、安全性と信頼性を確保するために厳しい品質管理が行われています。

我們公司經手的機器皆進行嚴格的質量管理，以確保安全性和可靠性。

□ **保証**
ほしょう

保證

機器には保証期間がありますので、故障が発生した場合は無償修理いたします。

機器有保固期限，如果發生故障，我們會提供免費維修。

□ 価格
かかく

価格
今回提示した価格でも、他の3社よりもずっとお得で安いことは確かです。
こんかいていじ　かかく　ほか　しゃ　とく　やす
たし
這次出示的價格，也比另外3家公司還要便宜許多，因此價格上絕對是划算的。

6. 被殺價時

□ パーセント
《percent》

折（數）
割引率を3％としまして、ご検討いただけますでしょうか。
わりびきりつ　パーセント　けんとう
打97折您意下如何呢？

□ 納金
のうきん

結帳，繳款，付款
月末までに納金いただける場合は、5％割引いたします。いかがでしょうか。
げつまつ　のうきん　ばあい　パーセントわりびき
如果您願意在月底結帳，就打95折如何？

□ 現金決済
げんきんけっさい

現金支付，現金結算
現金決済でのお支払いの場合、5％割引いたします。いかがでしょうか。
げんきんけっさい　しはら　ばあい　パーセントわりびき
如果以現金交易，那就打95折給您，您意下如何？

□ 保険料
ほけんりょう

保險費
保険料は弊社負担にてお引き受けするということでいかがでしょうか。
ほけんりょう　へいしゃふたん　ひ　う
保險費由我們承擔，請問您是否同意？

□ 条件
じょうけん

條件
この支払い条件にご賛同いただけますでしょうか。
しはら　じょうけん　さんどう
這樣的付款條件，您意下如何？

□ 添う
そ

符合，滿足
申し訳ありませんが、ご期待に添えかねます。
もう　わけ　きたい　そ
不好意思，我們無法達成您的期望。

7. 交渉成功

□ 条件（じょうけん）
可以，沒問題
お支払い条件について、この内容で問題ございません。
關於付款條件，這樣的內容沒有問題。

□ 異存（いぞん）
異議，反對意見
私どもはこの条件に異存はございません。
我們對這樣的條件沒有任何異議。

□ 負ける（まける）
屈服，示弱
負けましたよ。
算你厲害啦！

□ 手を打つ（てをうつ）
敲定，談妥，達成協議
これで手を打ちましょう。
就此敲定吧！

□ 覚書（おぼえがき）
備忘錄
まずは一度ご来社いただき、覚書を交わしましょう。
我們邀請您到敝社，以便簽署並交換備忘錄。

□ 署名（しょめい）
簽名
内容と料金をご確認いただき、ご承諾いただいた上で、契約書に署名いただけますか。
請您確認內容跟金額，同意之後，請在契約書上簽名。

□ 捺印（なついん）
蓋章
お手数ですが、サインの後、こちらにも捺印してください。
不好意思，麻煩您在簽完名以後，也請在這裡蓋章。

□ 切り口（きりくち）
砍（切）的手法
別の切り口から交渉したところ、うまくいきました。
改由其他管道切入交涉後，終於順利談成了。

□ 契約（けいやく）
契約，合同
長年のライバル企業と提携契約を締結しました。
我們和長久以來的競爭對手，簽訂了合作契約。

□ 合意
ごう い

同意，雙方意見一致

協議を重ねた結果、とうとう合意に達しました。
きょう ぎ　かさ　　　けっ か　　　　　　　　　　ごう い　　たっ

在多次協商以後，總算達成了共識。

8. 交渉失敗

Track 097

□ 応じる
おう

接受，答應

恐れ入りますが、その条件には応じることができかねます。
おそ　　い　　　　　　　　　　じょうけん　　　おう

我們不能接受這個條件。

□ 原価割れ
げん か わ

低於本錢，賠本

この価格では原価割れです。
か かく　　　げん か わ

這個價格比成本還低。

□ 断る
ことわ

謝絕；拒絕

申し訳ありませんが、断らせていただきます。
もう　わけ　　　　　　　　　ことわ

很抱歉，我們不能接受。

□ 粘る
ねば

堅持，有耐性，頑強到底

交渉が長引いていますが、相手側も譲歩しないため、粘
こうしょう　ながび　　　　　　　　　あい て がわ　じょう ほ　　　　　　　　　　ねば
るしかありません。

由於談判拖延，對方也不肯妥協，只能繼續耐心地等待。

□ 折り合い
お　あ

達成協議，互相讓步

折り合いがつかず、交渉は決裂してしまいました。
お　あ　　　　　　　　こうしょう　けつれつ

由於雙方無法達成共識，談判最終破裂了。

□ 白紙
はく し

原始狀態，白紙，空白

交渉は失敗し、契約書は白紙に戻りました。
こうしょう　しっぱい　　　けいやくしょ　はく し　もど

由於談判失敗，我們不得不重新起草契約書。

□ 見送る
み おく

暫緩考慮，擱置

交渉は不調に終わり、この案件は見送ることになりました。
こうしょう　ふ ちょう　お　　　　　　　あんけん　み おく

由於談判沒有進展，此案被迫擱置。

□ **無効**
むこう

無效，無效果

こうしょう けっか こんかい けいやく むこう
交渉の結果、今回の契約は無効になります。

經過協商，此次契約將被視為無效。

□ **遺憾**
いかん

遺憾

こんかい まこと いかん きしゃ いこう そ
今回は誠に遺憾ながら貴社のご意向に沿えなかったこ
わ もう あ
とをお詫び申し上げます。

非常遺憾，請恕我們這回無法遵從貴公司的要求。

□ **把握**
はあく

把握，充分理解

じょうきょう はあく へんじ さ あ
状況を把握してからお返事差し上げます。

我們會在了解狀況後再回覆您。

□ **打ち切る**
う き

停止，中止

とりひき う き ほう
この取引は打ち切った方がいいです。

這筆交易最好中止。

9. 跟客戶催款

Track 098

□ **期限**
きげん

期限

きげん ちか こんげつちゅう しはら
期限が近づいていますので、今月中にお支払いいただ
けますでしょうか。

由於截止日期即將到來，請問您能否在本月內付款呢？

□ **経理**
けいり

會計事務

ふめい てん わたくし けいり ぶもん と あ
ご不明な点があれば、私どもの経理部門までお問い合
わせください。

如果您有任何疑問，請聯繫我們的帳務部門。

□ **今週中**
こんしゅうじゅう

這週內

こんしゅうじゅう しはら たす
今週中にお支払いいただけると助かります。

如果您能在本週內付款，那將非常感謝。

□ **待つ**
ま

等候，等待

きょうしゅく にち ごご じ ま
恐縮ではございますが、19 日の午後 2 時にお待ちして
おります。

不好意思，我們 19 日下午兩點等候您的消息。

□ 催促
さいそく

催促；催討，摧索

小切手がまだ届いていないため、早めに催促した方がよろしいかと存じます。

由於支票仍未送達，我建議儘早催促。

□ 差額
さ がく

差額，兩筆金額之差

恐れ入りますが、今回の請求書に差額がございます。お手数ですがご確認いただき、差額のお支払いをお願い致します。

抱歉打擾了，本次帳單與實際付款之間有差異，麻煩您確認後付清差額款項。

10. 問題延到下次

Track 099

□ 記憶違い
き おくちが

記憶錯誤，記憶混淆，誤記

記憶違いがあったかもしれません。次回までにもう一度確認しておきます。

可能有記憶出錯的情況，我會在下次之前再確認一次。

□ 力添え
ちから ぞ

助一臂之力，援助，支援

力添えが必要なようですが、次回までに調べておきます。

看起來需要協助，我會在下次之前進行調查。

□ 進める
すす

進行，推進

この問題は次回までに進められそうにありません。

看起來這個問題無法在下次之前解決。

□ 改める
あらた

（日後再）重新，再次，重新確認

次回までに改めて対応策を考えます。

下次再重新考慮應對策略。

□ 誠
まこと

至感，非常，實在

誠に申し訳ございませんが、改めてご提案の機会を頂戴したく存じます。

雖然至感遺憾，但期望未來能有機會獲得其他提案。

□ 早々に
そうそう

儘快，馬上，趕快

誠に恐れ入りますが、来週早々にご連絡させていただきますので、何卒よろしくお願い申し上げます。

惶恐至極，我下週會儘快與您聯繫，敬請多多指教。

□ 次回 <small>じ かい</small>

下回，下次

次回のご提案はいつ頃がよろしいでしょうか。
請問下次可以提案的時間是什麼時候呢？

□ 後日 <small>ご じつ</small>

日後，將來

この件については、後日改めてご連絡いたします。
關於這件案子，容我日後再與您聯絡。

11. 客戶不願繼續往來時

Track 100

□ 不満 <small>ふ まん</small>

不滿意

恐れ入りますが、弊社の提供する商品やサービスにつきまして、何かご不満がございましたらお聞かせください。できる限り改善に努めさせていただきます。
不好意思，如果您對我們公司提供的產品或服務有任何不滿，請告訴我們。我們將盡力進行改善。

□ 決して <small>けっ</small>

絕對（不）

他社の商品と比較いたしまして、弊社の商品は、○○の点で優れており、決して高額ではないと考えております。
與其他公司的產品相比，我們的產品在○○方面表現優異，而且我們認為價格絕對合理。

□ 希望 <small>き ぼう</small>

需求

現在開発中の○○につきましては、御社のご希望に合わせた提案をさせていただけるかと存じます。お気軽にお問い合わせください。
關於目前正在開發的○○產品，我們可以提出符合貴公司需求的方案。請隨時與我們聯繫。

□ 付き合い <small>つ あ</small>

合作，交往

お互いに長いお付き合いをさせていただいておりますので、今後ともよろしくお願いいたします。
我們很感激能夠與您長期合作，今後也希望能夠得到您的支持。

□ 買い求める <small>か もと</small>

購買

では、どの価格帯の商品でしたら、お買い求めいただけるでしょうか。ご予算をお教えいただければ、より適切な提案ができるかと存じます。
請問您可以接受哪個價位範圍的產品？如果您能告訴我們您的預算，我們將能提供更合適的建議。

職場高手必備200句型

「避免立即回答」句型

1. 返事には時間がかかります

句型說明

1. 需要一些時間才能回覆
2. 返事には時間がかかりますので、お待ちください。
3. 回覆需要一些時間，請耐心等待。

表示回答問題需要一些時間，可能需要更多的研究或蒐集更多的資訊。

2. ～が不十分なので断言できません

句型說明

1. 由於…不足，因此無法斷言
2. 情報が不十分なので断言できません。
3. 由於信息不足，無法斷言。

表示由於某些資訊或知識不足，無法對問題作出確定的回答。

3. ～するまで、答えを保留したいと思います

句型說明

1. 在完成…之前，我想保留答案
2. 調査するまで、答えを保留したいと思います。
3. 在調查之前，我希望暫時保留回答。

表示你需要更多時間或需要做更多研究，才能對問題作出確定的回答。

4. ～なので答えられません

句型說明

1. 因為…所以無法回答
2. プロジェクトの詳細はまだ分からないので答えられません。
3. 由於尚不了解專案的詳情，所以無法回答。

表示由於某種原因，無法回答問題。

5. ～について回答できる立場にありません

句型說明

1. 我無法就…提供回答
2. 会社の方針について回答できる立場にありません。
3. 我無法回答有關公司方針的問題。

表示沒有權限或資格回答問題。

6. いまは答えられません

句型說明

1. 目前無法回答
2. いまは答えられませんが、後で調べてみます。
3. 現在無法回答，稍後我會查詢一下。

表示現在無法回答問題，可能需要更多時間或更多資訊。

7. のちほど～します

1. 稍後我會…
2. のちほどメールで詳細をお伝えします。
3. 稍後我會通過郵件告知詳情。

句型說明
表示會稍後回答問題，可能需要一些時間來研究問題或蒐集更多的資訊。

8. いまは～かどうかわかりません

1. 現在我不知道是否…
2. いまは成功するかどうかわかりません。
3. 現在無法判斷是否會成功。

句型說明
表示現在無法確定某些事情的真實情況，可能需要更多的研究或等待更多的資訊。

9. どう考えるべきかわかりません

1. 我不知道該如何考慮這件事
2. どう考えるべきかわかりませんが、相談してみます。
3. 不知道該如何思考，但我會尋求意見。

句型說明
表示不知道應該如何考慮問題，需要更多的時間或其他資訊來做出決定。

10. それは～な質問です

1. 這是一個…的問題
2. それは個人的な質問ですので、答えられません。
3. 那是個人問題，所以無法回答。

句型說明
表示不想再繼續談論該話題。

11. ～を差し控えます

1. 我將保留…的意見
2. その件については差し控えます。
3. 關於那件事，我將保持沉默。

句型說明
表示會克制自己不去做某件事或者不去說某些話。

12. わかりかねます

1. 我無法確定
2. 予算についてはわかりかねますので、上司に確認してください。
3. 關於預算的問題，我無法回答，請向上司確認。

句型說明
表示不理解問題或無法判斷問題。

Unit 12

2000 words

招待客戶

1. 招待客戶

□ 一席（いっせき）
設宴
○○へのお礼（れい）として、ぜひ一席設（いっせきもう）けさせていただきたいのですが。
為了表示感謝○○一案，想設宴跟您致謝！

□ 呼び立てる（よ　た）
特地叫過來
お忙（いそが）しい中（なか）、お呼（よ）び立（た）てして、申（もう）し訳（わけ）ございません。
百忙之中還請您過來，真是抱歉。

□ うち
趁…的時候
どうぞ、遠慮（えんりょ）なさらず、まだ熱（あつ）いうちにお召（め）し上（あ）がりください。
請別客氣，請趁熱盡量享用。

□ 料理（りょうり）
料理
お料理（りょうり）はいかがでしょうか。
料理還合您的胃口嗎？

□ 今宵（こよい）
今晚
今宵（こよい）はお越（こ）しいただきまして、誠（まこと）にありがとうございます。
今晚讓您特地蒞臨，真是感謝。

□ 季節（きせつ）
季節
今（いま）のシーズンはふぐがおいしい季節（きせつ）ですね。
現在正是河豚美味的季節呢。

□ 設ける（もう）
準備
一席設（いっせきもう）けさせていただいてもよろしいでしょうか。
不知道可否設宴邀請您一同享用美食呢？

□ 越す（こ）
「來，去」的尊敬說法
本日（ほんじつ）はお越（こ）しいただきまして、ありがとうございます。
今日承蒙您特地前來，委實萬分感激。

□ 飲み物（の　もの）
飲料
お飲（の）み物（もの）は何（なに）がよろしいでしょうか。
請問您想要喝點什麼飲料呢？

□ 好み
<small>この</small>

愛好，口味偏好

何かお好みのものがございますか。
<small>なに　　この</small>
你有什麼口味偏好嗎？

□ 冷める
<small>さ</small>

變冷，涼

どうぞ冷めないうちにお召し上がりください。
<small>さ　　　　　　　　め　　あ</small>
敬請趁熱享用。

□ いただきます

享用（食物）

恐れ入ります。それではいただきます。
<small>おそ　い</small>
不好意思。那麼，我就不客氣地品嚐一下了。

□ 言葉
<small>こと　ば</small>

說詞，語言，言詞

ありがとうございます。お言葉に甘えさせていただきます。
<small>こと　ば　　あま</small>
非常感謝，那麼，我就恭敬不如從命了。

□ 不調法
<small>ぶ　ちょうほう</small>

愚拙；沒有經驗

不調法で、お詫び申し上げます。
<small>ぶ　ちょうほう　　　わ　　もう　あ</small>
請恕我愚拙，還望多多見諒。

□ 心遣い
<small>こころづか</small>

用心，操心

本日のお心遣い、ありがとうございました。
<small>ほんじつ　　こころづか</small>
非常感激您今日的周到與用心。

□ 収容
<small>しゅうよう</small>

容納

国際展示場は 1 万人を収容できます。
<small>こくさいてんじじょう　　　まんにん　　しゅうよう</small>
國際展示場，有可能容納一萬人。

□ 来賓
<small>らいひん</small>

來賓

来賓として、前会長様をご招待いたしました。
<small>らいひん　　　　　ぜんかいちょうさま　　　しょうたい</small>
邀請了前會長作為貴賓。

□ 接待
<small>せったい</small>

招待客戶

都内の料亭「しずか」は、お客様の接待によくご利用いただいています。
<small>と　ない　　りょうてい　　　　　　　　きゃくさま　　せったい　　　　　　　り　よう</small>
我們公司經常在東京都內的高級日本餐廳「靜」接待客戶。

□ **僭越** (せんえつ)

冒昧，僭越，放肆，不自量

大変僭越ではございますが、乾杯の音頭を取らせていただきます。

小弟不才，容我帶頭一起乾杯吧。

□ **洗練** (せんれん)

講究，考究

こちらの店のお料理は全て、洗練された盛り付けで上品な味わいです。

這家餐廳每一道料理的擺盤都不落俗套，味道也很高雅。

□ **目安** (めやす)

目標，大體的推測

接待費につきましては、一人当たり5000円を目安に考えてください。

接待費請以每個人大約5000圓估算。

□ **懇意** (こんい)

懇切的心意，好意

御社の社長とは長いお付き合いをさせていただいており、懇意にしていただいております。

與貴公司的社長已經有多年的交情了。

□ **来訪** (らいほう)

來訪

来訪者が来た際には、事前にカードを作っておくと便利です。

如果事先製作了訪客的通行卡，在使用上有諸多方便。

□ **見合わせる** (みあ)

做罷

会長様は体調不良により、今回の出席を見合わせられることとなりました。

這次董事長由於玉體違和，因而無法出席。

---

2. 讚美客戶

Track 102

□ **召す** (め)

穿（的敬語）

落ち着いた色のシャツをお召しになっていらっしゃいますね。

你穿著的西裝，顏色真是素雅。

□ **活気** (かっき)

活力

このごろ御社はずいぶん活気にあふれているようですね。弊社も見習うべきですね。

最近貴公司真是充滿活力。敝社得多學習才是。

□ 出場 （しゅつじょう）

出賽

今年も甲子園（こうしえん）のシーズンが近（ちか）づいてきましたね。かつて鈴木部長（すずきぶちょう）は甲子園（こうしえん）に出場（しゅつじょう）したことがあるそうです。

今年的甲子園球季就快來到了。聽說鈴木部長曾在甲子園出賽過呢！

□ 乗馬 （じょうば）

騎馬

最近乗馬（さいきんじょうば）を始（はじ）められたそうですね。ご健康（けんこう）そうで、なによりです。

聽說您最近開始學習騎馬，真是對健康大有益處呢！

□ 腕前 （うでまえ）

本領，本事，技巧

最近（さいきん）はゴルフにお出（で）かけですか。すばらしい腕前（うでまえ）をお持（も）ちと伺（うかが）っていますが。

請問您最近有沒有去打高爾夫球？我聽說您的球技非常出色。

□ 合格 （ごうかく）

考上，及格

お嬢様（じょうさま）が○○大学（だいがく）に合格（ごうかく）されたと伺（うかが）いました。おめでとうございます。

聽說令嬡考上○○大學，真是恭喜您！

□ さすが

真不愧

さすが社長（しゃちょう）のお嬢様（じょうさま）でいらっしゃいますね。

不愧是社長的千金小姐，真是優秀啊。

□ 間柄 （あいだがら）

交情，關係

漫画家（まんがか）・アニメ監督（かんとく）の宮崎駿様（みやざきはやおさま）とはご昵懇（じっこん）の間柄（あいだがら）でいらっしゃると伺（うかが）いましたが。

聽聞您與漫畫家／動漫導演宮崎駿先生交情匪淺。

□ いける

好喝；好吃

泡盛（あわもり）は初（はじ）めてでしたが、予想以上（よそういじょう）にいけました。

這雖然是我第一次品嚐泡盛清酒，但沒想到竟然如此順口呢。

□ お世辞 （おせじ）

巴結，奉承

お世辞抜（おせじぬ）きで、貴社（きしゃ）の商品（しょうひん）は本当（ほんとう）に素晴（すば）らしいと感（かん）じております。

我並非在奉承，而是真心覺得貴公司的產品確實非常了不起。

□ 既製品 （きせいひん）

製成品

伯爵夫人様（はくしゃくふじんさま）のお靴（くつ）は既製品（きせいひん）ではなく、弊社（へいしゃ）で特別（とくべつ）にお作（つく）りしたものでございます。

伯爵夫人的鞋子並非普通的市售鞋，而是我們公司特別為她手工定制的。

3. 客戶的抱怨——即時回應

□ 買い上げる
<small>か　あ</small>

購買

お買い上げいただき、ありがとうございます。
非常感謝您的購買。

□ 問い合わせる
<small>と　あ</small>

詢問

お問い合わせでございますね。
請問您有疑問想要詢問是嗎？

□ 早急／早急
<small>さっきゅう　そうきゅう</small>

緊急，火速，馬上

早急にお調べいたしますので、少々お待ちいただけますでしょうか。
我馬上去查詢，可否請您稍待片刻呢？

□ 大至急
<small>だいしきゅう</small>

加急

大至急お調べいたします。少々お待ちくださいませ。
我立刻去確認，敬請您稍待一下。

□ 頂戴
<small>ちょうだい</small>

領受，收（到）

申し訳ございませんが、もう少々お時間を頂戴したいと存じます。
非常抱歉，敬請您再給我們一些時間作業。

□ 不足
<small>ふそく</small>

不足，不夠

私たちの説明不足でお客様にはご迷惑をおかけし、大変申し訳ございません。
由於敝公司員工沒有說明清楚，造成您的困擾，在此向您致上十二萬分的歉意。

□ 申し訳ない
<small>もう　わけ</small>

實在抱歉的，十分對不起的

ご迷惑をおかけして申し訳ございませんでした。
非常抱歉造成您的困擾。

□ 確認
<small>かくにん</small>

確認，證實

さようでございますか。早速確認いたしますので、改めてご連絡させていただいてもよろしいでしょうか。
原來是這樣的嗎？可以容我儘快確認後，再與您聯繫嗎？

□ 怪我
<small>けが</small>

受傷

けがなどはございませんでしたでしょうか。
請問您有沒有受傷呢？

□ 破損
は そん

破損，損壞

お手数をおかけしまして申し訳ありませんが、破損した
てすう　　　　　　　　　　もう　わけ　　　　　　　　　　は そん
商品を返送していただけますでしょうか。
しょうひん　へんそう

可否麻煩您把破損的商品送回敝社呢？非常抱歉增添您的麻煩。

□ 注意
ちゅう い

小心，當心；注意

今後はこのようなことがないように、十分注意いたしま
こん ご　　　　　　　　　　　　　　　　　じゅうぶんちゅう い
す。誠に申し訳ございませんでした。
まこと　もう　わけ

由衷致上萬分歉意。往後我們會非常小心，不會再發生這樣的狀況。

□ 担当者
たんとうしゃ

承辦人

大変申し訳ありませんが、ただいま担当者は外出中で
たいへんもう　わけ　　　　　　　　　　たんとうしゃ　がいしゅつちゅう
す。私は営業部の井上と申しますが、もしよろしければ
わたし　えいぎょう ぶ　いのうえ　もう
お話をお聞かせいただけませんか。
はなし　き

非常抱歉，承辦人目前外出。我是營業部門的井上，如果方便的
話，是否可以讓我聆聽您的事情經過呢？

□ 不快
ふ かい

不愉快

ご不快な思いをされてしまいましたことをお詫び申し上げます。
ふ かい　おも　　　　　　　　　　　　　　わ　もう　あ

對於帶給您不愉快的體驗，我們深感抱歉，真誠為您道歉。

□ 速やか
すみ

快速，迅速

お客様からのお問い合わせには速やかに対応いたします。
きゃくさま　　　　と　あ　　　　すみ　　　たいおう

對於客戶的詢問，我們會儘快予以回覆。

□ 前提
ぜんてい

前提，事物發生的必要條件

私の名を出さないという前提で情報を提供することに同
わたし　な　だ　　　　　　　　ぜんてい　じょうほう　ていきょう　　　　　　どう
意しました。
い

在保證不對外透露我的姓名的前提下，我答應給對方提供信息。

□ 着払い
ちゃくばら

對方付款，貨到付款

返品される商品は着払いで送っていただければ結構です。
へんぴん　　　しょうひん　ちゃくばら　おく　　　　　　　　　けっこう

退回的商品，只要以收件人付運費的方式寄回即可。

□ 丁重
ていちょう

誠摯，很有禮貌，贈重其事

在庫切れでご迷惑をおかけしているお客様には、丁重に
ざいこ ぎ　めいわく　　　　　　　　　きゃくさま　　　ていちょう
お詫び申し上げます。
わ　もう　あ

面對因庫存不足而不滿的顧客時，請務必以恭敬及誠意的態度向他們表示歉意。

□ 手違い
て ちが

錯誤，失誤

お客様の商品の発送に手違いがありましたことを深くお
きゃくさま　しょうひん　はっそう　て ちが　　　　　　　　　　　　ふか
詫び申し上げます。
わ　もう　あ

對於將客戶的商品寄送錯誤的情況，我們向您表達最真誠的歉意。

□ 付録（ふろく）
附録
雑誌には付録がついています。
雑誌附有附錄。

□ 料金（りょうきん）
費用
返品に対応し、料金を返金いたしました。
連同退貨，也一併歸還了退款。

□ 控え（ひか）
副本
お客様の手元に控えを一部お取り置きください。
請將一份影本交給顧客留存。

□ 不明（ふめい）
不明白，不詳
何かご不明な点がございましたら、お気軽にお問い合わせください。
如果有任何不清楚的地方，請不要客氣，儘管詢問服務人員。

□ 請求（せいきゅう）
請求，索取，要求
資料請求すれば詳しいパンフレットをお送りいたします。
只要索取資料，就可以拿到詳盡的廣告冊子。

□ 予め（あらかじ）
預先，先
24時間以内の出荷はお承りできません。予めご了承ください。
非常抱歉，請諒解我們無法在24小時以內出貨。

□ クライアント
《client》
客戶，顧客
我々の仕事はクライアントの要望にお応えすることです。
我們的工作就是滿足顧客的需求。

□ 解約（かいやく）
解除合約
商品到着後8日以内であれば解約することができます。
只要是在商品送達後的8天以內，都可以解約。

□ 従来（じゅうらい）
以前，以來
移転後も従来通り、11時から9時まで営業しております。
搬遷以後，營業時間跟以前一樣，從早11點到晚上9點。

4. 客戶的抱怨——延後回應

□ 返答 (へんとう)
答覆，回答，回話

上司と相談した結果を、早急にご返答差し上げたいと思います。

我和上司商量後，會儘快給您答覆。

□ 一存 (いちぞん)
自己各人意見

私の一存だけでは決めかねるため、改めてご連絡差し上げてもよろしいでしょうか。

由於此事超越我的權限，可否容我另行回覆您呢？

□ 慎重 (しんちょう)
慎重，小心謹慎

あいまいなことを申し上げますと、お客様にご迷惑をおかけする可能性があるため、慎重に対応させていただきたいと思います。

如果回答含糊不清，反而可能給您帶來困擾，所以請允許我仔細並謹慎地處理此事。

□ 指摘 (してき)
指正

ご指摘いただき、ありがとうございました。

非常感激您的指正。

□ 十分 (じゅうぶん)
非常，十分

おっしゃる通りでございます。今後は十分注意いたします。

您說得非常對。今後我一定會更加謹慎小心。

□ 貴重 (きちょう)
寶貴

貴重なご意見をありがとうございました。

萬分感謝您寶貴的意見。

□ つながる
連接

問い合わせの電話が殺到していて、なかなか電話が繋がらない。

因為咨詢電話大量湧入，導致電話很難接通。

□ 取り扱う (とあつか)
處理，負責，經營，提供

廃盤になってまして、只今その製品は取り扱っておりません。

該產品已停產，目前我們不再銷售此商品。

□ 批判 (ひはん)
批評

パソコンの発火事故が起きて、消費者から批判が出ている。

由於電腦發生了走火意外，該廠商遭到了使用者的譴責聲浪。

□ **不手際**
（ふ て ぎわ）

当方の不手際により、お客様には多大なご迷惑をおかけいたしました。

這回由於我方的疏忽，造成了您極大的困擾。

維護，保護

□ **メンテナンス**
《maintenance》

メンテナンスをしっかり行っているため、故障は考えられません。

確實已經做好維修了，應該不會再發生故障的。

複雜，麻煩

□ **ややこしい**

機能の内容がややこしく、どの商品が良いかわからない場合はお気軽にお問い合わせください。

當各種功能琳瑯滿目，讓您無法決定該選擇哪樣產品時，不用客氣，隨時向我們詢問。

客戶需求

□ **客注**
（きゃくちゅう）

客注対応が遅れないように気をつけてください。

我們需要特別注意客戶的要求，確保不會延誤交付。

手冊，指南

□ **マニュアル**
《manual》

接客時にはマニュアルに則って対応いただきますようお願い申し上げます。

根據員工手冊的規定步驟接待顧客。

連高手都弄混的職場單字

お越し（おこし）

① 意為「駕臨、光臨或前來」。是「来る」的敬語表現。

② 通常用於表示對公司或商業機構的訪問，例如客戶、供應商、投資者等來訪，表示感激和尊重。

③ 例如：「お越しくださいまして、ありがとうございます。」（非常感謝您的光臨。）

けじめがない

① 有「不懂分寸、無法做出適當的判斷或行為、缺乏自我約束」等意思。

② 表達主要用在描述自己或他人在某種情況下未能作出適當的判斷或行為。這個表達意味著人們在某些情況下，與期望的行為或態度相悖。

③ 例如：「今回のミスから、自分のけじめがないと痛感しました。」（從自己犯的錯誤中深刻意識到自己未能採取適當的行為或判斷。）

職場高手必備200句型
「表示反對」句型

1. ～にはまったく賛成できません
句型說明

1. 我無法完全贊同…
2. その計画にはまったく賛成できません。リスクが高すぎます。
3. 我無法完全同意那個計劃，風險太高了。

> 表示完全不同意某件事情或某個觀點。

2. ～には賛成しかねます
句型說明

1. 我無法贊同…
2. 予算削減には賛成しかねます。社員の福利が損なわれます。
3. 我無法同意削減預算，這將損害員工福利。

> 表示對某件事情或某個觀點沒有完全同意。

3. ～はいい考えだとは思いません
句型說明

1. 我不認為…是個好主意
2. 明日の会議をキャンセルするのはいい考えだとは思いません。
3. 我認為取消明天的會議並不是個好主意。

> 表示對某件事情或某個觀點持有不同意見。

4. ～には反対です
句型說明

1. 我反對…
2. この提案には反対です。別の方法を検討しましょう。
3. 我反對這個提議，讓我們考慮其他方法。

> 表示反對某件事情或某個觀點。

5. 納得できません
句型說明

1. 我無法接受
2. その説明で納得できません。もっと詳しく教えてください。
3. 我無法接受那個解釋，請詳細說明。

> 表示無法理解或接受某件事情或某個觀點。

6. 理解しかねます
句型說明

1. 我無法理解
2. あなたの行動の理由を理解しかねます。
3. 我無法理解你的行為原因。

> 表示無法理解某件事情或某個觀點。

7. ～を受け入れることはできません

句型說明

1. 我無法接受…
2. その条件を受け入れることはできません。交渉しましょう。
3. 我不能接受這樣的條件，我們需要進行談判。

> 表示無法接受某件事情或某個觀點。

8. ～に反対せざるをえません

句型說明

1. 我不得不反對…
2. 社員の給与を減らすことに反対せざるをえません。
3. 我不得不反對削減員工薪水的做法。

> 表示不得不反對某件事情或某個觀點。

9. ～に同意できません

句型說明

1. 我無法同意…
2. あなたの意見には同意できませんが、尊重します。
3. 我無法同意您的觀點，但我尊重您。

> 表示無法同意某件事情或某個觀點。

10. ～に異議を唱えます

句型說明

1. 我對…提出異議
2. その判断には異議を唱えます。もっと情報が必要です。
3. 我對那個判斷提出異議，還需要更多的信息。

> 表示對某件事情或某個觀點提出異議。

11. 私は違う見方をします

句型說明

1. 我有不同的看法
2. 私は違う見方をします。新しい市場に投資すべきだと思います。
3. 我有不同的看法，我認為我們應該投資新市場。

> 表示持有不同的觀點或意見。

Unit 13

2000 words

公司活動

1. 入社典禮的致詞

□ お言葉
ことば

鼓勵或激勵的（話語）

多くの激励のお言葉をありがとうございます。
おお　　げきれい　　　ことば

感謝大家多方面的鼓勵。

□ 半人前
はんにんまえ

不能獨當一面

まだまだ仕事には半人前ですが、日々精進しています。
しごと　　　はんにんまえ　　　　ひびしょうじん

在工作上我還無法獨挑大樑，但我會每天努力提升自己。

□ 未熟
みじゅく

沒什麼經驗，不熟練

まだまだ未熟で至らないことが多いですが、指導いた
みじゅく　いた　　　　　　おお　　　　しどう
だけますと幸いです。
さいわ

我還缺乏經驗，請大家多多指教。

□ 足手まとい
あしで

妨礙，礙手礙腳

周りの皆様に迷惑をかけず、足手まといにならないよ
まわ　みなさま　めいわく　　　　あしで
う努めます。
つと

我會盡量不給大家添麻煩，努力不成為累贅。

□ 努力
どりょく

努力

今後も努力を続け、成長していきたいと思います。
こんご　どりょく　つづ　せいちょう　　　　　おも

今後也將繼續努力，希望能夠不斷成長。

□ 係り
かか

負責人，主管人

僕の先輩が新人教育の係りに任命されました。
ぼく　せんぱい　しんじんきょういく　かか　にんめい

我的學長被選為新進員工的培訓導師。

2. 公司週年慶

□ 案内
あんない

帶領，引導

会議室までご案内いたします。
かいぎしつ　　　　あんない

我帶您到會客室。

□ おめでとう
ございます

恭喜

入社10年目を迎えた松田さん、おめでとうございます。
にゅうしゃ　ねんめ　むか　まつだ

松田先生，恭喜您迎來入職第 10 年。

□ **与る**
あずか

蒙，受

ご招待いただきまして、大変光栄に与ります。ありがとうございます。

感謝您今天的盛情款待，非常感激。

□ **独占**
どくせん

獨家

今回の新製品発表は、当社が独占的に行います。

這次新產品發布會，將由我們公司獨家進行。

3. 歡送會的致詞

Track 107

□ **栄転**
えいてん

高昇，榮升

山本課長、ご栄転おめでとうございます。今後のご活躍をお祈り申し上げます。

山本課長，恭喜您高昇了。我們期待您未來繼續發揮所長。

□ **活躍**
かつやく

大顯身手

先輩方のご指導のおかげで、私もここまで活躍できました。感謝しております。

多虧了前輩們的悉心指導，我才能夠取得至今的成就。衷心感謝。

□ **びっくりしました**

嚇了一跳

上司からの急な異動の話を聞いたときは、びっくりしました。

當我聽到上司突然告知的調動消息時，我感到非常吃驚。

□ **新天地**
しんてんち

新天地，新世界

山中課長の新天地での更なるご活躍をお祈り申し上げます。

我們祈願山中課長在新的環境中繼續發揮所長，並祝願前程似錦。

4. 人事調動的致詞

Track 108

□ **任命**
にんめい

任命

斉藤さんが主任に任命されることになりました。

聽說齊藤小姐被任命為主任。

抜擢
ばってき

提拔，提升，升任

田中課長が営業部部長に抜擢されました。おめでとうございます。

田中課長被升為業務部長了。

出向
しゅっこう

調往，調職

斉藤主任は子会社に出向することになりました。

齊藤主任被命令前往分公司。

このたび

這次，這回

このたび、営業部主任に任命されましたことを、心より嬉しく思います。

這次被任命為業務部主任，我由衷地感到高興。

お祝い
いわ

祝福

本日は、たくさんのお祝いの言葉をいただき、ありがとうございます。

今天得到大家熱情的祝福，非常感謝。

昇進
しょうしん

昇遷

同僚や先輩の皆様のご支援のおかげで、この昇進を迎えることができました。感謝の気持ちでいっぱいです。

多虧了同事和前輩們的支持，我才能迎來這次的升職。滿懷感激之情。

幹部
かん ぶ

幹部

あなたを現地の工場に幹部社員として派遣することに決定しました。

已經決定要派你以幹部的身份去管理當地的工廠了。

前例
ぜんれい

前例，先例

彼は 30 歳という前例のない若さで部長になった。

自從公司創立以來，他首創年僅 30 就榮任經理的紀錄。

単身
たんしん

隻身，單身

これからは、中国への単身赴任者が増えていくでしょう。

往後被派遣到中國工作的未攜眷員工，應該會越來越多吧。

慣例
かんれい

慣例，老規矩

転勤が決まった時には、関係者に転勤を知らせる挨拶状を出す慣例があります。

公司通常在決定異動員工的工作地點之後，會寄送通知函給相關往來廠商與客戶。

5. 開工典禮的問候語

Track 109

□ **どちら様**
哪位
どちら様でいらっしゃいますか。
請問您是哪位呢？

□ **友人**
朋友
私はオーナーの学生時代からの友人で、斉藤と申します。
我是老闆學生時期的朋友，我叫齊藤。

□ **盛況**
盛況，場面盛大
今日は盛況ですね。
今天的場面真是盛大啊！

□ **すばらしい**
極好，絕佳
お料理がすばらしいですね。
美食佳肴，口感絕妙！

□ **業界**
業界
業界関係者の方々がたくさんいらっしゃいますね。
業界來了很多人呢！

連高手都弄混的職場單字

すばらしい

① 有「極好的、很棒的」的意思。

② 「すばらしい」表示對邀請的高度評價和讚揚，強調這是一個非常好的機會。

③ 例如：「すばらしいお誘いありがとうございます。この機会に、新しい人との出会いや経験を大切にしたいと思います。」（非常感謝您極好的邀請。借此機會，我希望利用這個機會來擴展人際關係和積累經驗。）

軽い （かるい）

① 意為「反應快」的意思。

② 在這裡指反應迅速且能夠靈活應對各種情況的能力。

③ 例如：「彼は軽い反応で問題を解決しました。」（他以靈活的反應解決了問題。）

職場高手必備200句型

「陳述重要性」句型

1. ～にとって重要である

1. 對於…來說非常重要
2. 私たちにとって、お客様のニーズを把握することが非常に重要であると考えています。
3. 對於我們來說，了解客戶需求非常重要。

句型說明
用於表達對某個事物或行動的評價和看法，表示其對某個人或某個組織的重要性。

2. ～を重視する

1. 重視…
2. 当社では、社員のスキルアップを非常に重視しています。
3. 我們非常重視員工的技能提升。

句型說明
用於表達對某個事物或行動的高度重視。

3. ～にこだわる

1. 堅持…
2. 当社の製品には、品質にこだわっています。
3. 我們公司非常重視產品品質。

句型說明
用於表達對某個事物或行動的堅持和追求。

4. ～が重要である

1. …非常重要
2. このプロジェクトにおいては、スケジュール管理が非常に重要であると考えています。
3. 在這個專案中，我們認為進度管理非常重要。

句型說明
用於表達某個事物或行動的重要性。

5. ～が必要である

1. 需要…
2. この案件においては、迅速な対応が必要であると考えています。
3. 對於這件事，我們認為需要快速處理。

句型說明
用於表達某個事物或行動的必要性。

Unit 14

2000 words

季節性問候與致詞

1. 上司或主顧的季節性問候

□ **おあがりく　ださい**

請進

どうぞおあがりくださいませ。
（進玄關時）請進。

□ **邪魔**（じゃま）

打擾，添麻煩

お邪魔いたします。
打擾了。

□ **座布団**（ざぶとん）

坐墊

どうぞ座布団をお使いください。
敬請於墊上落座。

□ **新年**（しんねん）

新年

ご無沙汰しております。新年おめでとうございます。
好久不見。恭賀新禧。

□ **あけまして　おめでとう　ございます**

恭賀新禧

新年あけましておめでとうございます。本年もよろしくお願い申し上げます。
元旦開春，恭賀新禧。今年也請多加關照。

□ **お慶び**（よろこ）

喜氣

新春のお慶びを申し上げます。
謹致新春賀喜。

□ **祝詞**（しゅくし）

賀辭

謹んで新春のご祝詞を申し上げます。
謹致新春賀辭。

□ **季節**（きせつ）

季節

梅の花もほころぶ季節となりました。
時序進入梅花綻放的季節了。

□ **変わり**（か）

異狀，不正常

皆さんお変わりありませんか。
請問各位是否別來無恙呢？

□ 元気（げん き）
健康
お元気（げん き）でお過（す）ごしのことと存（ぞん）じます。
願您身體健康，每天都能心情愉悅，生活美好。

□ 自愛（じ あい）
珍重，保重
末筆（まっぴつ）ではございますが、お体（からだ）をご自愛（じ あい）くださいませ。
最後敬祈多加珍重。

2. 探病

Track 111

□ 見舞う（み ま）
慰問；探望
佐藤先輩（さ とうせんぱい）、皆（みな）さんからのお見舞（み ま）い状（じょう）をお持（も）ちしました。
佐藤前輩，我把大家慰問信拿來了。

□ 早く（はや）
快，速
早（はや）くよくなりますように、また一緒（いっしょ）に遊（あそ）びましょう。
祝您早日康復，讓我們再一同玩耍享受歡樂時光吧！

□ 大事に（だい じ）
請多保重
お大事（だい じ）にしてくださいね。
請多保重。

□ 避ける（さ）
避開
お見舞（み ま）いの金額（きん がく）は4と9の数字（すう じ）を避（さ）けた方（ほう）が良（よ）いですね。
慰問金最好避開 4 和 9 這兩個數字。

□ どうして
為什麼
どうしてでしょうか。
為什麼呢？

□ 縁起（えん ぎ）
兆頭，吉凶之兆
数字（すう じ）の4は「死（し）」に通（つう）じるし、9は「苦（く）」に通（つう）じるので、縁起（えん ぎ）が悪（わる）いとされています。
數字的 4 發音跟「死」，9 的發音跟「苦」相近，所以不吉利。

検査

□ 検査
けん さ

検査

今回の検査結果は異常なしでした。
こんかい　けん さ　けっ か　　　　い じょう

這次的檢查結果是「一切正常」。

---

3. 請部長當證婚人

□ 晴れ姿
は　　すがた

新娘裝，身著盛裝

当日の（新婦の）晴れ姿を楽しみにしております。
とうじつ　　しん ぷ　　　は　　すがた　たの

真想看妳那天穿新娘裝的樣子。

□ 花嫁
はなよめ

新娘

花嫁様はどちらでしょうか。
はなよめさま

請問新娘是哪一位？

□ 新婦
しん ぷ

新娘

新婦様は台湾の方ですよ。
しん ぷ さま　たいわん　かた

新娘是台灣人呢！

□ 婿
むこ

新郎

お婿さんはイギリス人のようですね。
むこ　　　　　　　　　　じん

新郎好像是英國人唷！

□ 似合う
に　あ

登對，合適

お似合いのカップルですね。お幸せに。
に あ　　　　　　　　　　　　　　しあわ

新郎新娘好登對喔！祝幸福快樂！

□ スタートライン
《starting line》

起跑點

新しい人生のスタートラインに立ったお二人に、心か
あたら　じんせい　　　　　　　　　　　　た　　　ふた り　　こころ
らお祝いを申し上げます。
いわ　　もう　あ

讓我們齊聲祝賀站在人生起跑點上的這對壁人！

□ 独立心
どくりつしん

獨立性

新郎の高橋君は独立心の強い青年で、中学校卒業と同時に
しんろう　たかはしくん　どくりつしん　つよ　せいねん　　ちゅうがっこうそつぎょう　どう じ
一人暮らしを始めました。
ひとり ぐ　　　　　はじ

新郎高橋先生是位個性獨立自主的年輕人，在中學畢業的同時就開始了獨立生活。

□ 安心（あんしん）

放心

A子（エーこ）さんはとてもしっかりとした女性（じょせい）なので、B男（ビーお）さんも安心（あんしん）して家庭（かてい）を任（まか）せられるでしょう。

A子小姐是位非常能幹的女性，想必B男先生也能夠放心地把家裡交給她打理吧。

□ 良（よ）き日（ひ）

黃道吉日

お二人（ふたり）がこの良（よ）き日（ひ）を迎（むか）えられたことを、私（わたし）も大変（たいへん）嬉（うれ）しく思（おも）っております。

在這個吉日良辰，兩位新人攜手共結良緣，我也感到萬分喜悅。

連高手都弄混的職場單字

お言葉ですが（おことばですが）

① 意為「請原諒我直言」或「恕我冒昧」。

② 用於表示尊敬和禮貌，通常在謙虛地提出意見或建議時使用，表示對對方的尊重。

③ 例如：「お言葉（ことば）ですが、その計画（けいかく）は再検討（さいけんとう）が必要（ひつよう）だと思（おも）います。」（雖然冒昧，但我認為那個計劃需要重新審查。）

差し出がましい（さしだしがましい）

① 意為「冒昧的」、「唐突的」或「不知趣的」。

② 表示自己的行為可能過於主動或冒昧，可能讓對方感到不適。

③ 例如：「差（さ）し出（だ）がましいですが、私（わたし）の意見（いけん）を聞（き）いていただけますか。」（雖然冒昧，但可以聽聽我的意見嗎？）

折り入って（おりいって）

① 意為「考慮到情況」、「照顧對方的立場」或「謹慎地請求」。

② 通表示向對方請求某事或提出某種要求前，先對對方表示敬意，詢問對方是否方便，並請求對方將自己的情況納入考慮。

③ 例如：「折（お）り入（い）って、明日（あした）の会議（かいぎ）に出席（しゅっせき）できないか相談（そうだん）したいと思（おも）います。」（考慮到情況，我想請教一下是否能缺席明天的會議。）

職場高手必備200句型

「陳述類似性」句型

1. ～に似ている

句型說明

1. 和…相似
2. この音楽は、西洋の音楽に似ている。
3. 這種音樂與西洋音樂相似。

用來表示某個事物與另一個事物相似。

2. ～と同じである／同様である

句型說明

1. 和…相同／類似
2. このデザインは、以前作ったものと同じである。
3. 這個設計與之前做的一樣。

用來表示兩個事物是一樣的或者非常相似。

3. ～と共通している

句型說明

1. 和…有共通之處
2. この二つの産業は、人材不足という点で共通している。
3. 這兩個行業在人才短缺方面存在共通點。

用來表示兩個或多個事物之間存在共通點。

4. ～と類似している／似ている／同様である

句型說明

1. 和…相似／類似／同様
2. この商品は、競合製品と類似している。
3. 這個產品與競爭產品相似。

這個句型用來比較兩個事物之間的相似之處。

5. ～に近い／近似している

句型說明

1. 接近…／近似於…
2. この料理は、イタリア料理に近い。
3. 這道菜與義大利菜相似

用來表示某個事物與另一個事物相似，但不完全相同。

Unit 15

2000 words

求職新鮮人

1. 找工作、打電話詢問職缺

□ 応募
おう ぼ

應徵

貴社の求人誌を見て、応募したいと思い、お電話を差し上げました。

我看到了貴公司的徵才啟事，因此致電應徵。

□ 求人
きゅうじん

徵才

すみません。貴社の求人内容について、何点かお伺いしたいのですが。

抱歉打擾了，我對貴公司的徵才內容有幾個疑問想要請教。

□ 募集
ぼ しゅう

徵集

現在もまだ募集を行っていますでしょうか。

請問貴公司現在還在招募人員嗎？

□ 経験
けいけん

經驗

販売員の経験がないのですが、問題ないでしょうか。

我沒有當過推銷員，不知道這樣是否符合資格？

□ 職員
しょくいん

人員

事務職員の募集は行っていますか。

貴公司是否也在招募行政人員呢？

□ 欠員
けついん

缺人，缺額

欠員が出た場合、ご連絡いただくことは可能でしょうか。

如果貴公司有職缺需要填補，能否與我聯繫呢？

□ 勤務
きん む

工作

具体的な勤務内容について、簡単にご説明いただけますか。

能否請您簡要說明一下具體的工作內容呢？

□ 出勤
しゅっきん

上班

仮に採用された場合、いつから出勤することになりますか。

如果我被錄用了，請問從何時開始上班呢？

□ 使う
つか

使用

日々の仕事で日本語を使う機会はありますか。

在平常的工作中，需要使用日文嗎？

□ **求人欄**
きゅうじんらん

徴人啟事

求人欄には年齢が 30 歳までと記載されています。来月
31 歳になるのですが、応募してもよいでしょうか。
徵人啟事中提到年齡限制是 30 歲，但是我下個月就要滿 31 歲了，請問我還能應徵嗎？

□ **アルバイト**
《（德）Arbeit》

兼職工作

夏休み期間中だけでもアルバイトの応募は可能でしょうか。
我想要應徵兼職工作，是否可以只在暑假期間上班呢？

□ **資格**
しかく

資格

会計士の資格を持っていますが、それを生かせる仕事は
ありますか。
我持有會計師資格，請問對這份工作是否有所幫助？

□ **程度**
ていど

程度

英語が必要とされていますが、日常会話程度でも問題あ
りませんか。
在徵人啟事中提到需要懂英文，但如果我只具備日常會話程度，是否符合要求呢？

□ **パート**
《part time 之略》

打工（パートタイム之略）

午前中のみのパートを考えていますが、応募してもよろ
しいでしょうか。
我希望只在上午時段工作，這樣可以應徵嗎？

□ **採用**
さいよう

錄取

何名ほど採用される予定があるのでしょうか。
請問貴公司大約預計錄取多少人呢？

□ **フルタイム**
《full time》

全職（工作）

フルタイムではなく、パートタイムの募集もあるのでしょ
うか。
除了徵求全職員工，貴公司是否也在招募兼職人員呢？

□ **夕方**
ゆうがた

傍晚

夕方以降の勤務も募集していますか。
有沒有招募從傍晚開始上班的工作呢？

□ **社員**
しゃいん

公司職員

勤務地が 3 カ所書いてありますが、大塚市の支店でも社
員を募集していますか。
在徵人啟事中提到有 3 個上班地點，那麼位於大塚市的分店是否也在招募職員呢？

□ 審査
しんさ

審査

書類選考の審査結果は、大体いつ頃に通知がありますか。
しょるいせんこう　しんさけっか　　　だいたい　　　ごろ　つうち

請問書面審查的結果大約需要多久時間才能知道呢？

□ 要項
ようこう

項目，事項

希望者は、案内書に記載された要項に従って申し込ん
きぼうしゃ　あんないしょ　きさい　　　ようこう　したが　　もう　こ
でください。

應徵者請務必遵守注意事項進行申請。

□ 上記
じょうき

上述

性別、生年月日などは上記の通り申請します。
せいべつ　せいねんがっぴ　　　じょうき　とお　しんせい

申請時請按照上述內容填寫性別、出生年月日等個人信息。

□ 取り消す
と　け

取消

単位不足で卒業できず、就職先から内定を取り消されま
たんい ぶそく　そつぎょう　　　しゅうしょくさき　ないてい　と　け
した。

因為學分未滿無法畢業，一位原本已經內定錄取的應徵者不得不失去了工作機會。

□ キャリア
《career》

經驗，履歷

彼女はキャリア形成のため、外資系の企業に転職しま
かのじょ　　　けいせい　　　がいしけい　きぎょう　てんしょく
した。

為了積累工作經驗，她轉而加入了一家外商公司工作。

2. 安排面試、敲定時間

Track　114

□ 筆記試験
ひっきしけん

筆試

筆記試験の合格者には、面接の日程調整のご案内を郵
ひっきしけん　ごうかくしゃ　　　めんせつ　にっていちょうせい　　あんない　ゆう
送します。
そう

筆試合格者，將會接到面試的郵寄通知。

□ 実施
じっし

舉行

来週、一次面接を実施したいと考えていますが、お時
らいしゅう　いちじめんせつ　じっし　　　かんが
間はいかがでしょうか。
かん

我們打算在下星期舉行第一階段面試，請問您是否有空前來？

□ 面接
めんせつ

面試

一次面接は、グループでの面接になります。
いちじめんせつ　　　　　　　　めんせつ

第一階段面試將以集體方式進行。

□ 持参する
じ さん

帯去（來），自備

面接時に必要なものはありますか。何か持参するものが
あればお知らせください。

面試時是否需要準備特定物品？如果需要攜帶任何物品，請告知。

□ 案内書
あんないしょ

通知書

一次試験の案内書をお持ちいただければ結構です。

只需要攜帶第一階段面試的郵寄通知書即可。

□ 開始
かい し

開始

面接開始の10分前までに、弊社にお越しください。

請在開始面試的10分鐘前抵達敝社即可。

□ 手配する
て はい

安排

当社で面接の日程を手配しましたが、ご都合が悪い場合
はご連絡ください。

面試的日期與時間已由本公司做了安排，如果無法依時出席，請與我們聯繫。

□ 日程
にってい

日期

面接の日程を変更していただけますか。

請問面試日期可否更改呢？

□ 変更
へんこう

異動

面接の日時が変更になりましたので、ご連絡差し上げます。

由於面試的日期與時間有所異動，僅此通知。

□ 当社
とうしゃ

本公司

当日は、当社の受付で伊藤さんにつなぐようお伝えくだ
さい。

當天請您告知本公司的櫃檯人員已與伊藤有約。

□ 事前
じ ぜん

提前

もし面接に来ることができない場合は、事前にご連絡く
ださい。

假如無法前來面試，請提前聯繫告知。

□ 結果
けっ か

結果，結局

面接の結果は、いつご連絡いただけますでしょうか。

請問什麼時候可以知道面試的結果呢？

□ **書面**
しょめん

書面文書

面接の結果については、1週間以内に書面でお知らせ
めんせつ　けっか　　　　　　　　しゅうかん　い ない　しょめん　　し
します。

關於面試的結果，我們會在一週內以書面通知您。

□ **控え室**
ひか　しつ

等候室

控え室でお待ちください。
ひか　しつ　　　　ま

請坐在等候室內稍等片刻。

□ **呼ぶ**
よ

叫喚

お名前を呼びますので、呼ばれた方は面接室にお入り
な まえ　よ　　　　　　　　よ　　　　かた　めんせつしつ　　　　はい
ください。

我們會按照名字叫號，請被叫到的人進入面試室。

---

3. 職場面試與回答

Track 115

□ **動機**
どう き

動機

貴殿がわが社に応募した動機は何ですか。
き でん　　　　しゃ　おう ぼ　　どう き　なん

請問您來本公司應徵的動機是什麼？

□ **関心**
かんしん

感興趣；關心

私は以前から製菓業界に関心を持っており、そのため
わたし　い ぜん　　　せい か ぎょうかい　かんしん　も
応募しました。
おう ぼ

我一直對糕點製造業很感興趣，所以才決定應徵此職。

□ **共感**
きょうかん

共鳴

私は貴社の社訓に強く共感し、その考え方に共鳴した
わたし　き しゃ　しゃくん　つよ　きょうかん　　　　かんが　かた　きょうめい
ため応募いたしました。
おう ぼ

我對貴公司的企業宗旨深感共鳴，所以我才決定應徵此職。

□ **活動**
かつどう

活動

学生時代には、社会活動として○○に参加していました。
がくせい じ だい　　　　しゃかいかつどう　　　　　　　さん か

學生時代曾參加過○○社會活動。

□ **時代**
じ だい

時代

大学時代、家庭教師のアルバイトをしていたことがあ
だいがく じ だい　か ていきょうし
ります。

我曾在大學時期兼職當過家教老師。

□ 学ぶ
まな

學習

アルバイトを通じて、コミュニケーション能力やサービ
ス精神などを学びました。

透過打工，我學到了溝通能力、服務精神等方面的技能和素養。

□ イメージ
《image》

印象

貴社については、常に時代の最前線を行く技術企業であ
るイメージがあります。

我對貴公司的印象一直是，它是一家走在時代最尖端的技術企業。

□ 最前線
さいぜんせん

最前線，第一線

創業から現在まで、貴社は常に時代の最前線で技術を開
発し続けていると思われます。

我對貴公司的印象是，自從創立至今，一直在不斷地研發引領時代的最新技術。

□ 定時
てい じ

準時下班

繁忙期には定時に退社できない場合があるかと思います
が、そのような時にもフレキシブルに対応できる柔軟性
があると考えております。

在忙碌的時期，可能無法按時下班。然而，我相信在這樣的情況下，對於擁
有彈性和靈活性的應徵者而言，能夠靈活地應對此類情況是非常重要的。

□ 自信
じ しん

信心，把握，自信

私は体力に自信がありますので、貴社の仕事に取り組むこ
とができます。

我對自己的體力很有信心，我能夠應對長時間的工作壓力，不會有問題的。

□ 部署
ぶ しょ

部門

希望する部署に配属されなかった場合、どのように対処
しますか。

如果您無法被分配到理想的部門，您會有何反應？

□ 命じる
めい

分派，命令，任命

海外勤務を命じられることがあるかもしれませんが、そ
れについては問題ありませんか。

如果被分派到國外工作，您會有困難嗎？

□ 生かせる
い

發揮

自分の日本語力を生かせる仕事に就きたいと考えています。

我希望能夠從事可以發揮我的日文專長的工作。

□ 入社
にゅうしゃ

進入公司

当社に入社したら、どんな仕事に挑戦してみたいですか。

如果您加入了我們的公司，有哪些工作挑戰是您想要嘗試的呢？

□ 携わる
<ruby>携<rt>たずさ</rt></ruby>わる

參與，從事

<ruby>自<rt>じ</rt></ruby><ruby>分<rt>ぶん</rt></ruby>の<ruby>専<rt>せん</rt></ruby><ruby>門<rt>もん</rt></ruby><ruby>分<rt>ぶん</rt></ruby><ruby>野<rt>や</rt></ruby>である IT チップの<ruby>研<rt>けん</rt></ruby><ruby>究<rt>きゅう</rt></ruby><ruby>開<rt>かい</rt></ruby><ruby>発<rt>はつ</rt></ruby>に<ruby>携<rt>たずさ</rt></ruby>わりたいと<ruby>思<rt>おも</rt></ruby>っています。
我希望從事與我的資訊科技專長相關的研發工作。

□ 長所
<ruby>長<rt>ちょう</rt></ruby><ruby>所<rt>しょ</rt></ruby>

優點

あなた<ruby>自<rt>じ</rt></ruby><ruby>身<rt>しん</rt></ruby>の<ruby>長<rt>ちょう</rt></ruby><ruby>所<rt>しょ</rt></ruby>と<ruby>短<rt>たん</rt></ruby><ruby>所<rt>しょ</rt></ruby>を<ruby>教<rt>おし</rt></ruby>えてください。
請列舉您的優點和缺點。

□ 短所
<ruby>短<rt>たん</rt></ruby><ruby>所<rt>しょ</rt></ruby>

缺點

<ruby>粘<rt>ねば</rt></ruby>り<ruby>強<rt>つよ</rt></ruby>さが<ruby>長<rt>ちょう</rt></ruby><ruby>所<rt>しょ</rt></ruby>ですが、<ruby>時<rt>とき</rt></ruby>に<ruby>頑<rt>がん</rt></ruby><ruby>固<rt>こ</rt></ruby>に<ruby>取<rt>と</rt></ruby>り<ruby>組<rt>く</rt></ruby>みすぎて<ruby>柔<rt>じゅう</rt></ruby><ruby>軟<rt>なん</rt></ruby><ruby>性<rt>せい</rt></ruby>が<ruby>欠<rt>か</rt></ruby>けることがあります。それが<ruby>短<rt>たん</rt></ruby><ruby>所<rt>しょ</rt></ruby>だと<ruby>思<rt>おも</rt></ruby>います。
我的優點是堅持到底的態度；缺點是過於頑固，有時較不容易妥協。

□ 総合職
<ruby>総<rt>そう</rt></ruby><ruby>合<rt>ごう</rt></ruby><ruby>職<rt>しょく</rt></ruby>

綜合職

<ruby>総<rt>そう</rt></ruby><ruby>合<rt>ごう</rt></ruby><ruby>職<rt>しょく</rt></ruby>を<ruby>希<rt>き</rt></ruby><ruby>望<rt>ぼう</rt></ruby>する<ruby>理<rt>り</rt></ruby><ruby>由<rt>ゆう</rt></ruby>を<ruby>教<rt>おし</rt></ruby>えてください。
請說明您希望應徵綜合職的理由。

□ 年収
<ruby>年<rt>ねん</rt></ruby><ruby>収<rt>しゅう</rt></ruby>

年薪

<ruby>希<rt>き</rt></ruby><ruby>望<rt>ぼう</rt></ruby>される<ruby>年<rt>ねん</rt></ruby><ruby>収<rt>しゅう</rt></ruby>はいくらですか。
請問您期望的年薪大約是多少呢？

□ 勤務地
<ruby>勤<rt>きん</rt></ruby><ruby>務<rt>む</rt></ruby><ruby>地<rt>ち</rt></ruby>

上班地點

どの<ruby>勤<rt>きん</rt></ruby><ruby>務<rt>む</rt></ruby><ruby>地<rt>ち</rt></ruby>をご<ruby>希<rt>き</rt></ruby><ruby>望<rt>ぼう</rt></ruby>ですか。
您希望的上班地點是哪裡呢？

□ こだわり

堅持，拘泥

できれば<ruby>地<rt>じ</rt></ruby><ruby>元<rt>もと</rt></ruby>の<ruby>大<rt>おお</rt></ruby><ruby>阪<rt>さか</rt></ruby>が<ruby>希<rt>き</rt></ruby><ruby>望<rt>ぼう</rt></ruby>ですが、<ruby>特<rt>とく</rt></ruby>に<ruby>強<rt>つよ</rt></ruby>いこだわりはありません。
如果可能的話，我希望能在故鄉大阪工作，但我對工作地點沒有特別堅定的要求。

□ 質問
<ruby>質<rt>しつ</rt></ruby><ruby>問<rt>もん</rt></ruby>

質問，問題

<ruby>最<rt>さい</rt></ruby><ruby>後<rt>ご</rt></ruby>に、<ruby>何<rt>なに</rt></ruby>か<ruby>質<rt>しつ</rt></ruby><ruby>問<rt>もん</rt></ruby>はありますか。
在結束之前，您還有其他的問題嗎？

□ 確保
<ruby>確<rt>かく</rt></ruby><ruby>保<rt>ほ</rt></ruby>

確保，確實保住

<ruby>車<rt>くるま</rt></ruby>で<ruby>通<rt>つう</rt></ruby><ruby>勤<rt>きん</rt></ruby>する<ruby>場<rt>ば</rt></ruby><ruby>合<rt>あい</rt></ruby>、<ruby>駐<rt>ちゅう</rt></ruby><ruby>車<rt>しゃ</rt></ruby><ruby>場<rt>じょう</rt></ruby>は<ruby>確<rt>かく</rt></ruby><ruby>保<rt>ほ</rt></ruby>できますか。
如果我開車上班，請問有無停車位呢？

□ **正社員**
せいしゃいん

正式員工

何年か勤務した後、正社員に昇格することができますか。
なんねん きんむ あと せいしゃいん しょうかく

如果我在公司工作了幾年，是否可以晉升為正式員工？

□ **将来**
しょうらい

未來

将来的に転勤の可能性がありますか。
しょうらいてき てんきん か のうせい

請問未來有可能會被調職到外地嗎？

□ **福利**
ふくり

福利

恐れ入りますが、貴社の福利厚生はどのようになっ
おそ い きしゃ ふくりこうせい
ていますか。

請恕我冒昧問一下，貴公司提供哪些員工福利？

□ **育児休暇**
いくじきゅうか

育嬰假

育児休暇を取得することができますか。
いくじきゅうか しゅとく

請問能不能請育嬰假呢？

□ **手当**
て あて

補助，津貼

資格手当は支給されますか。
しかくてあて しきゅう

為了提高專業技能而學習，貴公司是否提供這樣的學習津貼呢？

□ **来場**
らいじょう

到場，出席

ご来場の際には、筆記用具をお持ちください。
らいじょう さい ひっきようぐ も

入場時請自備書寫用品。

□ **有無**
う む

有無；可否

熱意があるかどうかを見ており、経験の有無は二の次です。
ねつい み けいけん う む に つぎ

相較於經驗，我們更注重熱忱。

□ **協調**
きょうちょう

協調，合作

企業内での人間関係には協調性が求められます。
きぎょうない にんげんかんけい きょうちょうせい もと

企業的人際關係講求協調與合作。

□ **高度**
こうど

高度的

最前線の現場では高度な判断力が必要とされます。
さいぜんせん げんば こうど はんだんりょく ひつよう

在一線工作的員工必須具備精確的判斷力。

□ 弱点（じゃくてん）

弱點

彼（かれ）には責任感（せきにんかん）に欠（か）けるという弱点（じゃくてん）があると言（い）えます。

他的缺點是缺乏責任感。

□ 景気（けいき）

景氣，經濟形勢

景気（けいき）が良（よ）くなると、人手不足（ひとでぶそく）に陥（おちい）り、安（やす）くて優秀（ゆうしゅう）な新卒（しんそつ）を求（もと）める傾向（けいこう）がありますね。

景氣好轉時，人手會不足，企業會希望以較低的薪酬僱用優秀的應屆畢業生。

連高手都弄混的職場單字

番（ばん）

① 有「班，輪班」意思。

② 在這裡是「人或團體中的輪流職務或責任」。

③ 例如：「展覧会（てんらんかい）の案内（あんない）をする番（ばん）を決（き）めましょう。」（讓我們決定輪流負責展覽會的導覽工作的人或團體。）

練る（ねる）

① 有「精煉、琢磨或打磨」的意思。

② 表示對某事物進行深入思考、反覆練習、改進和完善。

③ 例如：「今度（こんど）のプレゼンテーションでは、話（はな）す内容（ないよう）を十分（じゅうぶん）に練（ね）ることで、より説得力（せっとくりょく）を持（も）たせましょう。」（在這次的演示中，通過進行充分的準備和改善內容，來增加說服力。）

有り体（ありてい）

① 意為「坦率地」、「直截了當地」、「毫不客氣地」。

② 用來形容一種直接、坦率、樸實無華的表達方式。它通常用於描述語言、態度或行為表現得簡單明了、易於理解，不加修飾或過多的繁文縟節。

③ 例如：「今日（きょう）の会議（かいぎ）では、新（あたら）しいプロジェクトについて有（あ）り体（てい）に意見（いけん）を交換（こうかん）しましょう。」（在今天的會議上，讓我們坦誠地交流關於新項目的意見。）

Unit 16

2000 words

描述職場實況

1. 職場凌霸

□ 八つ当たり
や　あ

出氣發洩

今朝、部長が伊藤くんに八つ当たりをしたらしいそう
です。
聽說今天早上，經理拿伊藤出氣發洩。

□ パワーハラス
メント《(和)
power+
harassment》

職權騷擾

それは明らかなパワーハラスメントですね。
這明顯是一種權力騷擾的行為！

□ おびえる

害怕，遠而避之

みんな、お局さんに怯えているんです。
大家都對公司裡的武則天都避而遠之。

□ 緊張する
きんちょう

緊張

部長が部屋に入ってくると、皆緊張して表情が固くな
ります。
只要經理一踏進房間裡，大家便會露出緊張的神色。

□ うかがう

觀察，察看情況

佐藤さんの様子を伺いながら仕事をするのは疲れます。
工作時得看著佐藤女士的臉色，令人疲憊不堪。

□ 怒り出す
おこ　だ

生氣，發起脾氣來

社長はいきなり怒り出すので、社員はおののいています。
社長經常突然暴跳如雷，員工們無不膽戰心驚。

□ お局さん
つぼね

資深女職員

お局さんが先週から口を利いてくれないそうです。
公司裡的武則天從上週開始就對人不理不睬了。

□ 誘われる
さそ

被邀請

鈴木さんだけ、社員旅行に誘われなかったという話が
あります。
聽說只有鈴木小姐沒被邀去參加員工旅遊。

□ 逆らう
さか

違抗

部長の言うことには、決して逆らえないんです。
經理說出口的事是絕不能違抗的。

□ 資料（しりょう）
資料
資料を渡したのに、見てもらえなかったそうです。
我已經把資料交給對方了，他卻連看都沒看。

□ 呼び出す（よびだす）
叫去，叫出來
部長からいつ呼び出されるか分からないので、緊張しています。
不曉得什麼時候會被經理叫去。好緊張。

□ 任す（まかす）
委托，托付
もう誰も私に仕事を任せてくれないんです。
現在已經沒有人會把工作交給我做了。

□ 雰囲気（ふんいき）
氣氛
斉藤さんがいると、職場の雰囲気が急に重くなります。
只要齊藤小姐在場，職場的氣氛就會突然變得沉重起來。

□ 辛い（つらい）
痛苦，難受，心情沮喪
会社に行かなければいけないと思うと、辛くて苦しいです。
只要一想到非得去公司上班不可，心情就非常沮喪。

□ 異動（いどう）
調動
状況がひどいので、部署異動を希望しています。
因為實在無法忍受，我打算申請調到其他部門。

□ 嫌がらせ（いやがらせ）
（被）挖苦嘲諷
上司から嫌がらせを受けているけど、どうすればいいのか分からないです。
上司總是對我挖苦嘲諷，我不知道應該怎麼辦才好？

□ 派手（はで）
花俏，鮮豔，招搖
新入社員は、服装が派手すぎないように気をつけた方が良いです。
新進社員應注意不要穿得太過花哨。

□ 人間関係（にんげんかんけい）
人際關係
職場の人間関係は複雑ですね。
職場上的人際關係真的很複雜。

□ 鬱病
うつびょう

憂鬱症

職場でのいじめにより、鬱病になってしまったそうです。

她在職場上遭受了霸凌，並罹患了憂鬱症。

2. 正職人員

Track 117

□ 内定
ないてい

內定，預定錄用

第一志望の企業から内定をいただきました。
だいいちしぼう　　きぎょう　　　ないてい

我的第一志願企業已經決定要錄用我了。

□ 配属
はいぞく

分派

営業部に配属されることになったそうです。
えいぎょうぶ　　はいぞく

看起來我可能會被分派到業務部門。

□ 新入社員
しんにゅうしゃいん

新進員工

最初の 1 ヶ月は新入社員研修に参加する必要があるそ
さいしょ　　げつ　しんにゅうしゃいんけんしゅう　さんか　　ひつよう
うです。

聽說第一個月必須參加新員工研修。

□ 手取り
てど

（ 除掉稅款和各種費用後的 ）實收額，純收入；淨薪資

手取りの給料はいくらですか。
てど　　きゅうりょう

請問實際到手的薪資是多少呢？

□ ボーナス
《bonus》

獎金

年に 2 回ボーナスが支給されるそうです。
ねん　　かい　　　　　　　　　しきゅう

據說每年會分發兩次獎金。

□ 有給休暇
ゆうきゅうきゅうか

有薪假，支薪休假

有給休暇は何日間もらえますか。
ゆうきゅうきゅうか　　なんにちかん

請問公司提供多少天的有薪休假？

□ 昇進
しょうしん

升職，升進

昇進おめでとうございます。
しょうしん

恭喜您高陞！

□ **売り上げ**
うりあげ

營業額

鈴木さんは毎月売り上げトップです。
すずき　　まいつきう　あ

鈴木小姐的每月營業額都高居全公司之冠。

□ **歩合制**
ぶあいせい

業績制

当社の給与は歩合制です。
とうしゃ　きゅうよ　ぶあいせい

我們公司的薪資採用業績制。

□ **福利**
ふくり

福利

給与は低いですが、福利厚生は充実しています。
きゅうよ　ひく　　　　ふくりこうせい　じゅうじつ

雖然薪資不高，但福利非常優厚。

□ **転職**
てんしょく

換工作

3年から5年で転職する人が多いそうですよ。
ねん　　　ねん　てんしょく　　ひと　おお

工作 3 至 5 年後，很多人會考慮換工作。

□ **左遷**
させん

降職

課長は地方に左遷されることになったそうです。
かちょう　ちほう　させん

聽說課長可能會被降職到鄉下去。

□ **出向**
しゅっこう

派赴；調職

4月から関連会社に1年間出向することになりました。
がつ　　かんれんがいしゃ　　ねんかんしゅっこう

從 4 月起，我將被轉派到關係企業工作 1 年。

□ **プロジェクト**
《project》

計畫

5人チームで一つのプロジェクトを進めています。
にん　　　　ひと　　　　　　　　　　すす

我們以 5 人小組的形式推進一個專案。

□ **提出**
ていしゅつ

提交

明日までに企画書を提出しなければなりません。
あした　　　きかくしょ　ていしゅつ

必須在明天之前提交企劃書。

□ **却下**
きゃっか

駁回，退回；不受理

私の提案は却下されました。
わたし　ていあん　きゃっか

我的提案被否決了。

□ 繁忙期（はんぼう き）
旺季
繁忙期のため、毎日帰宅は 11 時過ぎになっています。
由於繁忙期的關係，每天都會過了 11 點才能回家。

□ 出勤（しゅっきん）
上班
月に 1、2 回は休日出勤しています。
每個月都需要工作日以外的日子加班 1、2 次。

□ 代休（だいきゅう）
（在休息日工作換來的）補休
明日、代休をいただけますか。
請問明天可以調休嗎？

□ プレゼンテーション
《presentation》
簡報
明日は販売戦略についてのプレゼンテーションを行うことになっています。
明天我們將進行有關銷售策略的簡報。

□ 外回り（そとまわ）
在外跑業務
今週はずっと外回りばかりです。
本週我們一直在外出工作。

□ ミーティング
《meeting》
開會
3 時からミーティングを行います。
我們將於下午 3 點開始舉行會議。

□ パッケージ
《package》
產品包裝
パッケージの打ち合わせに行ってきます。
我將前往參加包裝設計的商談會議。

□ 人事異動（じんじ いどう）
人事異動
明日、人事異動が発表されます。
明天就要公布人事異動的消息了。

□ 海外勤務（かいがいきん む）
海外工作
海外勤務を命じられました。
我被派往國外工作。

□ 駐在
ちゅうざい

派駐
3年間、イギリスに駐在することになりました。
ねんかん　　　　　　　　　　　　ちゅうざい
我將被派駐到英國 3 年。

□ 定年退職
ていねんたいしょく

屆齡退休
来年、定年退職する予定です。
らいねん　ていねんたいしょく　よてい
我明年將會屆齡退休。

□ 育児休暇
いくじきゅうか

育嬰假
子どもが生まれたら、育児休暇を取るつもりです。
こ　　　　う　　　　　　いくじきゅうか　と
我打算在孩子出生後請育嬰假。

□ 復帰
ふっき

復職
1年間産休を取っていましたが、来月から職場復帰します。
ねんかんさんきゅう　と　　　　　　　　らいげつ　　しょくばふっき
我已經請了 1 年的產假，下個月就要回去上班了。

3. 打工、計時人員

Track 118

□ 駅前
えきまえ

車站前
駅前のスーパーでアルバイトしています。
えきまえ
我目前在車站前的超市打工。

□ 時給
じきゅう

時薪
時給 850 円でアルバイトしませんか。
じきゅう　　えん
有一個時薪 850 圓的工作，你感興趣嗎？

□ パート
《part time》

零工，部分工時勞動，兼差
週3回、パートで働いています。
しゅう　かい　　　　　はたら
每個星期都要出去打工 3 天。

□ 貯金
ちょきん

儲蓄
稼いだお金は、子どものために貯金しています。
かせ　　　かね　　こ　　　　　　　　ちょきん
打工賺來的錢都是為了小孩而存起來。

□ 家事 (かじ)
家務
パートに出ても、今まで通り家事をしています。
即使出去打工，我仍然像以前一樣操持家務。

□ シフト 《shift》
班表
今週のシフトはどんな感じですか。
這星期的班表排得怎麼樣呢？

□ 調整 (ちょうせい)
調整
子どものお迎えがあるので、4時に帰れるようにシフトを調整してもらった。
由於我必須去接小孩，所以請主管幫忙調整了班表，以便能在4點鐘下班。

□ 土日 (どにち)
星期六、日，六日
土日にバイトすると、時給が50円上がるよ。
如果在週六、週日兼差上班，時薪會增加50圓唷。

□ まかない
員工膳食
レストランで働いているので、まかないが出ます。
因為在餐廳工作，所以有提供員工餐。

□ 交通費 (こうつうひ)
交通費
すみません、交通費は出ますか。
請問你們是否提供交通津貼呢？

□ お勧め (おすすめ)
推薦
主婦にお勧めのパートってどんなものがありますか。
對於家庭主婦而言，有哪些推薦的兼職工作呢？

□ 短期 (たんき)
短期
夏休みの短期期間限定アルバイトもあります。
有些兼職工作只限於暑假期間。

□ 泊まり込み (とまりこみ)
住宿打工
スキー場で泊まり込みのアルバイトをした経験があります。
我曾經有過在滑雪場擔任住宿式兼職工作的經歷。

□ **副収入**
ふくしゅうにゅう

副業收入

週末にアルバイトをして、副収入を得ています。
しゅうまつ　　　　　　　　　　　　　　　　ふくしゅうにゅう　　え

我在週末打工賺取額外收入。

□ **生活費**
せいかつ ひ

生活費

パート収入は生活費に充てています。
しゅうにゅう　せいかつ ひ　あ

我將兼差的收入當作生活費。

□ **未経験者**
み けいけんしゃ

不具相關經驗者

未経験者の方も、丁寧に指導しますのでご安心ください。
み けいけんしゃ　かた　ていねい　しどう　　　　　　あんしん

即使是無經驗者，我們也會細心指導，請放心。

□ **日給**
にっきゅう

日薪

大学入試の試験監督のアルバイトをしたことがあります
だいがくにゅうし　しけんかんとく
が、日給は1万円でした。
にっきゅう　まんえん

我曾經擔任過大學入學考試的監考兼職工作，日薪為一萬圓。

□ **求人情報**
きゅうじんじょうほう

徵人廣告

パートの求人情報はどこで入手できますか。
きゅうじんじょうほう　　　　　にゅうしゅ

請問在哪裡可以獲得兼職招聘資訊呢？

□ **仕分け**
し わ

分類

年末には、郵便局で年賀状仕分けのアルバイト募集があ
ねんまつ　　　ゆうびんきょく　ねん が じょうし わ　　　　　　　　ぼしゅう
る場合があります。
ば あい

年底時，郵局有時會招募負責年賀狀分類的兼職工作。

4. 派遣人員、契約社員

Track 119

□ **派遣会社**
は けんがいしゃ

派遣公司

派遣会社に登録しました。
は けんがいしゃ　とうろく

我去派遣公司登錄了。

□ **派遣先**
は けんさき

派遣的任職公司

明日は、派遣先の企業で面接を受ける予定です。
あした　　は けんさき　きぎょう　めんせつ　う　　よてい

明天我要去派遣的公司參加面試。

□ 終了（しゅうりょう）

届滿，終了

来月で派遣期間が終了します。
（らいげつ　はけんきかん　しゅうりょう）

派遣期約將於下個月屆滿。

□ 期間（きかん）

期間，期限

私の雇用期間は1年間です。
（わたし　こようきかん　ねんかん）

我的簽約時間是一年。

□ 契約社員（けいやくしゃいん）

派遣員工

契約社員から正社員になることはできますか。
（けいやくしゃいん　せいしゃいん）

請問能夠從派遣員工轉換為正式員工嗎？

□ デメリット
《demerit》

壞處，缺點

派遣社員にはデメリットがあるのでしょうか。
（はけんしゃいん）

派遣員工是否存在缺點呢？

□ 不安定（ふあんてい）

不穩定

収入が不安定なため、結婚ができません。
（しゅうにゅう　ふあんてい　けっこん）

由於收入不穩定，所以無法結婚。

□ 傾向（けいこう）

趨勢

最近は契約社員の数が増加する傾向にあります。
（さいきん　けいやくしゃいん　かず　ぞうか　けいこう）

近年來，約聘員工的數量呈現上升趨勢。

□ 非正規（ひせいき）

非正式

契約社員や派遣社員は、非正規の雇用形態です。
（けいやくしゃいん　はけんしゃいん　ひせいき　こようけいたい）

不論是約聘員工、或是派遣員工，都不是公司的正式職員。

□ 待遇（たいぐう）

待遇

待遇は正社員とは異なります。
（たいぐう　せいしゃいん　こと）

他們的待遇和正式職員不同。

□ 仕事量（しごとりょう）

工作量

仕事量を考慮しても、契約社員は正社員と同じ仕事量
をこなしています。
（しごとりょう　こうりょ　けいやくしゃいん　せいしゃいん　おな　しごとりょう）

即使是約聘人員，其工作量仍與正式職員相同。

かくさ 格差	差距；等級差別
	せいしゃいん けいやくしゃいん ねんしゅう おお かくさ 正社員と契約社員の年収には大きな格差があります。 正式職員與約聘人員的年收入相差甚多。

こうしん 更新	更改
	こうしん けいやく き かん えんちょう 更新することで、契約期間を延長することができます。 公司亦可更改約聘期限。

ふく り こうせい 福利厚生	福利待遇
	ふく り こうせい けいやくしゃいん かた せい ど てき 福利厚生について、契約社員の方はどのような制度が適 よう 用されていますか。 請問約聘人員的福利項目與健康保障有哪些呢？

しゅうしょくさき 就職先	工作的地方
	しゅうしょくさき み つぎ も さく 就職先を見つけるために、次のキャリアステップを模索 しなければなりません。 為了順利就職，必須探索之後的工作規劃。

つぎ 次	下一個
	つぎ あんけん ぎんこう は けんぎょう む 次の案件として、銀行での派遣業務があります。 我下一份派遣工作是在銀行上班。

しつぎょう ほ けん 失業保険	失業保險
	は けんしゃいん しつぎょう ほ けん じゅきゅう 派遣社員でも失業保険を受給できるそうです。 聽說即使是派遣人員也可以申領失業保險。

5. SOHO 族、自由業

Track 120

ほんやく 翻訳	翻譯
	わたし じ たく ほんやく し ごと 私は自宅で翻訳の仕事をしています。 我在家裡從事翻譯工作。

しゅっきん 出勤	出門上班
	しゅっきん ひつよう し ごと らく 出勤の必要がないので、仕事が楽ですよ。 不需要出門上班，感覺很輕鬆。

□ ペース《pace》

進度

ペースを守れば、自分のペースで仕事ができます。締め切りさえ守っていれば良いです。

只要趕得上截稿期限，就可以自己安排工作進度。

□ フリージャーナリスト《free+journalist》

新聞媒體自由工作者

私の兄はフリージャーナリストです。

家兄是新聞媒體自由工作者。

□ 通訳者

口譯人員

私はフリーランスの通訳者として働いています。

我是一位自由口譯者。

□ 開拓

開發

自分で顧客を探さなければならないので、開拓が必要です。

必須親自開發客源。

□ 選択肢

選擇項目

インターネットの発達により、職業の選択肢が増えました。

由於網路發達，職業的選擇項目也增多了。

□ ピンからキリまで

有人日進斗金，也有人囊空如洗

フリーランスの収入はその人の能力によるので、ピンからキリまでです。

自由譯者的收入因各人能力而異。有人日進斗金，也有人囊空如洗。

□ 確定申告

確定報稅

確定申告は自分で行います。

所得稅也得由自己申報。

□ インターネット《Internet》

網路

インターネットと電話があれば、どこでも仕事ができます。

只要有網路和電話，在任何地方都能工作。

□ スケジュール《schedule》

行事曆

今月のスケジュールはほぼ埋まっています。

這個月的工作時程幾乎全部滿檔。

□ **閑散期**
かんさん き

淡季
夏は閑散期ですね。
なつ　　かんさん き
夏天通常是淡季。

□ **ばらつき**

參差
仕事量は月によってばらつきがあります。
し ごとりょう　つき
每個月的工作量都不盡相同。

□ **オフィス**
《office》

工作室，辦公室
母は、使わなくなった兄の部屋をオフィスとして使用しています。
はは　　つか　　　　　　あに　へ や　　　　　　　　　　　し よう
家母將哥哥以前的房間改成了工作室。

□ **納品**
のうひん

交付
原稿は週末までに納品しなければなりません。
げんこう　しゅうまつ　　　のうひん
必須在週末之前完成稿件。

□ **振り込み**
ふ　こ

入款
今週と来週に振り込みがある予定です。
こんしゅう　らいしゅう　ふ　こ　　　　　　よ てい
預計這星期和下個星期會收到入款。

□ **管理**
かん り

管理
スケジュールは全て自己管理です。
すべ　じ こかん り
工作行程完全由自己安排。

□ **フリーター**
《（和）free ＋（德）Arbeiter 之略》

打工族
私の兄は現在、正社員ではなくフリーターとして働いています。
わたし　あに　げんざい　せいしゃいん　　　　　　　　　　　はたら
我的哥哥現在是一名自由工作者，不是正式的公司員工。

□ **しょっちゅう**

經常，老是
しょっちゅうアルバイトを変えています。
か
他經常更換兼差工作。

□ **安定**
あんてい

穩定
収入が安定しません。
しゅうにゅう　あんてい
收入不穩定。

□ 受け取る
う と

收取，領取
フリーターでは何の手当ても受け取れません。
なん て あ   う と
打工族通常沒有任何額外的津貼。

□ 就職
しゅうしょく

就職，找到工作
一度フリーターになると、就職は難しいです。
いち ど   しゅうしょく むずか
一旦成為打工族，就很難到公司上班了喔。

□ 若者
わかもの

年輕人
若者のフリーターが増加しています。
わかもの   ぞう か
近年來，打工族的年輕人人數正在增加。

□ 結構
けっこう

相當
大学卒業後にフリーターになる人も結構います。
だいがくそつぎょうご   ひと けっこう
許多人在大學畢業後就成為打工族。

□ 自由
じ ゆう

自由
自由ではありますが、生活の保障はありません。
じ ゆう   せいかつ ほ しょう
雖然生活自由，但缺乏保障。

□ より

較之
フリーターになるよりも、ちゃんと就職する方が望ま
しゅうしょく ほう のぞ
しいです。
相較於成為打工族，當正式上班族比較穩定。

□ 住宅ローン
じゅうたく
《じゅうたく
loan》

房屋貸款
フリーターでは住宅ローンを組むことが難しい場合が
じゅうたく   く   むずか   ば あい
あります。
打工族較難申請到房屋貸款。

□ 脱出する
だっしゅつ

脫離
ようやく長年のフリーター生活から脱出しました。
ながねん   せいかつ だっしゅつ
終於脫離多年的打工生涯。

□ 養う
やしな

養家活口
この収入では家族を養うことはできません。
しゅうにゅう か ぞく やしな
單憑這份收入難以維持家庭開銷。

職場高手必備200句型

「表示贊成」句型

1. ～を支持します

句型說明

1. 我支持…
2. 社員研修プログラムを支持します。スキル向上に役立ちます。
3. 我支持員工培訓計劃，這將有助於提高技能。

表示支持某件事情或某個觀點。

2. ～に賛成です

句型說明

1. 我贊成…
2. リモートワークの導入に賛成です。効率が向上すると思います。
3. 我支持引入遠程辦公，我認為這將提高效率。

表示同意某件事情或某個觀點。

3. まさしくそのとおりです

句型說明

1. 確實如此
2. まさしくそのとおりです。お客様の満足度を向上させるべきです。
3. 確實如此，我們應該提高客戶滿意度。

表示完全同意某件事情或某個觀點。

4. ～は正しいと思います

句型說明

1. 我認為…是正確的
2. チームの協力を促進する方法は正しいと思います。
3. 我認為促進團隊合作的方法是正確的。

表示認為某件事情或某個觀點是正確的。

5. ～はよく理解できます

句型說明

1. 我能很好地理解…
2. 社員の懸念事項はよく理解できます、解決策を見つけましょう。
3. 我能理解員工的顧慮，讓我們找到解決方案。

表示能夠理解某件事情或某個觀點。

6. ～に反対する理由がありません

1. 我沒有反對…的理由
2. その戦略に反対する理由がありません、実行に移しましょう。
3. 沒有理由反對那個策略，讓我們付諸實行。

句型說明

表示沒有反對某件事情或某個觀點的理由。

7. ～は、まさしく私が考えていたことです

1. …正是我所想的
2. エコフレンドリーな製品の開発は、まさしく私が考えていたことです。
3. 開發環保產品正是我所考慮的事情。

句型說明

表示某件事情或某個觀點完全符合自己的想法。

8. ～と同じ意見です

1. 我和…持相同意見
2. 社員の健康と安全に重点を置くと同じ意見です。
3. 我同意應該重視員工的健康和安全。

句型說明

表示持有相同的觀點或意見。

9. 同感です

1. 我同意
2. フレックスタイム制度導入に同感です、労働環境が改善されます。
3. 我同意引入彈性工時制，這將改善工作環境。

句型說明

表示同感或同意某個觀點。

10. ～には誰も反対できないでしょう

1. 大概沒有人能反對…吧
2. この新規事業計画には誰も反対できないでしょう。将来性があります。
3. 應該沒有人會反對這個新業務計劃。它具有前景。

句型說明

表示大家都無法反對某件事情或某個觀點。

Unit 17

2000 words

簡報

1. 引言與展演

□ 製品
せいひん

產品

弊社の製品についてご紹介させていただきます。
讓我來介紹一下我們公司的產品。

□ まず

首先

まずは、弊社の歴史についてご説明させてください。
首先，我想先談談我們公司的發展歷程。

□ 本題
ほんだい

主題

それでは、本題に入りたいと思います。
現在，我們進入今天的主題。

□ コンセプト
《concept》

概念

商品のコンセプトからご説明いたします。
首先，我們會從商品研發的概念開始介紹。

□ 戦略
せんりゃく

策略

弊社のマーケティング戦略についてご説明いたします。
我們將談論我們的行銷策略。

□ 利益
りえき

收益

円安が弊社の利益に大きな影響を与えています。
雖然日圓貶值對我們公司的利潤造成了巨大影響。

□ 利益
りえき

營利，利益

利益を最大化するために、新しい戦略をご提案いたします。
為了實現最大化的利益，我們提出了新的策略。

□ アピール
《appeal》

宣傳

弊社のプレゼンでは、先進技術をアピールいたします。
我們的簡報將展示最先進的技術。

□ 集計
しゅうけい

合計，總計

アンケートの集計結果をプレゼンで発表させていただきます。
請在客戶簡報中宣布問卷調查的統計結果。

□ 活性化
かっせいか

使活躍；活性化

これからは、弊社の熱意とアイデアで街の活性化に取り組む姿をご紹介いたします。
へいしゃ　ねつい　　　　　　　　　まち　かっせいか　　と
く　すがた　しょうかい

接下來要介紹的是我們公司以熱情和創意致力於活化街道形象的工作。

□ 商い
あきな

買賣，生意

なぜユダヤ人は商いが上手いのかについて考察してみたいと思います。
じん　あきな　　うま　　　　　　　こうさつ
おも

現在讓我們來討論一下猶太人為什麼擅長做生意。

□ 会合
かいごう

集會，聚會

この多目的ルームでは、様々な業界の会合が開催されています。
た　もくてき　　　　　さまざま　ぎょうかい　かいごう　かいさい

這個多功能室可以供各行業使用，舉行不同類型的會議。

□ 業種
ぎょうしゅ

行業，工商業的種類

今回の企業セミナーは、業種を問わず自由にご参加いただけます。
こんかい　きぎょう　　　　ぎょうしゅ　と　　　じゆう　　さんか

各行業均可參加此次企業講座。

2. 論述、檢討與陳述意見

□ 例
れい

例子

いくつかの例を挙げて、この件についてご説明いたします。
れい　あ　　　　　　けん　　　　　　せつめい

請容我舉幾個例子來說明本案。

□ 導入
どうにゅう

引進

そのために新しいシステムを導入する必要があります。
あたら　　　　　　　どうにゅう　ひつよう

就是因為這個原因，才必須使用新的系統。

□ アンケート
《（法）enquête》

問卷調查

最近のアンケート調査から、消費者のトレンドを把握できることがわかりました。
さいきん　　　　　ちょうさ　　　しょうひしゃ　　　　　　はあく

根據最近的問卷調查結果，能夠了解到消費趨勢。

□ 実験
じっけん

實驗

私たちの実験結果をもっと丁寧に検討しましょう。
わたし　　　じっけんけっか　　　ていねい　けんとう

讓我們更加仔細地檢討實驗結果。

☐ 検討（けんとう）

探討

この点については、より多角的に検討する必要がある
と思われます。

關於這點，應當從更多元的角度予以探討。

☐ 価格（かかく）

價格

私たちの考えでは、この価格で製品を購入するのが適切だ
と考えています。

根據我們的考量，應該以這個價格採購產品。

☐ 改善（かいぜん）

改進

まだまだ改善すべき点があると考えています。

我認為還有更多項目需要改進。

☐ 悪化（あっか）

惡化

景気の悪化により、販売不振が生じ、供給過剰となっ
ている状況が続いております。

景氣不好導致商品都賣不出去，供需狀況愈趨惡化。

☐ インフレ
《inflation 之略》

通貨膨脹（インフレーション之略）

原油価格の高騰により、インフレが加速しています。

原油價格飆漲，導致通貨膨脹加速惡化。

☐ 売り出す（うだす）

（開始）出售，上市

デパートではもう夏物を売り出すために販売し始めて
おります。

百貨公司目前開始推出夏季商品。

☐ 追い風（おいかぜ）

順風；有利的情況

自炊ブームが追い風となり、弁当男子が増加しており
ます。

近來掀起了一股親自下廚的風潮，自己帶便當的男性變多了。

☐ 高騰（こうとう）

高漲

ガソリンの高騰により、輸送業界は倒産が相次いでい
る状況となっております。

汽油價格飆漲導致運輸業紛紛倒閉。

☐ 購買（こうばい）

購買

新興国では購買力が急速に上がっています。

新興各國的消費購買能力正在急遽增強。

□ コンセプト
《concept》

概念

当展示場の基本コンセプトは、「開放的なライフスタイル」をテーマとしております。

這次展場的基本設計概念是「寬敞舒適的居住空間」。

3. 改變視角與拉回主題

□ 話題 (わ だい)

話題

話題を変えましょう。

我們換個話題吧。

□ 話を変える (はなし か)

改變話題

ちょっと話を変えますが、さきほどの話に関連して、1点ご紹介したいことがあります。

暫且改變話題，我想先就方才談到的相關內容，有一點我想予以詳細介紹。

□ 本題 (ほんだい)

主題

話題を再度整理して、本題に戻りましょう。

讓我們重新整理話題，回到主題上來。

□ それる

偏離

話が少しそれたので、戻りましょう。

現在有些偏離主題，讓我們回到主題繼續往下談。

□ デフレ
《deflation 之略》

通貨緊縮（デフレーション之略）

物価が緩やかに低下し、デフレの傾向が現れ始めています。

物價一直在下跌，已經有通貨緊縮的趨勢。

□ インフラ
《infrastructure
之略》

基礎設施（インフラストラクチャー之略）

急速な経済成長を遂げたアジア諸国は、まず大規模なインフラ整備を急がなければなりません。

亞洲各國在經濟急遽成長後，必須盡快解決巨大的通貨膨脹壓力。

4. 強調與確信

□ **コスト** 《cost》
成本
再度強調したいのは、ここで3割のコスト削減が可能であるという点です。
我在這裡再次強調，這樣可以減少 30% 的成本。

□ **妥協**
だきょう
妥協
妥協は許されません。
沒有任何妥協的餘地。

□ **着手**
ちゃくしゅ
著手
何度も言いますが、他社に遅れを取らないためにも、今すぐ着手すべきだと思います。
我想再次強調這一點，現在必須立即開始行動，否則會被其他公司超越。

□ **必ず**
かなら
必定
当社の新製品を、お客様に必ずご満足いただけると自信を持ってお勧めします。
我們公司的新產品，我們有信心向顧客推薦，相信一定能讓您感到滿意。

□ **推奨**
すいしょう
推薦
この企画を自信を持って推奨いたします。
我以十足的信心推薦這個企畫案。

□ **導入**
どうにゅう
引進
この機械を導入すれば、作業時間を大幅に短縮することができます。
只要引進這種機器，就可以大幅加快製程速度。

□ **消費者**
しょうひしゃ
消費者
大切なのは、消費者からの信頼を回復することです。
重要的是，必須重新獲得消費者的信任。

□ **キャッチフレーズ** 《catchphrase》
廣告文案
主婦層に訴求するキャッチフレーズを考えることが重要です。
現在，創造出能夠贏得主婦信賴的廣告文案，在促銷策略上變得越來越重要。

□ **信頼性**
しんらいせい
可靠性
より信頼性の高いデータを収集するためには、同じ実験を再度行う必要があります。
為了收集更可信的研究數據，必須重複進行相同的實驗。

□ **問題点**（もんだいてん）

問題的所在

1年間の振り返りを行い、問題点を洗い出す必要があります。
我們必須反思過去一年，找出問題所在。

□ **指数**（しすう）

指數

消費者物価指数は前年同期に比べて上昇しています。
與去年同期相比，消費者物價指數上升了。

□ **対策**（たいさく）

對策

特に夏には、紫外線対策商品がよく売れる傾向があります。
在夏季，防曬商品十分暢銷。

---

5. 假設、特色與比較

Track 125

□ **見通し**（みとお）

對前景的預料

もし記事が正しいとすれば、見通しは明るいと言えます。
如果這篇報導屬實，未來可說是一片光明。

□ **手続き**（てつづ）

手續

計画通り進んだ場合、来月末には全ての手続きが完了する予定です。
如果按照計畫進行，下個月底就可以完成所有手續。

□ **特徴**（とくちょう）

特色

この商品の特徴は、軽量性にあります。
這項產品的特色在於它非常輕巧。

□ **アフターサービス**
《（和）after + service》

售後服務

当社の強みは、優れたアフターサービスです。
我們公司的獨特之處在於完善的售後服務。

□ **所属意識**（しょぞくいしき）

歸屬感

中高年の方々とは異なり、若い世代は企業への所属意識が薄いようです。
與年長者相比，年輕人對企業的歸屬感似乎較淡。

□ 売上
うりあげ

銷售額

昨年同時期と比べて、売上が 10 ％ 増加しています。
さくねんどうじき　くら　　　　うりあげ　　　　パーセントぞうか

與去年同期的數據相比，銷售額增加了 10%。

□ 手軽
てがる

簡單，輕易

初めての方でも手軽に操作できる点が特徴です。
はじ　　　　かた　　　　てがる　そうさ　　　てん　とくちょう

即使是初次使用者也能輕鬆上手。

□ 手頃
てごろ

適當的，合理的

ブランド品を手頃な価格で購入できるのはうれしい限りです。
ひん　てごろ　かかく　こうにゅう　　　　　　　　　　　かぎ

能以優惠價格購買進口商品，真是讓人高興。

□ 特長
とくちょう

特長，特色

この空気清浄機の特長は、運転音が静かであることです。
くうきせいじょうき　とくちょう　　うんてんおん　しず

這臺空氣清淨機的特點是安靜無聲。

□ 安売り
やすう

大拍賣

夕方 5 時からお惣菜の安売りが始まります。
ゆうがた　じ　　　　そうざい　やすう　　　はじ

小菜的特價促銷從傍晚 5 點開始。

□ ユーザー
《user》

用戶

このパソコンは個人ユーザー向けの製品です。
こじん　　　　　む　　せいひん

這臺電腦適合個人使用。

□ 劣る
おと

劣於，低於

現在、日本の富裕層も中国人に劣らず、非常に裕福です。
げんざい　にほん　ふゆうそう　ちゅうごくじん　おと　　ひじょう　ゆうふく

現在，日本的有錢人也不輸給中國的富豪了。

□ オプション
《option》

選項，選擇

スタッドレスタイヤはオプションとして価格に追加されます。
かかく　ついか

免鋼釘輪胎作為附加選項，將會計入額外費用。

□ 加工
かこう

加工

当工場では、港で水揚げされた魚を加工し、燻製にいたします。
とうこうじょう　　みなと　みずあ　　　　さかな　かこう　　　くんせい

這家工廠負責將漁港捕撈的鮮魚進行加工和燻製。

□ **機種**
きしゅ

機種

一部の機種には、ローミング機能が備わっていない場合がございます。
有些型號的機器沒有漫遊功能。

□ **形状**
けいじょう

形狀

回路の内部は複雑な形状となっております。
電路內形成了複雑的結構。

□ **景品**
けいひん

贈品

ポイントシールを集めて応募いただくと、素晴らしい景品が当たります。
只要收集指定數量的貼紙，就能參加抽獎，並且有機會抽中獎品。

□ **限定**
げんてい

限定

このピンク色のカメラは、数量限定で500個しか販売しておりません。
這台粉紅色相機的限量是500台。

□ **サービス**
《service》

服務；贈品；附帶

さらに、もう1台を無料でサービスいたします。
我們再送您一台相機。

□ **品揃え**
しなぞろえ

準備各種豐富的商品

当店の特徴は、エレガントで洗練された高級な品揃えです。
這家商店以其優雅、精緻的高級商品而著稱。

□ **老舗**
しにせ

老字號，老店

この和菓子屋は、江戸時代から250年続く老舗でございます。
這家日式糕餅鋪創立於江戶時代，已經有250年的歷史。

□ **職人**
しょくにん

工匠，手藝人

当店のお菓子は、すべて職人の手による手作りとなっております。
這家店的和菓子全部都是由和菓子師傅手工製作的。

□ **収益**
しゅうえき

收益

この町は、観光による収益が多く、盛んな地域です。
這個城鎮大部分的收益是來自於觀光業。

□ 充実
じゅうじつ

充実

最新モデルは、多彩な便利機能が充実しています。
さいしん　　　　　　たさい　べんり きのう　じゅうじつ

新款的模型將會更方便且功能更齊全。

□ セキュリティー
《security》

安全，防範

警備員や防犯カメラなど、厳重なセキュリティー体制を整
けいびいん　ぼうはん　　　　げんじゅう　　　　　　　　たいせい ととの
えております。

這裡有保全人員，還設有監視器，讓您可以高枕無憂。

□ 決済
けっさい

結算

最近では、現金決済よりもクレジット決済の方が人気
さいきん　　　げんきんけっさい　　　　　　　けっさい ほう にんき
が高まっております。
たか

現在大多數顧客都喜歡使用信用卡付款，而不是現金。

□ 回転
かいてん

周轉

当店は、お客様の回転が速いため、お待ちいただく時
とうてん　　きゃくさま　かいてん　はや　　　　　ま　　　　　　じ
間も少なく、すぐにご案内できます。
かん すく　　　　　　　あんない

這家餐廳的翻桌率很高，即使排隊也不用多久就能入座。

□ 無料
む りょう

免費

現在キャンペーン中のため、入会費は無料となってお
げんざい　　　　　ちゅう　　　　にゅうかいひ　む りょう
りますことをご案内いたします。
あんない

目前正在舉辦促銷活動，您可以享有免費入會的特別優惠。

---

6. 陳述相異處、說明圖表

Track 126

□ 予測
よ そく

預測

初期予測と調査結果は一致していますことをご報告い
しょき よそく　ちょうさけっか　いっち　　　　　　　　ほうこく
たします。

調查結果和之前預測的一樣。

□ スピード
《speed》

速度

旧システムとの最大の違いは、処理速度（スピード）にあ
きゅう　　　　　　さいだい ちが　　　　しょりそくど
ります。

新系統最大的不同點在於處理速度。

□ 配布
はい ふ

分發

先ほど配布した資料をご覧くださいませ。
さき　　はいふ　しりょう　らん

請參考剛才分發的資料。

□ 問い合わせる
と あ

詢問
とい とん

図1に示すように、消費者からの問い合わせは午前中に
ず しめ しょう ひしゃ とい あ ご ぜんちゅう
集中しています。
しゅうちゅう

如圖 1 所示,消費者的查詢主要集中在上午時段。

□ グラフ
《graph》

圖表
ずひょう

グラフをご覧いただければ分かりますが、2015 年に
らん わ ねん
ピークに達した後、5 年連続で下落しています。
たっ あと ねんれんぞく げ らく

如您看到的圖表所示,自從在 2015 年達到高峰後,連續 5 年
呈現下降趨勢。

□ デモ
《demonstration
之略》

公開演示(デモンストレーション之略)
こうかいえんじ

正月に発売する商品のデモを、今日から行います。
しょうがつ はつばい しょうひん きょう おこな

正月發行的商品計劃今天開始公開展示。

□ 売れ筋
う すじ

暢銷商品

ノートパソコンの売れ筋商品は、A社のこのシリーズです。
う すじしょうひん エー しゃ

筆記型電腦的熱銷產品是 A 公司的這個系列。

□ 卸売
おろしうり

批發,批售

日本は震災の影響で、米の卸売価格が徐々に上昇してい
に ほん しんさい えいきょう こめ おろしうり か かく じょじょ じょうしょう
ます。

由於日本大地震的影響,米的批發價格也慢慢地上漲了。

□ 外国為替
がいこくかわせ

外匯

こちらで外国為替相場をご確認いただけます。
がいこくかわせそうば かくにん

這裡顯示了外幣兌換匯率。

□ 競合
きょうごう

競爭

当社の新商品は、この商品と競合しています。
とうしゃ しんしょうひん しょうひん きょうごう

我們公司的新產品將與這款商品展開競爭。

□ 原料
げんりょう

原料

ビーフンとは、米を原料とした麺のことです。
こめ げんりょう めん

米粉是以米為原料製成的麵條。

□ 個別
こ べつ

個別,單個

まとめ買いすると、個別購入よりもお得です。
が こ べつこうにゅう とく

整批採購比分別採購更經濟實惠。

□ 差 さ	差別，區別 総合的な国力から見れば、アメリカとはまだ差がある と言えます。 就總體國力而言，與美國仍有很大的差距。	

□ 差（さ）

差別，區別

総合的な国力から見れば、アメリカとはまだ差があると言えます。

就總體國力而言，與美國仍有很大的差距。

□ 若干（じゃっかん）

若干

野菜の価格は天候不順の影響で、去年よりも若干値上がりしています。

天氣的影響下，蔬菜價格與去年相比略有上漲。

□ 推移（すいい）

推移，變遷，發展

このグラフから、月ごとの業績の推移を確認してみましょう。

讓我們使用這張圖表來檢視每個月份的業績變化。

□ 図表（ずひょう）

圖表

図表5は、売上高に占める人件費の割合を示しています。

從圖表5可以看出，人事費在銷售額中所佔的比率。

□ ターゲット《target》

目標

K社の単行本は、中年女性をターゲットにしたものとなっています。

K公司的單行本鎖定的是30至50歲的女性讀者。

□ 統計（とうけい）

統計

統計によれば、日本人の平均寿命は85歳を超えています。

根據統計，日本人的平均壽命已超過85歲。

□ 半額（はんがく）

半價

高級ブランドがアウトレットモールにおいて半額で販売されています。

現在高級進口商品在過季商品購物中心以半價出售。

□ 優待（ゆうたい）

優惠

会員優待のサービスとして、温泉の無料券が付いています。

同時贈送免費的溫泉券作為會員優惠服務。

□ 量販店（りょうはんてん）

量販店

家電量販店では、価格競争が激しさを増しています

家電量販店之間的削價競爭越來越激烈。

7. 提案、主張、確認與展望

□ **予算**
よ　さん

預算
予算削減の提案をさせていただきます。
よ　さんさくげん　　　　　　ていあん
我建議削減預算。

□ **積極的**
せっきょくてき

積極
今後は、積極的に異業種への参入を検討してみてはいかがでしょうか。
こんご　　　せっきょくてき　　い　ぎょうしゅ　　　さんにゅう　けんとう
是否應該考慮更積極地涉足其他行業？

□ **参考にする**
さんこう

做為參考
他社の事例を参考にしてみると良いでしょう。
た　しゃ　じ　れい　さんこう　　　　　　　　　よ
是否應參考其他公司的經驗？

□ **報告書**
ほうこくしょ

報告書
この報告書を要約すると、以下の通りです。
ほうこくしょ　ようやく　　　　　　い　か　　とお
這份報告的總結如下。

□ **合併**
がっぺい

合併
合併が必要であるという結論に至りました。
がっぺい　ひつよう　　　　　　　　　けつろん　いた
最終得出的結論是必須進行合併。

□ **見直す**
み　なお

重新考量
予算配分については、見直す必要があると考えます。
よ　さんはいぶん　　　　　　　み　なお　　ひつよう　　　　かんが
關於預算分配，我認為應重新評估。

□ **繰り返す**
く　かえ

重申，重複
最後に、最初に申し上げた点を再度強調し、繰り返してお伝えいたします。
さい　ご　　さいしょ　もう　あ　　てん　さい　ど　きょうちょう　く　かえ
つた
最後，我們再次重申最初提出的要點。

□ **ポイント**
《point》

重點
最後に、以下のようなポイントを再度強調したいと思います。まず第一に…、次に第二に…です。
さい　ご　　い　か　　　　　　　　　　　さい　ど　きょうちょう　　　おも
だいいち　　　つぎ　だい　に
在結束前，我想再次強調以下重點：第一是……，第二是……。

□ **持ち越す**
も　こ

保留
この点に関しては、次回の会議まで持ち越すことにしましょうか。
てん　かん　　　　　じ　かい　かい　ぎ　　　も　こ
我建議考慮保留這個議題至下次會議再來討論，您覺得如何？

□ 推し進める
（お・すす）

進步

さらなる小型化を推し進めるために、この件について
更に研究する必要があります。

如果深入研究這項技術，相信能夠在小型化方面取得重大進展。

□ 開拓
（かいたく）

拓展

この問題を解決すれば、市場の開拓につながります。

如果能克服這個問題，應該能夠有助於擴大市場。

□ アクセス
《access》

瀏覽，訪問

当サイトは月間 30 万件のアクセスがあります。

這個網站每個月有 30 萬次的點擊率。

□ アレンジ
《arrange》

調整

旧モデルにわずかなアレンジを加えただけで、売上が
倍増しました。

只需要對舊款機型做出微調，就能讓銷售額翻倍。

□ 一律
（いちりつ）

一律

楽天に出店しているショップは、通常送料を一律 500
円に設定しています。

加入樂天市場的網路商家，運輸費用統一設定為 500 圓。

□ 右記
（う・き）

右述，右記

詳細については、右記をご確認ください。

有關詳情，敬請查閱右側資訊。

□ お買い得
（か・どく）

划算，買得便宜

会員登録してポイントを貯めると、かなりお買い得になり
ます。

成為會員並累積積分後，購物將變得相當划算。

□ ケース《case》

情況

過去に発生した問題には、二つのケースがありました。

過去發生的問題可分為以下兩種情況。

□ 牽引
（けんいん）

拉動，牽動

この発明が人気商品のトップセラーになり、業界全体
を牽引する存在となりました。

這項發明成為熱門商品的銷售冠軍，並成為引領整個產業的先鋒。

□ **向上**
こうじょう

提高

品質の向上により、お客様に満足いただけます。
ひんしつ　こうじょう　　　　　　きゃくさま　　まんぞく

在提升產品品質後，顧客的滿意度更高了。

---

8. 詢問

Track 128

□ **発表**
はっぴょう

報告

今回のご発表に関して、いくつか質問がございます。
こんかい　　はっぴょう　かん　　　　　　　　しつもん

對於剛才的報告，我有幾個問題想要請教。

□ **最新**
さいしん

最新的

2、3点お伺いしたいことがあります。最新の調査データ
てん　うかが　　　　　　　　　　　さいしん　ちょうさ
についてどのようにお考えですか。
かんが

我想問 2、3 個問題，您對最新的調查數據有什麼看法呢？

□ **導入**
どうにゅう

引進

最新の機器の導入の是非について、いかがお考えですか。
さいしん　きき　どうにゅう　ぜひ　　　　　　　　かんが

您對是否應該引進最新型的機器有何看法？

□ **判断**
はんだん

判斷

どうして、そのような判断をされたのですか。
はんだん

請問您做出這樣的判斷的原因是什麼？

□ **なぜ**

為什麼

なぜ、そのような事態が事前に予測できなかったのでしょうか。
じたい　じぜん　よそく

為什麼無法預測可能會發生這種情況呢？

□ **講じる**
こう

想出（對策、措施）

なぜもっと早い段階で対策を講じなかったのでしょうか。
はや　だんかい　たいさく　こう

為什麼沒有在早期階段就進行應對處理呢？

---

9. 歡迎提問、答覆

□ 質問
しつもん

質詢；問題

ご質問がございましたら、遠慮なくお申し付けください。

如果您有任何問題，請不要客氣，隨時提出。

□ 挙手
きょしゅ

舉手

ご質問のある方は、挙手をお願いいたします。

如果有疑問，請舉手提出。

□ 解決する
かいけつ

解決

現在発生している問題は、すべて事前に予測されており、近い将来には解決できる見通しがあります。

由於現下所發生的問題，全都事先預測到了，所以在不久的將來應該可以得到解決。

□ 点
てん

點，論點，觀點

伊藤さんがおっしゃった問題点について、簡単に説明いたします

關於伊藤先生所提出的問題，容我簡要地解釋幾點。

10. 請求複述、確認想法與改變講法

□ 最後
さいご

最後

最後にお話いただいたポイントについて、もう一度お話いただけますか。

可以請您把最後那一項再說一次嗎？

□ 考慮
こうりょ

考慮，想法

貴社のご考慮を再度お聞かせいただけますでしょうか。

能否讓我再聽一遍貴公司的想法呢？

□ 定義
ていぎ

定義

「○○」という用語の定義を教えていただけますでしょうか。

關於「○○」這個術語的意義，您能為我解釋一下嗎？

□ 重点
じゅうてん

重點

今後は研究開発に重点を置く方針でよろしいでしょうか。

往後會將重心放在研發項目上，我這樣的理解正確嗎？

□ 言い換える
い か

換個說法

言い換えると、具体的にどういう意味でしょうか。
い か ぐ たいてき い み

換句話說，這具體指的是什麼意思呢？

□ 省エネ
しょう

節能（省＋（德）Energie 之略）

つまり、これにより 50 ％の省エネが可能であるという
パーセント しょう か のう
ことです。

也就是說，這樣可以省下 50%的能源。

□ 従来
じゅうらい

以往，以前；直到現在

言ってしまえば、この商品のコストも従来の半分で済む
い しょうひん じゅうらい はんぶん す
ということになります。

也就是說，這個商品的成本可以降低到以往的一半。

□ 発展
はってん

前景，發展

言ってしまえば、この商品にはもう発展の余地はないと
い しょうひん はってん よ ち
いうことです。

換言之，這種商品的前景不看好。

11. 贊成、反對與疑問

Track 131

□ 全く
まった

完全

ご意見には全く同感です。
い けん まった どうかん

我完全同意您的看法。

□ 指摘
し てき

指出；指摘

ご指摘いただいた点は、私が考えていたことと全く同じ
し てき てん わたし かんが まった おな
です。

您所提到的部分，與我的想法完全相同。

□ プラン《plan》

計畫

申し訳ありませんが、このプランには全く賛成できません。
もう わけ まった さんせい

很遺憾，我無法支持這個計畫。

□ 再考する
さいこう

重新考量

おっしゃる通り、その意見には大筋で賛成しますが、販売
とお い けん おおすじ さんせい はんばい
方法に関しては再考すべきではないでしょうか。
ほうほう かん さいこう

雖然我大致同意您所說的內容，但是關於銷售方式，是否應該再重
新考慮呢？

□ **わけではない**

不能

この結論に完全に同意するわけではありません。

我無法完全同意這個結論。

□ **納得する**

認同

その評価には納得できず、異議があります。

對於那個評價，我無法認同，並有異議。

□ **疑問**

疑問

この結果には非常に疑問が残ります。

對於這個結果，仍然留有很大的疑問。

□ **軽率**

輕率，草率，疏忽

これだけの資料に基づいて結論を下すのは軽率であると考えられます。

僅憑這些資料就下結論，是否有些輕率了呢？

□ **妥協**

妥協

私たちはこの点について妥協できません。

在這點上我們絕對不能妥協！

□ **見通し**

預料，推測

経済復興の見通しは全く立っていません。

經濟復甦的預測完全失準了。

□ **オリジナリティー**
《originality》

獨創性

あなたの作品にはオリジナリティーが欠けています。

你的作品缺乏獨特的創意。

□ **供給**

供給

東日本大震災の影響により、夏の電力供給が不足する懸念があります。

因東日本的大地震，夏季電力恐怕無法充分供應，實在令人擔憂。

□ **玄人**

內行，專家

こちらの商品はアマチュア向けで、玄人にはやや物足りないかもしれません。

這種產品適合新手使用，但對於老手來說，功能稍嫌不足。

12. 指責錯誤與當場迴避答覆

□ 解釈（かいしゃく）
解釋
あなたの解釈には誤りがあると思われます。
我認為你的解釋是錯誤的。

□ 誤り（あやま）
謬誤
事実認識には誤りがあると思われます。
你似乎對事實的認識存在誤解。

□ 修正（しゅうせい）
修改
ご指摘いただき、ありがとうございます。すぐに修正いたします。
非常感謝您的指正，我會立刻進行修改。

□ 回答（かいとう）
答覆
申し訳ございませんが、その点については回答できる立場にございません。
非常抱歉，那個問題已經超出了我的職權範圍，我無法立即回答。

□ 協力（きょうりょく）
協助
協力の可能性につきましては、弊社で検討いたします。
關於提供協助的可行性，我會先回公司再行研議。

□ 桁（けた）
位數
国産原料の価格は、輸入品とは桁違いです。
相較於進口產品，國產原料的價格高得離譜。

□ 最中（さいちゅう）
正在進行中
プレゼンの最中に内線がかかってきたため、一時中断させていただきました。
由於在簡報過程中接到內線電話，我們暫時中止了簡報。

□ 規約（きやく）
規章，規定
規約違反があった場合、退会していただくことがあります。
如果會員違反規定，我們有權請其退會。

☐ **話題**
わだい

話題，談話材料

この話題はここまでにしておきましょう。
わだい

這個話題暫時討論到這裡。

☐ **一旦**
いったん

一段落

予算については、今回は一旦終了とさせていただきます。
よさん　　　　　　　　こんかい　いったんしゅうりょう

預算的討論，先告一段落。

☐ **代案**
だいあん

替代方案

その件に関して、私からいくつか代案がございます。
けん　かん　　　　わたし　　　　　　　だいあん

關於這個問題，我這裡有幾個替代方案。

☐ **出向く**
で　む

前去

逆にそちらから出向いていただくという方法はいかが
ぎゃく　　　　　　で　む　　　　　　　　　　　　ほうほう
でしょうか。

如果改由我方到貴公司，各位覺得如何？

☐ **手を引く**
て　ひ

撤出

完全に手を引くという手段もございますよ。
かんぜん　て　ひ　　　　　　しゅだん

還有另外一個方法，就是全面撤出。

☐ **割愛**
かつあい

從略；割愛

詳細については、紙数の関係で割愛させていただきます。
しょうさい　　　　　　　しすう　かんけい　かつあい

由於篇幅有限，未能詳述細節，敬請見諒。

☐ **粗品**
そ　しな

薄禮

記者会見にご参加いただいた皆様には、お礼として粗
きしゃかいけん　　さんか　　　　　　みなさま　　　　れい　　　　そ
品を差し上げております。
しな　さ　あ

所有出席記者會的人，我們將贈送小禮物。

連高手都弄混的職場單字

折衝（せっしょう）

① 意為「協商、談判」的意思。

② 指的是需要進行談判或協商，以解決商業交易或勞資關係間，不同的意見或爭議，以達到共識的過程。

③ 例如：「折衝が必要になる可能性があるので、注意して話し合いましょう。」（可能需
せっしょう　ひつよう　　　　　かのうせい　　　　　　ちゅうい　　　はな　あ
要進行協商，所以請謹慎進行討論。）

職場高手必備200句型

「陳述意見」句型

1. ～についてはどう思いますか

1. 您對於…怎麼看呢？
2. ～についてはどう思いますか。ご意見をお聞かせください。
3. 您對於……有什麼看法呢？請告訴我們您的意見。

句型說明
用於詢問對方對某個問題或主題的看法。

2. 個人的には

1. 就我個人而言
2. 個人的には、この計画は成功するためにはより多くの資源を投入する必要があると思います。
3. 就我個人而言，我認為為了使這個計畫成功，需要投入更多的資源。

句型說明
用於陳述個人對某個問題或主題的看法。

3. ～についての見解は

1. 關於…的看法是
2. 私の～についての見解は、この問題は長期的な視野で解決する必要があるということです。
3. 我對於……的看法是，這個問題需要從長期的角度來解決。

句型說明
用於陳述對某個問題或議題的看法。

4. ～に関しては

1. 關於…
2. ～に関しては、現状を改善するためには積極的なアクションが必要だと考えています。
3. 關於……，我認為需要積極採取行動來改善現狀。

句型說明
用於陳述對某個主題或問題的意見。

5. 私が考えるには

1. 依我看
2. 私が考えるには、この課題には短期的な対策だけではなく、長期的な解決策が必要だと思います。
3. 我認為，這個問題需要長遠的解決方案，而不僅僅是短期的應對措施。

句型說明
用於陳述自己對某個問題或主題的意見。

「陳述改變觀點」句型

1. 以前とは違って

句型說明

1. 與以前不同
2. 以前とは違って、今はもっと柔軟な対応が必要だと思います。
3. 和過去不同的是，現在需要更具彈性的應對方式。

用於表示和以前的觀點或態度不同。

2. 今までの考え方とは違いますが

句型說明

1. 雖然與以往的想法不同
2. 今までの考え方とは違いますが、今回のデータを見て、この方針は見直すべきだと思います。
3. 雖然和以往的想法不同，但通過這次的數據，我認為需要重新檢視這個方針。

用於表示和之前不同的觀點或態度。

3. 考えを改めたいと思います

句型說明

1. 我想改變想法
2. この問題については、今一度考えを改めたいと思います。
3. 對於這個問題，我想要再次重新思考我的觀點。

用於表示想要重新思考或改變觀點。

4. ここで考えを改める

句型說明

1. 在這裡改變想法
2. 今回のデータを見て、ここで考えを改める必要があると感じました。
3. 通過這次的數據，我感到有必要改變我的看法。

用於表示在某個時間點或情境下，重新思考或改變觀點。

5. 考えが変わりました

句型說明

1. 我的想法已經改變了
2. 先日の会議での討論を受けて、私の考えが変わりました。
3. 根據之前的會議討論，我的觀點已經改變。

用於表示已經改變了觀點或態度。

職場高手必備200句型

「回到主題」句型

1. 話がそれましたが、再度本題に戻ります

句型說明

1. 話說有點偏了，再回到主題上
2. 話がそれましたが、再度本題に戻ります。今回はこちらの提案についてお聞かせください。
3. 雖然話題有點跑偏，但現在我們要回到主題。請問您對於這個提議有何看法？

> 用於表示想要回到之前的討論主題。

2. 今話していた〜の話から戻ります

句型說明

1. 回到剛才談到的…的話題
2. 今話していた〜の話から戻ります。先ほどの提案について、もう少し詳しく話していただけますか。
3. 現在讓我們回到之前……的話題。您能否再詳細地介紹一下先前提出的建議？

> 用於表示從某個話題回到之前的主題。

3. 本題に戻りましょう

句型說明

1. 回到正題上
2. ちょっと話がそれてしまいましたが、本題に戻りましょう。
3. 雖然有點偏離主題，但讓我們回到正題。

> 用於表示想要重新回到討論的主題。

4. 話を元に戻しましょう

句型說明

1. 回到原本的話題
2. 話が逸れてしまったので、話を元に戻しましょう。
3. 話題已經偏離，現在讓我們回到原點。

> 用於表示想要回到之前的討論內容。

5. 話がそれてしまいましたが、再度本題に戻ります

句型說明

1. 話有點偏了，再回到正題
2. 話がそれてしまいましたが、再度本題に戻ります。次にこちらの提案について話していただけますか。
3. 話題偏離了，但是讓我們再回到主題。接下來，能否請您詳細說明這個提議？

職場高手必備200句型

「強調內容」句型

1. ぜひとも〜したい

句型說明

1. 一定要…
2. この案件について、ぜひともご協力いただきたいと思います。
3. 對於這件事情，我非常希望能夠得到您的協助。

用於表達強烈的意願和渴望，通常用於表示希望對方能夠同意自己的建議或提案。

2. 必ず〜する

句型說明

1. 一定會…
2. この週末までに、必ずレポートを提出します。
3. 必須在這個週末前提交報告。

用於表達絕對會執行某個行動或履行某個承諾。

3. 特に〜

句型說明

1. 特別是…
2. 今回のプレゼンテーションでは、特に製品の特長についてお話しします。
3. 在這次的簡報中，我將特別介紹產品的特點。

用於表達特別重要或特別強調的內容。

4. 強く〜する

句型說明

1. 強烈地進行…
2. この案件に関しては、強く反対する必要があります。
3. 對於這件事情，必須強烈反對。

用於表達強烈的意願和渴望。

5. とにかく〜する

句型說明

1. 無論如何都要…
2. この案件に関しては、とにかく早急に対応する必要があります。
3. 在這件事情上，必須立即採取行動。

用於表達不管怎樣都會執行某個行動。

Unit 18

2000 words

不同場合的範例

□ 耐久性
たいきゅうせい

耐久性，持久性

当社の製品は、他社製品に比べて耐久性に優れております。
とうしゃ　せいひん　　た　しゃせいひん　　くら　　　たいきゅうせい　　すぐ

本公司的商品比其他公司的更持久耐用。

□ 独自
どく　じ

獨家

この省エネ機能は、当社が独自に開発したものです。
しょう　　き のう　　　とうしゃ　どく じ　　かいはつ

這種節能功能是我們公司獨自研發的。

□ 操作
そう さ

操作

製品の表示を大きくし、操作も簡単にすることで、高
せいひん　ひょうじ　おお　　　　そう さ　　かんたん　　　　　　　こう
齢の方にも利用しやすくなっております。
れい　かた　　　りよう

通過放大產品標示，並簡化操作方式，以適合老年人使用。

□ 工夫
く　ふう

做得盡善盡美

細部の工夫を凝らして、お子様にも楽しんでいただけ
さい ぶ　　く ふう　　こ　　　　こ さま　　　たの
るようにしております。

我們在細節方面做得非常出色，讓孩子們也可以開心使用。

□ スピード
《speed》

速度

当社の工場は、他社と比べて 5 倍のスピードで稼働し
とうしゃ　こうじょう　　た しゃ　くら　　　　ばい　　　　　　　か どう
ております。

我們的生產速度是其他公司的 5 倍。

□ 組み立て
く　た

組裝

組み立ては全て機械により行われております。
く　た　　　すべ　きかい　　　おこな

所有產品都是由機器組裝完成的。

□ 画期的
かっ き てき

劃時代的

当社の研究開発部門では、画期的な新商品の開発に取
とうしゃ　けんきゅうかいはつ ぶ もん　　　かっ き てき　しんしょうひん　かいはつ　と
り組んでおり、新しい技術を取り入れております。
く　　　　　あたら　ぎ じゅつ　と　い

在我們公司的研究開發部門，正致力於開發具有突破性的新產
品，並且融入了新技術。

□ 後援
こうえん

後援，支援

政府の後援を得て、テクノロジーの開発に取り組んで
せい ふ　　こうえん　え　　　　　　　　　　　　かいはつ　と　く
おります。

在政府的支持下，我們正致力於研發科技。

□ 共同
きょうどう

共同

約 10 社が協力して、共同で研究開発を進めております。
やく　　しゃ　きょうりょく　　きょうどう　けんきゅうかいはつ　すす

大約有 10 家公司正在共同合作研發。

□ 前進 ぜんしん	前進 両社の合併による共同プロジェクト計画は、実現に向けて大きく前進し、順調に進んでおります。 共同專案計畫隨著兩家公司的合併而取得了重大進展，正在順利推進。
□ 先端 せんたん	尖端 当社は、積極的に環境に配慮した先端技術を導入するよう努めております。 本公司會不斷努力，積極引進環保的尖端技術。
□ 総額 そうがく	總額 今年、新製品開発に投じた費用は、総額1億円に達しました。 據說今年花在研發新產品的費用，總計高達1億圓。
□ 提携 ていけい	互相幫助，合作 A社との業務提携を通じ、新規事業に参入しております。 和A公司共同合作並開始啟動新事業。
□ 連携 れんけい	聯合，合作 販売力を強化するためには、A社と更なる連携が必要と考えております。 看來，為了加強銷售力，在業務上有必要跟A社做進一步的合作唷。

2. 說明品質管理、生產系統

Track　135

□ 欠陥 けっかん	瑕疵 不良品や欠陥品を排除するために、厳密な試験を実施しております。 為了去除不良品和瑕疵品，我們進行精密的實驗。
□ 体制 たいせい	體制 2重、3重の管理体制を採用しております。 我們已採取了雙重、三重的管理體制。
□ 自動化 じどうか	自動化 当社の工場は、世界で最も自動化された工場の一つです。 這裡是全球最高度自動化的工廠之一。

□ 改良（かいりょう）

改良

ドイツの生産（せいさん）システムを改良（かいりょう）し採用（さいよう）しています。

我們對德國的生產系統進行了改進並予以採用。

□ 低下（ていか）

降落，下降

当社（とうしゃ）の生産能力（せいさんのうりょく）は、今年（ことし）に入（はい）ってから低下（ていか）しています。

自今年以來，Ａ公司的生產率持續下滑。

□ 不足（ふそく）

不足

生産量（せいさんりょう）が追（お）いつかず、在庫（ざいこ）の不足状態（ふそくじょうたい）が続（つづ）いています。

因該產品的生產速度跟不上銷售速度，使得店面經常缺貨。

□ 均等（きんとう）

均等，平均

原料（げんりょう）を均等（きんとう）に配分（はいぶん）し、袋詰（ふくろづ）めしております。

在這裡將原料均勻地分裝到袋子裡。

□ 組（く）み立（た）てる

組裝

当社（とうしゃ）の自動車（じどうしゃ）はこちらの工場（こうじょう）にて組（く）み立（た）てられています。

汽車是在這家工廠組裝的。

□ 量産（りょうさん）

批量生產

当社（とうしゃ）の工場（こうじょう）では、量産（りょうさん）に適（てき）した設備（せつび）を整備（せいび）しております。

我們公司的工廠已配備了能夠實現大規模生產的設施。

3. 銷售策略——價格、市場性

Track 136

□ 市場（しじょう）

市場

これまで、市場（しじょう）で最（もっと）も低価格（ていかかく）で商品（しょうひん）を提供（ていきょう）してまいりました。

我們所提供的商品一向都是市場上最便宜的。

□ ルート《route》

管道

当社（とうしゃ）は独自（どくじ）のルートで原材料（げんざいりょう）を安価（あんか）に輸入（ゆにゅう）し、それを商品価格（しょうひんかかく）に反映（はんえい）させております。

我們有獨特的渠道進口廉價的原材料，並且能夠相對降低商品價格。

□ ＩＴ技術
<ruby>ＩＴ<rt>アイティー</rt></ruby> <ruby>技術<rt>ぎじゅつ</rt></ruby>

資訊科技（IT=information technology 之略）

<ruby>新<rt>あたら</rt></ruby>しい<ruby>ＩＴ<rt>アイティー</rt></ruby><ruby>技術<rt>ぎじゅつ</rt></ruby>が<ruby>今日<rt>こんにち</rt></ruby>の<ruby>市場<rt>しじょう</rt></ruby>を<ruby>生<rt>う</rt></ruby>み<ruby>出<rt>だ</rt></ruby>しております。

新的 IT 技術為現今的市場帶來了全新的發展。。

□ 参入
<ruby>参入<rt>さんにゅう</rt></ruby>

進軍

<ruby>3年以内<rt>ねんいない</rt></ruby>にヨーロッパ<ruby>市場<rt>しじょう</rt></ruby>に<ruby>参入<rt>さんにゅう</rt></ruby>する<ruby>予定<rt>よてい</rt></ruby>です。

計劃在 3 年內進軍歐洲市場。

□ 圧縮
<ruby>圧縮<rt>あっしゅく</rt></ruby>

壓縮

これは<ruby>初心者<rt>しょしんしゃ</rt></ruby>にも<ruby>使<rt>つか</rt></ruby>いやすく、<ruby>簡単<rt>かんたん</rt></ruby>に<ruby>圧縮<rt>あっしゅく</rt></ruby>できる<ruby>無料<rt>むりょう</rt></ruby>ソフトウェアです。

這種免費軟體非常容易上手，即使對於初學者也只需要簡單的步驟就能進行壓縮。

□ 稼動
<ruby>稼動<rt>かどう</rt></ruby>

啟動，開工

<ruby>新工場<rt>しんこうじょう</rt></ruby>の<ruby>稼働<rt>かどう</rt></ruby>により、<ruby>売上<rt>うりあげ</rt></ruby>が<ruby>徐々<rt>じょじょ</rt></ruby>に<ruby>回復<rt>かいふく</rt></ruby>しています。

自新新工廠投入生產後，銷售業績逐漸恢復。

□ 原油
<ruby>原油<rt>げんゆ</rt></ruby>

原油

<ruby>原油価格<rt>げんゆかかく</rt></ruby>の<ruby>高騰<rt>こうとう</rt></ruby>に<ruby>伴<rt>ともな</rt></ruby>い、ガソリン<ruby>価格<rt>かかく</rt></ruby>が<ruby>上昇<rt>じょうしょう</rt></ruby>しています。

由於原油價格的上漲，導致汽油價格的飆升。

□ 貸し出す
<ruby>貸<rt>か</rt></ruby>し<ruby>出<rt>だ</rt></ruby>す

出借

お<ruby>子様連<rt>こさまづ</rt></ruby>れのお<ruby>客様<rt>きゃくさま</rt></ruby>には、<ruby>施設内<rt>しせつない</rt></ruby>でベビーカーを<ruby>無料<rt>むりょう</rt></ruby>で<ruby>貸<rt>か</rt></ruby>し<ruby>出<rt>だ</rt></ruby>しています

為了方便帶著孩子的家長，我們在設施內提供嬰兒推車的租借服務。

---

4. 銷售策略——庫存、促銷與服務

Track 137

□ 注文
<ruby>注文<rt>ちゅうもん</rt></ruby>

下單

<ruby>本日中<rt>ほんじつちゅう</rt></ruby>にご<ruby>注文<rt>ちゅうもん</rt></ruby>いただければ、<ruby>週末<rt>しゅうまつ</rt></ruby>までにお<ruby>届<rt>とど</rt></ruby>けいたします。

如果今天內下訂單，這個週末就可以送達。

□ 一本
<ruby>一本<rt>いっぽん</rt></ruby>

一通

お<ruby>電話<rt>でんわ</rt></ruby><ruby>一本<rt>いっぽん</rt></ruby>でご<ruby>自宅<rt>じたく</rt></ruby>まで<ruby>配達<rt>はいたつ</rt></ruby>いたします。

只需要打一通電話，我們就可以送貨上門。

□ **販売**
はんばい

銷售

当社はこの製品をイギリス市場に販売する予定です。
我們計劃開始在英國銷售這個產品。

□ **販路**
はんろ

銷路

インターネットを活用して販路を拡大する予定です。
我們將利用網路擴大銷售渠道。

□ **応える**
こた

響應

当サービスはお客様のニーズに応えています。
這項服務能夠滿足客戶的需求。

□ **ホットライン**
《hot line》

電話熱線

24 時間体制でお客様専用のホットラインを開設しています。
我們設有 24 小時客戶專線。

□ **戦略**
せんりゃく

戰略

当社も経営戦略を根本から見直す必要があります。
我們需要從根本上重新檢視經營策略。

□ **催し**
もよお

活動；籌畫

イベントでは、多彩な催し物が行われました。
活動期間還舉辦了各種表演和展覽。

□ **キャンペーン**
《campaign》

宣傳活動

現在、オリジナルグッズのプレゼントキャンペーンを
実施しております。
目前正在進行獨家商品的贈送活動。

□ **均一**
きんいつ

均一，全部一樣

300 円均一のコーナーを設置しました。
設有 300 圓均一價商品區。

□ **広報**
こうほう

宣傳，報導

当社は広報活動を戦略的に展開しております。
本公司正在實施具有策略性的宣傳活動。

□ 試行（しこう）

試行，試辦

試行販売期間を経て、遂に全国販売を開始いたしました。

經過試銷期後，該產品終於開始在全國銷售。

□ 豊作（ほうさく）

豊收

今年は従来よりも豊作が期待されております。

與往年相比，今年的收穫應該十分亮眼。

□ 完売（かんばい）

全部售完

狙いの商品は既に完売してしまいました。

原本鎖定的商品一下子就賣完了。

□ 売れ行き（うゆ）

銷售情況

新商品は好調な売れ行きを維持しております。

新商品的銷售表現非常優秀。

□ 上回る（うわまわ）

超過

今年の企画商品の売上は、昨年を上回る見通しです。

今年推出的企劃商品的銷售額，預計將超過去年的業績。

□ 集客（しゅうきゃく）

招攬客人，增加客流

事前の PR 活動が今回の集客に繋がりました。

由於事先進行相關的宣傳活動，因此這次吸引顧客的成果非常不錯。

---

5. 介紹公司概況——經營方針、業務項目

Track 138

□ ニーズ《needs》

需求

お客様のニーズや関心に応えることを、私たちの目標としています。

滿足客戶的需求和關注是我們的目標。

□ 最優先（さいゆうせん）

首要的

お客様が安心してご利用いただけるよう、最優先で考えています。

我們認為最重要的是能讓客戶安心使用。

□ 概要
がいよう

概況
こちらが当社の企業概要になります。
這是本公司的簡介。

□ 貿易
ぼうえき

貿易
当社は総合貿易企業として活動しております。
本公司是一家綜合貿易公司。

□ 取り扱う
と あつか

營業項目，辦理
当社では、あらゆる種類の繊維を取り扱っております。
本公司的經營項目包括所有紡織品。

□ 多角
た かく

多種
弊社Ａは、音楽事業をはじめ、ゲーム、映画、金融など
多角的な事業展開をしております。
Ａ公司一開始是從音樂行業開始，並跨足遊戲、電影、金融等領域
進行多元化經營。

□ 請け負う
う お

承包，承建
市営住宅の建設工事を請け負っております。
我們承攬了市營住宅的營建工程。

□ 外注
がいちゅう

外部訂貨；把工作外包給其他公司
本体製造に特化し、ソフトウェア開発は他社に外注し
ております。
我們公司只製造機器主體，應用軟體則委託其他公司研發。

□ 委託
い たく

委託
社内業務を円滑に進めるため、一部の業務を他社に委
託することがあります。
為了順利推展公司內部的業務，有時也會將部分業務委由其他公
司承辦。

□ 協賛
きょうさん

賛助
自然保護に取り組むため、企業の協賛を得ております。
在企業的贊助下，著手保育自然生態。

□ 譲渡
じょうと

轉讓
弊社Ａは、保有するＫ社の全株式をＢ社に譲渡すると
発表しました。
Ａ公司將其持有的Ｋ公司全部股份轉售給Ｂ公司。

□ **株主**
かぶぬし
股東
当社の事業方針は、株主にわかりやすく説明することが求められています。
公司的營運方針必須向股東進行詳盡的說明。

□ **足元にも及ばない**
あしもと
およ
比不上，望塵莫及
業界トップのＡ社には足元にも及びませんが、着実に成長を遂げています。
與業界領先的Ａ公司相比，我們仍有很多不足之處，但也確實在穩健地成長中。

□ **運営**
うんえい
經營，運營
このアミューズメントパークは、Ａ社が運営しています。
這座遊樂園由Ａ公司經營。

□ **目処**
めど
頭緒，眉目
震災から１ヶ月が経ち、ようやく営業再開の目処が立ちました。
大地震發生已經超過一個月，現在終於準備重新開始營業了。

□ **解体**
かいたい
解體
地震で半壊した建物を解体し、建て替えました。
拆除了在地震中受損的建築物，重新建造了新建築物。

6. 介紹公司概況——績效、創立、組織、規模
Track 139

□ **売上**
うりあげ
營業額
今年度の売上は前年比５％増となっております。
本年度的營業額增加了 5 個百分點。

□ **成長率**
せいちょうりつ
成長率
売上実績から見ると、過去５年間の平均成長率は７％です。
從銷售業績來看，過去 5 年的平均成長率是 7%。

□ **周年**
しゅうねん
週年
来年、当社は創立 100 周年を迎えます。
明年，我們公司將迎來創立 100 周年的慶典。

□ 創業者（そうぎょうしゃ）

創始人

加藤会長は、当社の創業者です。

加藤會長是本公司的創始人。

□ 業界（ぎょうかい）

業界

当社は、菓子メーカー業界のトップ3に入る大手企業でございます。

本公司是業界前3大的大型糕餅製造商。

□ 代表（だいひょう）

首屈一指，技術傑出者

日本を代表する自動車メーカーでございます。

這是日本頂尖的汽車公司。

□ 合弁（ごうべん）

合營，合辦

当社は中国での合弁会社設立を決定いたしました。

和中國共同成立了合資企業。

□ 拠点（きょてん）

據點

当社は上海を拠点に事業を展開しております。

在中國本公司以上海作為擴展事業的據點。

□ 直営（ちょくえい）

直銷，直接經營

高級ブランドで知られる日本のA社は、今月、新宿に直営店を開店いたします。

以高級品牌聞名的日本A公司，在新宿開設了自己的直營店。

□ 目指す（めざ）

以…為目標

当社は東証一部上場を目指しております。

公司的目標是在東京證券交易所上市。

□ 唯一（ゆいいつ）

唯一，獨一無二

ここは関西地域で唯一の代理店でございます。

這是關西地區唯一的代理商店。

□ 有力（ゆうりょく）

有力的，雄厚的

当社は国内市場において最も有力な企業でございます。

本公司在國內市場的市佔率最大。

□ **オープン**
《open》

開張

新しい店舗は来月 1 日にグランドオープンすること
になりました。

新的分店將於下個月 1 日開幕。

□ **軌道**
き どう

軌道，路線

新規事業もようやく軌道に乗り始めました。
しんき じ ぎょう　　　　　　　　き どう　の　はじ

新事業也終於開始著手了。

□ **規模**
き ぼ

規模

ネット通販の市場規模はますます拡大しています。
つうはん　し じょうき ぼ　　　　　　　　かくだい

網路購物的規模正在持續擴大中。

□ **ランクイン**

上榜

今年も当社の商品が上位にランクインしました。
ことし　とうしゃ　しょうひん　じょうい

今年本公司的商品也一樣名列前茅。

□ **黒字**
くろ じ

盈餘，賺錢

今期に入って初めて当社は黒字に転換しました。
こんき　はい　はじ　　とうしゃ　くろ じ　てんかん

從這個會計期開始，終於轉虧為盈了。

□ **交互**
こう ご

互相

ここ数年、この業界ではA社とB社が交互にトップを争っ
すうねん　　　ぎょうかい　　エーしゃ　ビーしゃ　こう ご　　　　　　あらそ
ております。

這幾年來，A公司和B公司一直爭奪行業內的第一和第二。

□ **上期**
かみ き

上半年

今年上期の売上高は、前年同期比で 5 ％ 増加いたしま
ことしかみ き　うりあげだか　　ぜんねんどう き ひ　　パーセントぞう か
した。

今年上半年的營業額比去年同期增加了百分之五。

□ **好況**
こうきょう

景氣，繁榮

好況の流れに乗って、当社の売上も増加しております。
こうきょう　なが　の　　　とうしゃ　うりあげ　ぞう か

本公司在這波景氣蓬勃的環境下也有亮眼的業績表現。

□ **合計**
ごうけい

合計，總計

当社の従業員数は、3 拠点合計で 40 名となっております。
とうしゃ　じゅうぎょういんすう　　きょてんごうけい　　めい

本公司共有三個據點，員工總數為 40 人。

□ 心構え
こころがま

心理準備

現地のスタッフは異文化を受け入れる心構えがあります。
げんち　　　　　　　　　　　　　　いぶんか　　　う　い　　　こころがま

被派到當地的員工，已經做好融入當地文化的心理準備。

□ 撤退
てったい

撤出

売上不振が続いたため、事業からの撤退を決定いたしました。
うりあげふしん　　つづ　　　　　　　　じぎょう　　　　　てったい　　けってい

由於銷售不佳，因此決定退出這個行業。

□ 買収
ばいしゅう

收購

倒産寸前の企業を買収いたしました。
とうさんすんぜん　　きぎょう　　ばいしゅう

收購了一家瀕臨倒閉的公司。

□ 解散
かいさん

解散，解體

新規事業の収益性が低下したため、子会社を解散いたしました。
しんきじぎょう　しゅうえきせい　ていか　　　　　　こがいしゃ　　かいさん

由於新業務的收支無法平衡，因此解散了子公司。

□ 商標
しょうひょう

商標

当社のウェブサイトで使用される商標やロゴは、当社が所有しています。
とうしゃ　　　　　　　　　しよう　　　　しょうひょう　　　　とうしゃ
しょゆう

本網站所使用的商標和 logo 版權均為本公司所有。

---

7. 介紹公司概況——分公司、工廠、員工培訓等

□ 代理店
だいりてん

經銷商

当社には、国内に約 1000 の代理店と海外に 10 店舗があります。
とうしゃ　　こくない　やく　　　　だいりてん　かいがい　　てんぽ

本公司在國內擁有約 1000 家經銷商，海外則有 10 家。

□ チェーン店
てん
《chain てん》

連鎖店

日本国内には 2000 のチェーン店があります。
にほんこくない　　　　　　　　　　てん

在日本國內，我們擁有 2000 家連鎖店。

□ 定例会議
ていれいかいぎ

例會

社員同士のコミュニケーションを深めるために、定期的な定例会議を開催することが有効です。
しゃいんどうし　　　　　　　　　　　ふか　　　　　ていき
てき　　ていれいかいぎ　　かいさい　　　　ゆうこう

為了加強員工間的交流，我們採取的方法之一是每週定期舉行例會。

わか て しゃいん	新進員工
□ 若手社員	**当社では若手社員の育成に力を入れております。** 我們非常重視對新進員工的培訓。

連高手都弄混的職場單字

切る（きる）

① 有「削減」或「縮減」的意思。

② 表示需要降低項目的成本，以適應預算限制。也就是尋找更經濟的解決方案。

③ 例如：「このプロジェクトの予算を超えてしまったので、コストを切る必要があります。」（因為這個項目的預算已經超出，所以需要削減成本。）

足が出る（あしがでる）

① 表示「不夠用」、「超支」、「赤字」的成語。

② 本意為「腳伸出」，在這裡表示「超出預算」。表示在一段時間內，支出超過了可用的預算或資金，需要採取行動來降低支出。

③ 例如：「今月の経費で足が出るかもしれないので、節約に努めましょう。」（由於這個月的開支可能會超支，所以我們要努力節省開支。）

けじめ

① 意為「分別、區別或界限」。

② 這個詞通常用來表示對事物進行適當的區分，以便能夠區分對錯、合適與否，或者應對不同情況。

③ 例如：「今回のミスから、自分のけじめがないと痛感しました。」（從這次的失敗中，我深切地感受到自己缺乏對事物進行適當區分和結束的能力。）

職場高手必備200句型

「陳述假設」句型

1. ～と思います／～と考えています

句型說明

1. 我認為…／我想…
2. 私たちは今後、このような状況が起こると思います。
3. 我們認為未來可能會出現這樣的情況。

> 用來表達個人的想法或推測。

2. ～なら問題ない／～なら大丈夫

句型說明

1. 如果是…的話沒問題／如果是…的話可以的
2. 明日までに仕事が終わるなら問題ないです。
3. 如果明天之前能完成工作的話就沒有問題

> 表達對某個條件的條件判斷。

3. もし～だったら

句型說明

1. 如果是…的話
2. もし先月の売り上げが増えていたら、今月の予算はもう少し増やせたかもしれません。
3. 如果上個月的銷售額增加了，這個月的預算可能可以再增加一些。

> 用於陳述過去或現在的假設。

4. ～ならば、～です／～だろう／～かもしれない

句型說明

1. 如果是…的話，就是…／可能是…／或許是…
2. 今後、このような問題が起こるならば、適切な対応を行う必要があります。
3. 如果未來出現這樣的問題，我們必須採取適當的對策。

> 用來表達假設條件和可能的結果，通常是對未來的預測。

5. もし～ならば

句型說明

1. 如果是…的話
2. もし明日雨が降ったら、イベントは延期になるかもしれません。
3. 如果明天下雨的話，活動可能會延期。

> 用來表達假設條件和可能的結果。

6. ～かもしれない

句型說明

1. 可能是…
2. 今週中に完成するかもしれません。
3. 這個工作可能會在這個星期內完成。

> 用來表達可能性。

7. もし～であれば

句型說明

1. 如果是…的話
2. もし今後新商品を開発するのであれば、市場調査をしっかり行った方がいいです。
3. 如果未來打算開發新產品，最好先進行充分的市場調查。

用來表達個人的推測或建議。

「陳述特徵」句型

1. ～に特化している

句型說明

1. 專注於…
2. 当社は、高齢者向けの商品に特化しています。
3. 我們公司專注於開發針對老年人設計的商品。

用於描述某個事物或對象的相關特徵和特點。

2. ～という点で～とは異なる

句型說明

1. 從…的角度來看，與…不同
2. この商品は他の商品という点で、デザインが異なる。
3. 這個產品與其他產品相比，在設計方面有所不同。

比較兩者之間的差異。

3. ～については～が特徴的だ／～においては～が優れている

句型說明

1. 在…方面，…是其特點／在…方面，…是優秀的
2. この製品については、品質が特徴的だ。
3. 這個產品的特點在於其品質。

用來強調某個方面的特徵。

4. ～の特徴は～である

句型說明

1. …的特點是…
2. この商品の特徴は、高品質でありながら手頃な価格帯にあることです。
3. 這個產品的特點在於，儘管品質高，價格卻很實惠。

用於描述某個事物或對象的特徵和特點。

5. ～に関する特徴は～である

句型說明

1. 關於…的特點是…
2. この商品に関する特徴は、機能性が高く、デザインも美しいことです。
3. 這個產品的特點是功能性十足且外型時尚。

用來表達某個事物的特點。

6. ～が強みだ／～が特徴的だ

1. …是優勢／…具有特色
2. この企業の強みは、独自の技術力だ。
3. 這家企業的優勢在於其獨特的技術力。

> 用來表達某個事物的優勢或特點。

「陳述比較」句型

1. ～に比べて～だ／～に比べると～だ

1. 與…相比，…／和…相比，…
2. この商品は競合製品に比べて、機能性が劣っている。
3. 與競爭產品相比，這個產品的功能性較差。

> 這個句型用來比較兩個事物之間的差異，強調其中一方的劣勢。

---

2. ～と比較して～だ／～に対し～だ

1. 和…比較起來，…／相對於…，…
2. この商品は他の商品と比較して、価格が安い。
3. 與其他產品相比，這個產品的價格較低。

> 這個句型用來比較兩個事物之間的差異，強調其中一方的優勢或劣勢。

---

3. ～と比較すると～の方が～だ

1. 與…比較，…更…
2. この商品と比較すると、価格が安いため、競合製品よりも売り上げが高い。
3. 與其他競爭產品相比，由於價格較低，因此這個產品的銷售額更高。

> 用來比較兩個事物之間的差異，強調其中一方的優勢。

---

4. ～と同等／同様に～だ／～である

1. 與…同等／類似地…／有…
2. この商品は、競合製品と同等に高品質である。
3. 這個產品的品質與競爭產品一樣優質。

> 用來比較兩個事物之間的相似之處。

---

5. ～よりも～の方が～だ／～に優れている

1. …比起來，…更加…／…優於…
2. この製品は、競合製品よりも品質が優れている。
3. 這個產品的品質比競爭產品更好。

> 這個句型用來比較兩個事物之間的差異，強調其中一方的優勢。

「陳述類異性」句型

1. 〜に対して、〜は異なる

句型說明

1. 相對於…，…是不同的
2. この地域の市場に対して、国内市場とは異なる需要がある。
3. 對於這個地區市場而言，存在與國內市場不同的需求。

> 用來表示兩個事物之間的對比和不同點。

2. 〜と比べて、〜は異なる

句型說明

1. 與…相比，…是不同的
2. このスマートフォンは、他社製品と比べて、デザインが異なる。
3. 這款智能手機與其他廠家產品相比，在設計方面有所不同。

> 表示兩個事物之間的比較和不同點。

3. 〜と異なる／違う

句型說明

1. 與…不同／有差異
2. この製品は、競合製品と異なる特徴を持っている。
3. 這個產品具有與競爭產品不同的特點。

> 用來表示某個事物與另一個事物不同。

4. 〜とは異なり／違い、〜と異なって／違って

句型說明

1. 與…不同／有區別，與…有所不同／有所區別
2. この会社の方針は、他社とは異なり、社員の福利厚生に力を入れている。
3. 這家公司的方針不同於其他公司，注重員工福利。

> 用來對比兩個事物之間的不同點。

5. 〜とは違って／異なって、〜とは対照的に

句型說明

1. 與…不同／有所區別，與…形成對比
2. この組織は、人事異動が頻繁で、他社とは違って人材の流動が大きい。
3. 這個組織的人事異動非常頻繁，與其他公司相比，人才流動率較高。

> 用來對比兩個事物之間的不同點。

MEMO

Date / /

Unit 19

2000 words

致詞與自我介紹

1. 致詞、自我介紹、感謝

□ 機会（きかい）
機會
この度は、貴重な機会をいただきまして、心より感謝申し上げます。
很高興有這個寶貴的機會。

□ 集まる（あつまる）
聚集
本日は多忙中にもかかわらず、お集まりいただきまして誠にありがとうございます。
非常感謝各位今天能在百忙之中撥冗前來。

□ 一言（ひとこと）
簡要（的話語），一句話
簡単ではございますが、一言ご挨拶させていただきます。
請容我簡要講幾句話。

□ 紹介（しょうかい）
介紹
山田弘と申します。当社の紹介をさせていただきます。
讓我簡單介紹一下我們公司，我叫做山田弘。

□ 所属（しょぞく）
所屬
私は企画開発本部に所属しております。
我在企劃開發總部工作。

□ あずかる
承蒙，蒙，受
ご紹介にあずかりました営業部の村田と申します。今後ともよろしくお願いいたします。
我是方才承蒙介紹的業務部的村田。請多指教。

□ 丁寧（ていねい）
恭敬有禮的，客氣的
丁寧なご挨拶、誠にありがとうございます。
非常感謝您客氣的致詞。

2. 結束前的致詞、今後的期望

□ **出席** （しゅっせき）
出席與會
ご出席いただき、心より感謝申し上げます。
十分感謝各位出席本次會議。

□ **主催者** （しゅさいしゃ）
主辦會議人員
会議主催者の皆様には、心から御礼申上げます。
謹向主辦會議的所有工作人員致上十二萬分謝意。

□ **イベント** 《event》
活動
最後になりますが、イベントの開催にご尽力くださった関係者の皆様に、改めて厚く御礼申し上げます。
最後，讓我再次深深感謝所有相關人士對本次活動的支持與協助。

□ **質問** （しつもん）
質問，問題
何かご質問等ございましたら、お気軽に私までご連絡くださいませ。
如果有任何問題，請不必客氣，隨時與我聯繫。

□ **気軽** （きがる）
不拘束，輕鬆愉快
何かございましたら、お気軽にお声をおかけくださいませ。
如果有任何需要，也請隨時知會一聲。

職場高手必備200句型
「表格說明」句型

1. ～については別紙ご参照ください

1. 關於…，請參閱附件
2. 補足説明については別紙ご参照ください。
3. 有關補充說明請查看附加文件。

用來指示對方查看附加文件中的某個部分或詳細資料。

2. ～に関するデータは、以下の表をご覧ください

句型說明

1. 有關…的數據，請參閱下表
2. 最新の販売状況については、以下の表をご覧ください。
3. 有關最新的銷售情況，請查看以下的表格。

用來指示對方查看相關數據的表格或圖表。

3. ～をご参照ください

句型說明

1. 請參考…
2. 詳細な仕様については、添付の資料をご参照ください。
3. 有關詳細規格，請參考附帶的資料。

用來指示對方查閱某個表格或文件。

4. ～に従って記入する

句型說明

1. 請按照…填寫
2. 申請書に従って、必要事項を記入してください。
3. 請按照申請書上的指示填寫必要事項。

用來說明填寫表格時應該遵循的步驟或順序。

5. ～に基づいて作成する

句型說明

1. 根據…製作
2. この報告書は、市場調査の結果に基づいて作成されました。
3. 這份報告書是基於市場調查結果進行製作的。

用來說明某個表格或報告是基於哪些條件或依據進行制作的。

6. ～を図で表したものである

句型說明

1. 這是用圖表表示的…
2. この図は、新製品の機能についての説明を図で表したものである。
3. 這張圖表是關於新產品功能的圖示說明。

用來說明某個內容或概念是通過圖表來表示和呈現的。

職場高手必備200句型

「敘述展望」句型

1. 今後は〜が必要となるだろう

句型説明

1. 今後可能需要…
2. 今後は、グローバルなビジネス展開に伴い、多言語対応のサポート体制が必要となるだろう。
3. 隨著全球商務擴張，未來需要建立多語言支援體系。

> 表示未來可能需要某種事物或行動。

2. 〜の余地がある

句型説明

1. 還有…的餘地
2. この新製品には、価格の見直しの余地があると考えています。
3. 我們認為這款新產品的價格還有調整的空間。

> 表示某事物還有進一步改進或發展的空間。

3. さらに〜することが必要である

句型説明

1. 還需要進一步…
2. 今後は、商品の品質向上に向けてさらに取り組むことが必要である。
3. 未來需要更加努力提升產品質量。

> 表示需要進一步採取某種行動。

4. さらに〜することが〜するだろう

句型説明

1. 進一步…可能會…
2. さらにコスト削減策を実行することが、当社の競争力を強化するだろう。
3. 進一步實施成本削減措施有助於增強我們公司的競爭力。

> 表示進一步採取某種行動可能會導致某種結果。

5. 継続した〜が〜するだろう

句型説明

1. 將繼續進行的…會…
2. 継続した社員教育が実施されることで、チームの生産性が向上するだろう。
3. 透過持續的員工培訓，團隊的生產力將會提高。

> 表示持續進行某種行動可能會帶來某種結果。

6. 今後の方向は〜である

句型說明

1. 未來的方向是…
2. 今後の方向は、デジタルトランスフォーメーションを進め、業務プロセスの自動化と効率化を図ることである。
3. 未來的方向是推動數位轉型，實現業務流程的自動化和效率化。

表示描述未來的發展方向。

7. 〜を変えることになるだろう

句型說明

1. 可能需要改變…
2. 市場環境の変化により、当社の製品ラインナップを変えることになるだろう。
3. 受市場環境變化的影響，我們公司的產品線將會有所調整。

表示某種情況可能會改變某種事物。

8. さらに〜すべきこととして残っている

句型說明

1. 還有一些需要進一步…的事情留下來了
2. 弊社のマーケティング戦略には、オンライン広告の活用に関してさらに検討すべきことが残っています。
3. 我們公司的營銷策略仍需要進一步探討線上廣告的應用。

表示還剩下需要進一步做的事情。

職場高手必備200句型
「結束時進行告別致辭」句型

1. ～のため、お詫びします

1. 因為…，我向您道歉
2. 資料の誤りのため、お詫び申し上げます。
3. 對於資料中的錯誤，我表示歉意。

句型說明

> 表示因為自己的疏忽或失誤而導致某些問題或不便，並表達歉意。

2. ～の一助になればと思います

1. 我希望能對…有所幫助
2. 今回の提案が皆さんの仕事の一助になればと思います。
3. 我希望這次的建議能對大家的工作有所幫助。

句型說明

> 表示希望能夠對某件事情或某個觀點提供幫助。

3. ～していきたいと思います

1. 我想要繼續…
2. 今後もチームワークを重視していきたいと思います。
3. 今後，我們希望繼續重視團隊合作。

句型說明

> 表示打算繼續做某件事情或持續某個行動。

4. これで終わります

1. 就到此為止了
2. これで報告を終わります。ご清聴ありがとうございました。
3. 以上就是我的報告，感謝您的聆聽。

句型說明

> 表示話題已經結束或問題已經解決。

5. もう一度～して、私の話を終えます

1. 再次…，我就結束我的話了
2. もう一度ポイントを確認して、私の話を終えます。
3. 我再次確認要點，然後結束我的演講。

句型說明

> 表示需要再次確認或複述某件事情或某個觀點。

6. ～について話しました

1. 我們談論了…
2. 今日はプロジェクトの進捗状況について話しました。
3. 今天我們討論了項目的進展情況。

句型說明

> 表示已經談論過某件事情或某個觀點。

7. 何か質問がありましたら

句型說明

1. 如果有什麼問題的話
2. 何か質問がありましたら、お気軽にどうぞ。
3. 如果您有任何問題，請隨時提出。

表示歡迎聽眾或對話者提出問題或疑問。

8. メールを送ってください

句型說明

1. 請發送郵件給我
2. お問い合わせがあれば、メールを送ってください。
3. 如有疑問，請發送電子郵件。

表示需要對方發送電子郵件。

9. ホームページをご覧ください

句型說明

1. 請查看我們的網站
2. イベントの詳細については、ホームページをご覧ください。
3. 請查看我們的網站以獲得活動的詳情。

表示需要對方查看網站或網頁。

10. ～する予定です

句型說明

1. 我們計劃…
2. 明日、部署会議を開催する予定です。
3. 明天我們計劃召開部門會議。

表示打算進行某件事情。

11. ～いただき、ありがとうございました

句型說明

1. 感謝您為…提供的支持
2. 皆さんの協力をいただき、ありがとうございました。
3. 感謝大家的協助和支持。

表示感謝對方提供的幫助或參與討論。

12. ～のみなさまにお礼申しあげます

句型說明

1. 向…的各位表示感謝
2. このプロジェクトに参加したみなさまにお礼申しあげます。
3. 我要向參與這個項目的所有人表示感謝。

表示感謝對某件事情或某個觀點的所有人。

Unit 20

2000 words

日文書信（前文）

□ 初春
しょしゅん

初春
初春の候、御社、ますますご発展のこととお慶び申し上げます。
しょしゅん こう おんしゃ はってん よろこ もう あ
時序初春，遙知　貴公司鴻圖大展，駿業日隆，至以為頌。

□ 健やか
すこ

萬般順遂
新春を迎え、お健やかな日々をお過ごしのこととお慶び申し上げます。
しんしゅん むか すこ ひ び す よろこ もう あ
際茲新春，遙悉　諸位萬般順遂，心想事成，為頌為賀。

□ 多幸
た こう

萬福
皆様のご健康とご多幸を心よりお祈り申し上げます。
みなさま けんこう た こう こころ いの もう あ
由衷祝禱　諸位身體健康，新年萬福。

□ 満ちる
み

滿盈
喜びに満ちたお正月をお過ごしのことと存じます。
よろこ み しょうがつ す ぞん
遙知　諸位喜賀元正新年。

□ 健勝
けんしょう

如意福安
梅花の候、皆様にはますますご健勝のこととお慶び申し上げます。
ばい か こう みなさま けんしょう よろこ もう あ
寒梅盛綻之際，敬維　諸位如意福安，至以為慶。

□ 桃の節句
もも せっ く

桃紅女兒節
桃の節句も近づき、長かった冬も終わろうとしていますが、お元気でお過ごしでしょうか。
もも せっく ちか なが ふゆ お げんき す
漫長寒冬已盡，桃紅女兒節即將到臨，諸位是否安康順心呢？

□ 早春
そうしゅん

早春
早春の候、御社、ますますご発展のこととお慶び申し上げます。
そうしゅん こう おんしゃ はってん よろこ もう あ
早春之時，遙知　貴公司鴻圖大展，駿業日隆，至以為頌。

□ 春めく
はる

春和日麗
この頃、急に春めいてまいりましたが、近畿地方ではいかがお過ごしでしょうか。
ころ きゅう はる きんき ちほう す
近來，此地忽然變得春和日麗，不曉得近畿地區的天氣如何呢？

□ 心地よい
ここ ち

美好舒適
春風の心地よい季節になりましたが、お変わりなくお過ごしでしょうか。
はるかぜ ここち きせつ か す
近日已然邁入春風拂面的美好季節，大家是否別來無恙？

□ **快適**
かいてき

舒適
春爛漫の快適な季節を迎え、毎日お元気でご活躍のこと
はるらんまん　かいてき　きせつ　むか　　まいにち　げんき　　かつやく
と存じます。
ぞん
春華燦爛之時序已近，恭維　發達如意，至以為頌。

□ **繁栄**
はんえい

昌盛繁榮
薫風のみぎり、貴社ますますご繁栄のこととお慶び申し
くんぷう　　　　きしゃ　　　　　　はんえい　　　　　よろこ　もう
上げます。
あ
薰風拂來之際，喜聞　貴公司昌盛繁榮，為祝為頌。

□ **さわやか**

舒爽宜人
さわやかな季節となりました。毎日お元気でご活躍のこ
きせつ　　　　　　まいにち　げんき　　かつやく
とと存じます。
ぞん
現在已是舒爽宜人的季節了，想必每日過得充實愉快。

□ **健勝**
けんしょう

如意福安
入梅の候、皆様にはますますご健勝のこととお慶び申し
にゅうばい　こう　みなさま　　　　　　　けんしょう　　　　　よろこ　もう
上げます。
あ
時序入梅，敬維　諸位如意福安，至以為慶。

□ **健やか**
すこ

健康快樂
庭のあじさいが、雨に美しく濡れています。お健やかに
にわ　　　　　　あめ　うつく　ぬ　　　　　　　　すこ
お過ごしでしょうか。
す
庭院裡的繡球花，被淅瀝瀝的雨水洗滌得更顯嬌媚。不知　您是
否一切安好呢？

□ **過ごす**
す

生活
梅雨前線が近づいてきました。お変わりなくお過ごしで
ばいうぜんせん　ちか　　　　　　　　　か　　　　　　す
しょうか。
梅雨季節即將到來，　您是否別來無恙。

□ **盛夏**
せいか

盛夏
盛夏の候、御社ますますご発展のこととお慶び申し上げ
せいか　こう　おんしゃ　　　　　はってん　　　　　よろこ　もう　あ
ます。
時值盛夏季節，遙知　貴公司鴻圖大展，駿業日隆，至以為頌。

□ **炎暑**
えんしょ

炎炎暑夏
炎暑の候、貴社ますますご繁栄のこととお慶び申し上げ
えんしょ　こう　きしゃ　　　　　はんえい　　　　　よろこ　もう　あ
ます。
炎炎暑夏之季，喜聞　貴公司昌盛繁榮，為祝為頌。

□ **暑中**
しょちゅう

炎夏之際
暑中お見舞い申し上げます。お元気でいらっしゃいますか。
しょちゅう　み　ま　もう　あ　　　　　げんき
炎夏之際特申問安，是否一切安好呢？

□ 猛暑 （もうしょ）	烈暑	長かった梅雨もようやく明け、猛暑の季節となりますが、お元気でいらっしゃいますか。 漫長的梅雨總算放晴，轉而邁入烈暑的季節了，　您過得好嗎？
□ 残暑 （ざんしょ）	残暑	残暑の候、皆様お変わりなくお過ごしでしょうか。 殘暑尚未消散，　各位是否依舊無恙？
□ 朝夕 （あさゆう）	早晩	朝夕は、虫の音が聞こえるようになりましたが、お健やかにお過ごしでしょうか。 近日早晚已能聽到蟲鳴，　您是否過得平安順心呢？
□ 早秋 （そうしゅう）	早秋	早秋の候、貴社ますますご繁栄のこととお慶び申し上げます。 早秋之季，喜聞　貴公司昌盛繁榮，為祝為頌。
□ 輝く （かがや）	金澄黃亮	田んぼの稲が金色に輝く季節となりました。貴地方ではいかがでしょうか。 本地已進入稻穗金澄黃亮的季節，不曉得　貴寶地如何呢？
□ 爽秋 （そうしゅう）	秋高氣爽	爽秋の候、御社ますますご発展のこととお慶び申し上げます。 近日秋高氣爽，遙知　貴公司鴻圖大展，駿業日隆，至以為頌。
□ 充実 （じゅうじつ）	充實	味覚の秋、芸術の秋となり、ますます充実した日々をお過ごしのことと存じます。 時序已入秋稼甘美之季、詩意撩人之秋，想必　您過著充實如意的日子。
□ 寒気 （かんき）	寒氣	寒気の候、貴社ますますご繁栄のこととお慶び申し上げます。 寒氣侵人之際，喜聞　貴公司昌盛繁榮，為祝為頌。
□ 日増し （ひま）	日漸深重	日増しに寒さが加わりますが、皆様お変わりなくお過ごしでしょうか。 寒意日漸深重，　各位是否別來無恙？

□ 歳晩
さいばん

歳晩
歳晩の候、御社ますますご発展のこととお慶び申し上げます。
時序已近歳晩，遙知　貴公司鴻圖大展，駿業日隆，至以為頌。

□ 師走
し わす

臘月
師走に入り、慌ただしくなってきましたが、ますますご壮健のことと存じます。
時序已入臘月，歳暮之際更是繁忙，遙知　閣下身體健朗更盛以往。

□ 時下
じ か

邇近
時下ますますご清祥のことと拝察いたします。
遙知邇近　閣下履祉清祥，至以為頌。

□ 平素
へい そ

平素
平素は格別のご愛顧を賜り、厚く御礼申し上げます。
平素渥蒙格外關照，謹表無盡謝忱。

□ 拝承
はいしょう

収悉
貴社 1 月 31 日付お手紙拝承しました。
貴公司 1 月 31 日來函收悉。

□ 書簡
しょかん

信函
8 月 30 日付書簡拝受致しました。
8 月 30 日來函收悉。

□ 添付
てん ぷ

附加
貴方 10 月 3 日のお手紙と添付の文書ともに拝受いたしました。
貴方 10 月 3 日來函及附件均收悉。

□ 拝読
はいどく

拝讀
2022 年 8 月 14 日お便り、有り難く拝読いたしました。
誠惠 2022 年 8 月 14 日來函收悉。

□ 拝受
はいじゅ

収悉
2022 年 10 月 8 日付のお手紙と、11 月 13 日付の回答を拝受しました。
2022 年 10 月 8 日來函及 11 月 13 日之回答均收悉。

惠函

□ **書状**
しょじょう

ただ今貴社よりの**2月3日の書状**を受け取りました。
いまきしゃ　　　　　　　がつみっか　しょじょう　う　と

頃接貴社2月3日惠函。

在信信之中

□ **書中**
しょちゅう

ご送付の商品は既に拝承致しております。**書中**ながら
そうふ　しょうひん　すで　はいしょういた　　　　　　　しょちゅう

有難くお礼申し上げます。
ありがた　れいもう　あ

承惠寄產品已收悉，特此函謝。

連高手都弄混的職場單字

声をかける（こえをかける）

① 意為「打招呼、邀請」的意思。

② 在職場或商業場合中，通常用於表示向他人提出邀請或詢問，或是表示對他人的問候或關心。

③ 例如：「**声をかけて**いただきありがとうございますが、今回は参加できない状況にあ
こえ　　　　　　　　　　　　　　　　　　　こんかい　さんか　　　　　　じょうきょう

ります。」（非常感謝您的邀請，但是這次我無法參加。）

奥行きのある（おくゆきのある）

① 意為「具有深度」或「具有層次感」。

② 這個詞通常用來描述某物或某事在內容或結構上具有一定的深度、內涵、豐富性或多樣性。

③ 例如：「彼の知識は**奥行きのある**ものです。」（他的知識具有深度。）
かれ　ちしき　おくゆ

外せない（はずせない）

① 意為「無法取消、避免或免除」。

② 通常用於表示某些工作或活動的重要性或必要性，強調不可避免的程度。

③ 例如：「どうしても**はずせない用**がありまして…。」（實在是有無法避免的事情要處理……）
よう

Unit 21

2000 words

日文書信（文末）

1. 普通的信尾語

□ **右**
<ruby>右<rt>みぎ</rt></ruby>

右（邊、側）

まずは<ruby>右<rt>みぎ</rt></ruby>まで。
暫此敬陳如右。

□ **要用**
<ruby>要用<rt>ようよう</rt></ruby>

要事

まずは<ruby>要用<rt>ようよう</rt></ruby>のみ。
暫此僅陳要事。

□ **知らせ**
<ruby>知<rt>し</rt></ruby>らせ

通知

まずはお<ruby>知<rt>し</rt></ruby>らせまで。
暫先敬知如上。

□ **詫び**
<ruby>詫<rt>わ</rt></ruby>び

致歉

まずはお<ruby>詫<rt>わ</rt></ruby>びまで。
暫先致歉如上。

□ **案内**
<ruby>案内<rt>あんない</rt></ruby>

介紹

まずはご<ruby>案内<rt>あんない</rt></ruby>まで。
首先介紹至此。

□ **返事**
<ruby>返事<rt>へんじ</rt></ruby>

回覆

<ruby>右<rt>みぎ</rt></ruby>お<ruby>返事<rt>へんじ</rt></ruby>まで。
敬覆如右。

□ **報告**
<ruby>報告<rt>ほうこく</rt></ruby>

報告

<ruby>右<rt>みぎ</rt></ruby>ご<ruby>報告<rt>ほうこくもう</rt></ruby>申し<ruby>上<rt>あ</rt></ruby>げます。
謹呈報告如右。

□ **書中**
<ruby>書中<rt>しょちゅう</rt></ruby>

如信所敘

<ruby>右略儀<rt>みぎりゃくぎ</rt></ruby>ながら<ruby>書中<rt>しょちゅう</rt></ruby>をもってお<ruby>返事<rt>へんじもう</rt></ruby>申し<ruby>上<rt>あ</rt></ruby>げます。
恕略縟禮，如信所敘，敬覆於右。

□ **書面**
<ruby>書面<rt>しょめん</rt></ruby>

書面

まず、<ruby>書面<rt>しょめん</rt></ruby>にてご<ruby>案内<rt>あんないもう</rt></ruby>申し<ruby>上<rt>あ</rt></ruby>げます。
首先，僅以書面說明如上。

□ 近況
きんきょう

近況
取り急ぎ、近況お知らせ致します。
と　　いそ　　　　きんきょう　　し　　いた
匆草近況如上。

□ 申し述べる
もう　　の

陳述
取り急ぎ、要用のみ申し述べました。
と　　いそ　　　ようよう　　　　もう　　の
草率書此，僅陳要義。

□ 取り急ぎ
と　　いそ

倉卒
取り急ぎ、書面にてご案内まで。
と　　いそ　　　しょめん　　　　あんない
僅以書面介紹，匆草如上。

□ 略儀
りゃく　ぎ

恕略縟禮
略儀ながら、まずは書中に。
りゃく　ぎ　　　　　　　　しょちゅう
恕略縟禮，暫如信中所述。

□ かたがた

並且
まずは、お詫びかたがたご返事まで。
わ　　　　　　　へんじ
暫先於此申歉並以之敬覆。

□ 閣筆
かくひつ

擱筆
これにて閣筆いたします。
かくひつ
暫此擱筆。

2. 請對方多加珍重的信尾語

Track 145

□ お大事に
だい　じ

請多珍重
どうぞお大事に。
だい　じ
請多珍重。

□ 多幸
た　こう

幸福快樂
ご多幸を祈ります。
た　こう　　いの
敬祝　幸福快樂。

□ 活躍 <small>かつやく</small>

大展鴻圖

ご活躍を祈ります。
敬祝　大展鴻圖。

□ 自愛 <small>じ あい</small>

珍重

ご自愛のほどお祈りいたします。
由衷祈祝　萬請珍重。

□ どうか

務請

天候不順のみぎり、どうかお体を大切になさってくだ
さい。
寒暑不穩之時，務請保重玉體。

□ 折 <small>おり</small>

時節

厳寒の折、ご自愛くださいますようお祈り申しあげます。
嚴冷寒凍時節，還望多加保重，特此致意。

□ 一段と <small>いちだん</small>

多加

時節柄、ご健康には一段とご留意のほどを。
值此時節，還望多予留意健康。

□ 一層 <small>いっそう</small>

多加

時節柄、一層のご自愛のほどお祈りいたします。
天氣變化無常之際，切望多加珍重。

□ 末筆 <small>まっぴつ</small>

暫且擱筆

末筆ながら切にご自愛のほどお祈り申しあげます。
暫且擱筆，敬頌　頤安。

□ お祈りする <small>いの</small>

敬頌

○○様のご健康をお祈りしつつ、お礼申しあげます。
敬頌○○先生／女士身體健康，順陳感謝之忱。

3. 為草率雜筆致歉的信尾語

□ 乱筆（らんぴつ）

匆雜書此
乱筆（らんぴつ）お許（ゆる）しください。
匆雜書此，還望見諒。

□ 容赦（ようしゃ）

祈恕不恭
乱筆乱文（らんぴつらんぶん）ご容赦（ようしゃ）ください。
草率書此，祈恕不恭。

□ 拙文（せつぶん）

臨書倉卒
乱筆拙文（らんぴつせつぶん）のほどお許（ゆる）しください。
臨書倉卒亂雜，還望見諒。

□ 海容（かいよう）

海涵
事情ご推察（じじょう すいさつ）のうえ、乱文（らんぶん）ご海容（かいよう）ください。
臨書匆雜，書不盡意，望請體諒海涵。

□ とり急（いそ）ぎ

倉卒
とり急（いそ）ぎ乱筆乱文恐縮（らんぴつらんぶんきょうしゅく）に存（ぞん）じます。
臨書倉卒，敬請諒察。

4. 對於造成困擾致歉之信尾語

□ 身勝手（みがって）

片面自私
まことに身勝手（みがって）なことのみ申（もう）し述（の）べましたこと、なにとぞお許（ゆる）しください。
盡敘片面自私厥詞，尚乞賜予海涵見諒是幸。

□ 顧（かえ）みる

顧及
ご迷惑（めいわく）も顧（かえ）みず、突然（とつぜん）のお手紙（てがみ）を差（さ）し上（あ）げましたことを平（ひら）にお許（ゆる）しください。
不顧叨擾，音問久疏，忽呈此函，實深歉疚。

□ 貴重（きちょう）

寶貴
失礼（しつれい）も顧（かえ）みず、貴重（きちょう）なお時間（じかん）を拝借（はいしゃく）いたしましたこと、心（こころ）からお詫（わ）び申（もう）しあげます。
明知叨擾，卻請過目，撥冗良久，由衷歉甚。

□ **不快**（ふかい）

不悦

ご不快（ふかい）に思（おも）われたことと存（ぞん）じますが、事情（じじょう）ご推察（すいさつ）くださるよう願（ねが）いあげます。

想必將造成 尊台不悅，望請少垂寬恕之情。

□ **ばかり**

光、淨

いろいろ勝手（かって）なお願（ねが）いばかり申（もう）しあげ、ご迷惑（めいわく）をお掛（か）け致（いた）しましたこと、心（こころ）からお詫（わ）び申（もう）しあげます。

諸多冒昧請託，惟望費神相助，由衷乞希賜予寬諒。

□ **無理**（むり）

冒昧所求

ご無理（むり）ばかりお願（ねが）いいたしまして、誠（まこと）に恐縮（きょうしゅく）の至（いた）りです。

冒昧所求之事，深感惶恐之至。

□ **寛容**（かんよう）

包涵

以上（いじょう）、無理（むり）を承知（しょうち）の申（もう）し状（じょう）、さぞご迷惑（めいわく）のこととは存（ぞん）じますが、ご寛容（かんよう）ください。

僅陳如上，深知冒昧託請，竊維困擾勞神，尚請多多包涵。

□ **心苦しい**（こころぐるしい）

不安

せっかくの仰（おお）せ越（ご）しに添（そ）えませず、心苦（こころぐる）しく存（ぞん）じますが、どうかお許（ゆる）しください。

幸蒙不見外而求助在下，卻力有未逮，甚感不安，伏維諒察。

---

5. 央請回信之信尾語

Track 148

□ **返事**（へんじ）

回覆

ご返事（へんじ）お待（ま）ち申（もう）し上（あ）げております。

靜候回覆。

□ **幸せ**（しあわせ）

感激之至

ご返事（へんじ）いただければ幸（しあわ）せです。

若蒙賜予函覆，不勝感激之至。

□ **手数**（てすう）

時間、功夫

お手数（てすう）ながらご返信（へんしん）をお願（ねが）い申（もう）し上（あ）げます。

尚祈撥冗賜予回覆。

□ なにぶん
若干
なにぶんのお返事願いあげます。
敬請惠予函覆。

□ 賜り
賜予
ご迷惑とは存じますが、ぜひともお返事を賜りたく願いあげます。
深知叨擾，仍務請不吝賜覆。

□ 多忙
繁忙
ご多忙とは存じますが、ご回答賜りたく、ひとえに願いあげます。
深知　台端繁忙，切望撥冗擲覆，至以為盼。

□ 賜る
賜予
折り返しご一報賜りたくお願い申し上げます。
特請不吝賜予函覆，為盼為望。

□ 鶴首
引頸
ご返信、鶴首してお待ち申し上げます
引頸企盼　閣下賜予函覆。

□ 至急
緊急
恐れ入りますが、至急ご返事下さいますようお願いいたします。
萬分惶恐，特請急覆為盼。

□ 故
因為
当方の都合もあります故、至急ご返信願いあげます。
因尚須配合敝方之時程，務請儘速回信是幸。

□ 同封
隨信
失礼とは存じますが、返信用の封筒を同封いたしましたので、お返事のほど願いあげます。
隨信附上回函信封，祈請以之覆答。不敬之處，尚祈見諒。

□ 面倒
麻煩
ご面倒ながら、○日必着にて出欠ご一報ください。
務請於○日之前撥冗賜知出席與否。

6. 於回函之際，藉以訂定日後之約的信尾語

□ **勝手**（かって）
任意
まことに勝手ではございますが、近日中にお邪魔致しまして、ご内意を伺いたく存じますので、その節にはよろしくお願い申しあげます。
擬於近日前往拜訪叨擾，以便請示　台端方便之日程，屆時敬請賜示則幸甚。

□ **最優先**（さいゆうせん）
最優先
なお、面会日時は先生のご都合を最優先いたしますので、今月中にご予定を伺えば幸いに存じます。
此外，面會日時以　大師之方便為最優先考量，倘能獲賜　閣下本月行程，將不勝感激。

□ **配慮**（はいりょ）
關照
なお、お返事につきましては、両三日のうちにお電話差しあげたく存じますので、なにぶんのご配慮をお願い申しあげます。
此外，關於　尊台之回覆，擬於這 2、3 天之內致電請示，敦請鼎力相助，至以為禱。

□ **拙宅**（せつたく）
寒舍
ご多忙の中、ご迷惑とは存じますが、ぜひ一度拙宅までお立ち寄りいただければと存じます。
深知百忙中打擾十分失禮，務請不吝撥冗蒞臨寒舍，至以為盼。

□ **教示**（きょうじ）
指教
近々弊社の営業担当を連れてお伺いしたいと思いますので、その際ご教示いただければ幸甚でございます。
近日擬借同敝公司之業務負責人前往拜訪，屆時恭請惠予指教是幸。

□ **後日**（ごじつ）
日後
後日、こちらから改めてお電話を差し上げます。
日後再致電請教。

□ **改めて**（あらた）
重新
後日お伺いして、改めてご相談申し上げます。
日後再登門拜訪，重新商討。

□ **計らう**（はか）
安排
なお、委細は追ってご連絡いたしますので、よろしくお計らいください。
此外，後續將再聯絡，敬請不吝賜與安排是幸。

7. 期待下次音信之信尾語

□ **次便**（つぎびん）
下一封信
詳細は次便にお送りいたします。（しょうさい・つぎびん・おく）
關於詳情，恕於下一封信再述。

□ **後便**（こうびん）
下封信函
詳細は後便にて申しあげます。（しょうさい・こうびん・もう）
詳細情形將於下封信函中再行報告。

□ **別紙**（べっし）
另信
詳細は別紙をご参照いただきたく存じます。（しょうさい・べっし・さんしょう・ぞん）
詳細情形敬請參照另信。

□ **重ねて**（かさ）
另行
なお、詳細につきましては、近日中に次便をもって重ねて申しあげます。（しょうさい・きんじつちゅう・つぎびん・かさ・もう）
此外，關於詳細情形，將於近日另行致函稟報，敬請稍候。

8. 央請傳話、傳達之信尾語

□ **主人様**（しゅじんさま）
尊夫
どうぞご主人様へよろしく願いあげます。（しゅじんさま・ねが）
請代向尊夫問安。

□ **披露**（ひろう）
示予
末筆で恐れ入りますが、皆様によろしくご披露の程願いあげます。（まっぴつ・おそ・い・みなさま・ひろう・ほどねが）
雖係拙筆，尚請以之示予諸好友，是以為盼。

□ **一同**（いちどう）
諸好友
末筆ながらご一同様によろしくお伝えください。（まっぴつ・いちどうさま・つた）
不顧文拙，尚請代向諸好友問候請安。

□ **趣**（おもむき）
以上所提
この趣、皆様にご伝言ください。（おもむき・みなさま・でんごん）
在下以上所提，煩請代向諸位轉達。

□**伝声** でんせい

轉達

はばかりながら皆々様にもよろしくご伝声のほどを願いあげます。

尚請代向諸位轉達問候之意，是以為盼。

□**くれぐれも**

再三叮嚀

父からもくれぐれもよろしくとの言葉でございます。

家父亦再三叮嚀，務必代為問好。

□**いずれ**

日後

奥様へよろしくお伝えください。いずれまたお便りします。

請代向尊夫人問候。日後再去信致意。

9. 請託日後事宜之信尾語

□**なお**

並且

なお、今後ともよろしくご指導のほど願いあげます。

並敬請今後不吝惠予指導。

□**倍旧** ばいきゅう

（比以往更）鼎力倍助

今後とも倍旧のご協力をお願い申しあげます。

今後望請予以鼎力倍助，至以為盼。

□**厚情** こうじょう

厚情

引き続き倍旧のご厚情を賜りたく、切にお願い申しあげます。

切請繼續賜予厚情倍助，至以為望。

□**末永く** すえながく

永久

なにとぞ末永くご愛顧を賜りますようお願い申しあげます。

萬請永久惠予愛顧，由衷為盼。

□**力添え** ちからぞえ

鼎力相助

今後とも、なにかとお力添えを賜りますようお願い申しあげます。

今後仍望不吝鼎力相助，為盼為禱。

あいこ □ 愛顧	愛顧 **今後とも絶大なるご支援ご愛顧を賜りますよう、ひとえ にお願い申しあげる次第でございます。** 往後亦請賜予無盡支持與愛顧，由衷萬請為盼。
べんたつ □ 鞭撻	鞭策 **今後とも相変わらずのご指導ご鞭撻を賜りたく、ひとえ にお願いいたします。** 今後仍同樣敦請指導鞭策，由衷萬望為盼。

連高手都弄混的職場單字

取り込み中 （とりこみちゅう）

① 意為「忙碌地進行工作或活動」。

② 通常用來表示某個人正在忙於某項任務，例如正在處理文件、數據或工作。也就是正在忙碌地進行某個活動，並且可能無法立刻回應別人的需求或要求。

③ 例如：「山田は現在取り込み中です。」（山田現在正在忙於工作或活動中。）

半端 （はんぱ）

① 意為「不完全、未完成」。

② 表示一些工作沒有被完全地完成或沒有達到預期的要求。這可能會對物流作業產生負面影響，導致時間延遲、成本上升等問題。

③ 例如：「物流作業において、半端な作業は避け、無駄を省くよう心がけています。」（在物流操作中，我們避免不完全或未完成的工作，並努力減少浪費。）

法事 （ほうじ）

① 意為「法事、佛事」。

② 是指佛教儀式，通常舉行以祈求亡者的安息或紀念已故親人。

③ 例如：「法事には出席したいと思いますが、その日は他に用事があるため参加できません。」（我想參加法事，但那一天我有其他事情要做，所以無法參加。）

MEMO

Date   /   /

Unit 22

2000 words

日文書信（賀年卡等）

1. 餽贈時書寫用語：歲暮禮品

□ 歳暮（せいぼ）

歳暮

お歳暮（せいぼ）のしるしに当地（とうち）の川（かわ）でとれました鮭（さけ）をお送（おく）りします。ご賞味（しょうみ）ください。

歲暮時節，謹致送本地河川撈捕之鮭魚，敬請品嚐。

□ 笑納（しょうのう）

笑納

別便（べつびん）にて、心（こころ）ばかりの品（しな）をお送（おく）りしましたので、ご笑納（しょうのう）ください。

另件寄送粗品，不成敬意，望請笑納。

□ 別送（べっそう）

另件寄送

別送（べっそう）にて、心（こころ）ばかりの記念（きねん）の品（しな）をお送（おく）りさせていただきました。

恕以另件寄送粗品，以為紀念。

□ 詰（つ）め合（あ）わせ

禮盒

本日当地特産（ほんじつとうちとくさん）の海産物詰（かいさんぶつつ）め合（あ）わせをお送（おく）り申（もう）しあげます。

謹於今日致送本地特產之海鮮禮盒。

□ 幸甚（こうじん）

十分榮幸

ふだんお世話（せわ）になっております心（こころ）ばかりのお礼（れい）のしるしです。お納（おさ）めくだされば幸甚（こうじん）です。

平素承蒙諸多照顧，謹贈微禮，不成敬意，望請笑納是幸。

□ 届（とど）ける

致贈

心（こころ）ばかりの品（しな）をお届（とど）けにあがりましたので、ご家族皆様（かぞくみなさま）でお召（め）し上（あ）がりください。

致贈不成敬意的粗品，敬請闔家品嚐。

□ 特産（とくさん）

特產

この地方特産（ちほうとくさん）の伊勢海老（いせえび）を少々（しょうしょう）お送（おく）りします。お納（おさ）めいただければ幸（しあわ）せです。

謹送本地特產之伊勢蝦寥寥數尾，倘能笑納，至以甚幸。

□ 幸甚（こうじん）

十分榮幸

粗品（そしな）を御笑納（ごしょうのう）くだされば幸甚（こうじん）です。

倘能笑納粗品，至以為幸。

2. 接受餽贈後之回信

□ 拝受
はいじゅ

接受
ご恵送の品、拝受し恐縮しております。
けいそう　しな　はいじゅ　きょうしゅく
承蒙致贈，愧不敢受。

□ 品
しな

禮品
本日はたいへんけっこうなお品をお送りいただいて、誠
ほんじつ　　　　　　　しな　おく　　　　　　まこと
に有りがとうございました。
あ
今日承蒙餽贈貴重厚禮，委實萬分感謝。

□ このたび

此次
このたびは、結構なお品をお送りいただき、ありがたく
けっこう　しな　おく
御礼申し上げます。
おれいもう　あ
此次惠蒙贈送珍貴禮品，謹致深厚謝意。

□ 恵与
けい よ

惠予
ご恵与のお品物、本日ありがたく落手いたしました。
けいよ　しなもの　ほんじつ　らくしゅ
惠予致贈之物，已於今日拜領。

□ 賞味
しょう み

品嚐
お心入れのりんご、さっそくご賞味させていただきました。
こころ い　　　　　　　　　　しょう み
承蒙特意精心挑選之蘋果，已經拜領品嚐了。

□ 絶品
ぜっぴん

人間絕品
素晴らしく絶品で美味しく賞味させていただきました。
す ば　　　ぜっぴん　おい　しょう み
承蒙厚意，得以享受到人間絕品的美妙滋味。

□ 痛み入る
いた　　い

愧不敢當
この度はご丁寧な中元の挨拶と結構なお品を頂戴いたしまし
たび　ていねい　ちゅうげん　あいさつ　けっこう　しな　ちょうだい
て、痛み入りました。ご厚志ありがたく、お礼申しあげます。
いた　　　　　　こうし　　　　　　れいもう
此次承蒙特意於中元節前來問候，並且餽贈厚禮，委實愧不敢當。
謹此致上由衷謝忱。

□ 心づかい
こころ

厚情致意
先日は、ご丁寧なお心づかいをいただき、感謝しており
せんじつ　ていねい　こころ　　　　　　　　　　かんしゃ
ます。ありがとうございました。
日前承蒙厚情致意，由衷感謝，謹致謝忱。

3. 賀年卡

□ 謹んで
^{つつし}

恭謹

謹んで新春のお慶びを申しあげます。

謹賀新春之慶。

□ 祝詞
^{しゅく し}

祝詞

謹んで新年のご祝詞を申し上げます。

謹祝新年如意。

□ 多幸
^{た こう}

萬福

輝かしい新年を迎え、皆様のご健康とご多幸をお祝い申しあげます。

喜迎燦爛新年到來，敬祝　各位健康萬福。

□ 平安
^{へいあん}

平安

ご一家の平安を祈ります。

祈求　貴府闔家平安。

□ 益々
^{ますます}

日益

ご一家様の益々のご繁栄をお祝い申しあげます。

敬祝　貴府闔家日益昌隆。

□ 最良
^{さいりょう}

最美好的

最良の年を迎えお二人のご健勝を祈ります。

祈求　2位迎接最美好的新年到來，並祝安康萬福。

□ ごきげんよく

安好

ごきげんよくおだやかに新春をお迎えのことと存じあげます。

遙知　閣下安好健壯，迎接新春到來。

□ 最上
^{さいじょう}

更勝以往

新しい年をお祝いいたします。最上の年でありますように心からお祈り申しあげます。

謹祝新年快樂，並由衷祈求明年萬事如意更勝以往。

4. 賀年卡用語

□ 祈る（いの）

祈願
今年もよい年でありますようお祈りいたします。
祈願今年又是美好的一年。

□ 健康（けんこう）

健康
皆様のご健康をお祈り申しあげます。
祝福　各位身體健康。

□ 祈念（きねん）

祈念
ご健康とますますの御活躍を祈念いたします。
祈念　身體健康與大展鴻圖。

□ お揃いで（そろ）

諸位都…
皆様お揃いで良きお年をお迎えのことと存じます。
遙知　諸位都迎接了美好的一年到來。

□ 家族（かぞく）

貴府闔家
ご家族の皆様お揃いで良き年の始めをお迎えのことと存じます。
遙知　貴府闔家都迎接了美好的新年到臨。

□ 幸福（こうふく）

幸福
初春を迎えて皆様のご幸福を心よりお祈り申しあげます。
迎春納福，由衷祈求　諸位幸福快樂。

□ 交誼（こうぎ）

厚情
本年もまたご交誼とご教示をいただければ幸甚です。
今年仍請厚情指教為幸。

---

5. 回覆賀年卡

□ **年賀状**（ねんがじょう）
賀年卡
ご丁寧に年賀状をいただき、ありがとうございました。
非常感謝特意寄來的賀年卡。

□ **早々に**（そうそうに）
伊始
新年早々にお年賀を賜りありがとうございました。
新年伊始，感謝特予捎來賀年喜訊。

□ **正月**（しょうがつ）
正月
おだやかな正月でございます。ご健康とご多幸をお祈りいたします。
謹賀正月順心如意，並祝健康萬福。

□ **晴れやか**（はれやか）
歡喜
どうぞ皆様、晴れやかで穏やかなお正月をお迎えくださいませ。
敬祝　諸位歡喜迎接安康元月之到來。

□ **いきとどく**
周到
ご挨拶のいきとどきませんでしたことお詫び申しあげます。
問候不周之處，深感萬分歉意。

□ **怠る**（おこたる）
遲
ご挨拶を怠り大変失礼いたしました。
遲至此時方來問安，委實萬分失禮。

□ **賀状**（がじょう）
賀年卡
賀状ありがたく拝読いたしました。
心懷感激地拜讀了捎來的賀年卡。

□ **心温まる**（こころあたたまる）
暖人心窩的
心温まるお年賀を楽しく拝見させていただきました。
愉快地拜讀了暖人心窩的賀年卡。

□ **無事**（ぶじ）
平安地
私どもも無事越年いたしました。
我們也平安地度過了新年。

6. 問候暑安

Track 158

□ 見舞（み まい）

問候

暑中お見舞申しあげます。
謹此敬頌　暑安。

□ 機嫌（き げん）

安否

暑さ厳しき折からご機嫌お伺い申しあげます。
値此酷暑之際，特此請安問候。

□ きびしい

灼人

きびしい暑さですが、いかがお過ごしですか。
暑熱灼人，專此問候是否順心？

□ ようやく

終於

ようやく夏らしくなってまいりました。お元気でお過ごしのことと存じます。
終於邁入了夏季，想必台端過得順心如意。

□ 柄（がら）

表示與某事物相應

別便にて、季節のご挨拶をお送りしました。時節柄ご自愛ください。
另信已予問候暑安，請多加珍重。

7. 問候暑安用語

Track 159

□ 続く（つづ）

持續

暑さが続きます。さらに皆様ご自愛下さい。
酷暑仍炎，敬請　諸位多予珍重。

□ 折（おり）

… 之際

酷暑の折から、ご自愛ご健勝をお祈りします。
值此酷暑之際，盼望多加珍重並祈願健康昌隆。

□ 引立てる（ひき た）

提拔栽培

酷暑の折、いかがお過ごしでしょうか。…相変らずお引立ての程お願い申しあげます。
時序正值炎暑，您過得好嗎？……依然由衷期盼惠予提拔栽培是幸。

□ **健闘**（けんとう）
積極奮鬥
炎暑（えんしょ）いよいよしのぎがたいですが、ご一同（いちどう）さまのご健闘（けんとう）をお祈（いの）りします。
時序已入難熱之酷暑，祈願　諸位積極奮鬥。

□ **精進**（しょうじん）
精進
酷暑（こくしょ）のみぎり、益々（ますます）ご健勝（けんしょう）にて、ご研鑽（けんさん）ご精進（しょうじん）の御事（おこと）とお慶（よろこ）び申（もう）しあげます。
酷熱之時，敬頌　日益大展鴻圖，並祝鑽研精進。

8. 問候暑安之謝函

□ **見舞状**（みまいじょう）
問候信函
早々（そうそう）にお見舞状（みまいじょう）をいただき、有難（ありがた）くお礼（れい）申（もう）し上（あ）げます。当方（とうほう）も暑（あつ）さにめげず、一同元気（いちどうげんき）にて過（す）ごしておりますので、ご放心（ほうしん）ください。
感謝於暑期伊始便捎來問候信函，謹此至上謝意。雖在酷熱之中，我們仍然活力充沛，敬請安心。

□ **安心**（あんしん）
請勿掛念
お見舞状（みまいじょう）ありがとうございました。久（ひさ）しぶりに暇（ひま）な夏（なつ）休（やす）みを楽（たの）しんでおります。ご安心（あんしん）ください。
感謝台端的暑安問候函。許久沒有度過如此放鬆的暑期休假了，請勿掛念。

9. 暑末問候之慣用句

□ **立秋**（りっしゅう）
立秋
立秋（りっしゅう）を過（す）ぎてもなお厳（きび）しい暑（あつ）さですが、…。
儘管立秋已過，天氣依然炎熱，……。

□ **涼風**（りょうふう）
涼風
涼風（りょうふう）の立（た）つのはまだ先（さき）のこと、ご自愛（じあい）お祈（いの）り申（もう）し上（あ）げます。
涼風吹拂之季節尚遠，敬請多加珍重。

□ **一層**（いっそう）
格外
酷暑（こくしょ）の折（おり）、一層（いっそう）のご自愛（じあい）をお祈（いの）り申（もう）し上（あ）げます。
酷熱之時，望請格外保重玉體。

□ 専心
せんしん

多予
暑さ厳しき折から、ご自愛専心にお祈り申し上げます。
あつ きび おり じ あいせんしん いの もう あ
暑熱嚴酷之時節，務請多予珍重。

10. 寒冬問候之慣用句

□ 格別
かくべつ

格外
本年は格別の寒さでございますが、…。
ほんねん かくべつ さむ
今年的冬季格外凍寒，……

□ 例年
れいねん

往年
今年は例年にない寒さ、いかがお過ごしでしょうか。
ことし れいねん さむ す
今年的酷寒較之往年為甚，您過得安好無恙嗎？

11. 晚冬問候之慣用句

□ 余寒
よ かん

残冷
余寒お見舞い申し上げます。
よ かん み ま もう あ
殘冷猶存之際，特此問候。

□ 暦の上
こよみ うえ

日暦上
暦の上では春を迎えたとはいえ、なお真冬のような寒さ
こよみ うえ はる むか ま ふゆ さむ
でございますが、…。
日暦上已是迎春之季，然而天氣仍如嚴冬般峻冷，……

□ とはいえ

雖…
立春とはいえ、しのぎがたい寒さの続く毎日ですが、…。
りっしゅん さむ つづ まいにち
時序雖入立春，然而每日依舊酷寒難擋，……

□ まだまだ

仍然
立春とは名ばかりで、まだまだ忍びがたい寒さが続いて
りっしゅん な しの さむ つづ
おります。
儘管節氣已至立春，卻仍連日凍寒難耐。

□ **気配**（け はい）

氣息

余寒厳しく、まだ春の気配を感じるのは先のことと存じます。

冬末餘寒之季，春天的氣息仍然遙遠。

連高手都弄混的職場單字

詰め替え（つめかえ）

① 意為「替換」或「補充」的意思。

② 特別是指將商品從一個容器或包裝轉移到另一個容器或包裝的過程。

③ 例如：「商品の在庫が少なくなったため、今日中に詰め替えをしなければなりません。」（由於商品庫存減少，我們必須在今天內進行替換〈或補充〉。）

会計処理が必要（かいけいしょりがひつよう）

① 意為「需要進行會計處理」。

② 這裡指的是對於暫付款這類財務事項，需要按照會計規定和流程對其進行記錄、核算和管理，以確保財務數據的準確性和完整性。

③ 例如：「この取引のために会計処理が必要です。」（這筆交易需要進行會計處理。）

雑費（ざっぴ）

① 意為「雜費，雜項費用」。

② 通常用來指一些非固定或雜項性質的費用，例如差旅費、郵資、文具費等。

③ 例如：「雑費は総務費から支払われます。」（雜費將從綜合費用中支付。）

MEMO

Date　　/　　/

QR山田社日語 01

早く見つかる！正しい！身につく！

SHAN TIAN SHE
-商場實戰篇-

日本語
商用日語
職場情境分類
2000字 & 200
套用句型

［25K+QR code 線上音檔］

發行人 ●	林德勝
作者 ●	吉松由美、田中陽子、西村惠子、林勝田
出版發行 ●	山田社文化事業有限公司
	臺北市大安區安和路一段112巷17號7樓
	電話 02-2755-7622
	傳真 02-2700-1887
郵政劃撥 ●	19867160號　大原文化事業有限公司
總經銷 ●	聯合發行股份有限公司
	新北市新店區寶橋路235巷6弄6號2樓
	電話 02-2917-8022
	傳真 02-2915-6275
印刷 ●	上鎰數位科技印刷有限公司
法律顧問 ●	林長振法律事務所　林長振律師
初版 ●	2023年5月
書＋QR碼定價 ●	新台幣398元

ISBN 978-986-246-757-2
© 2023, Shan Tian She Culture Co. , Ltd.